行走的亡者

怪民研的紀錄與推理

印刷簽名版

讀小說
Reading Novel

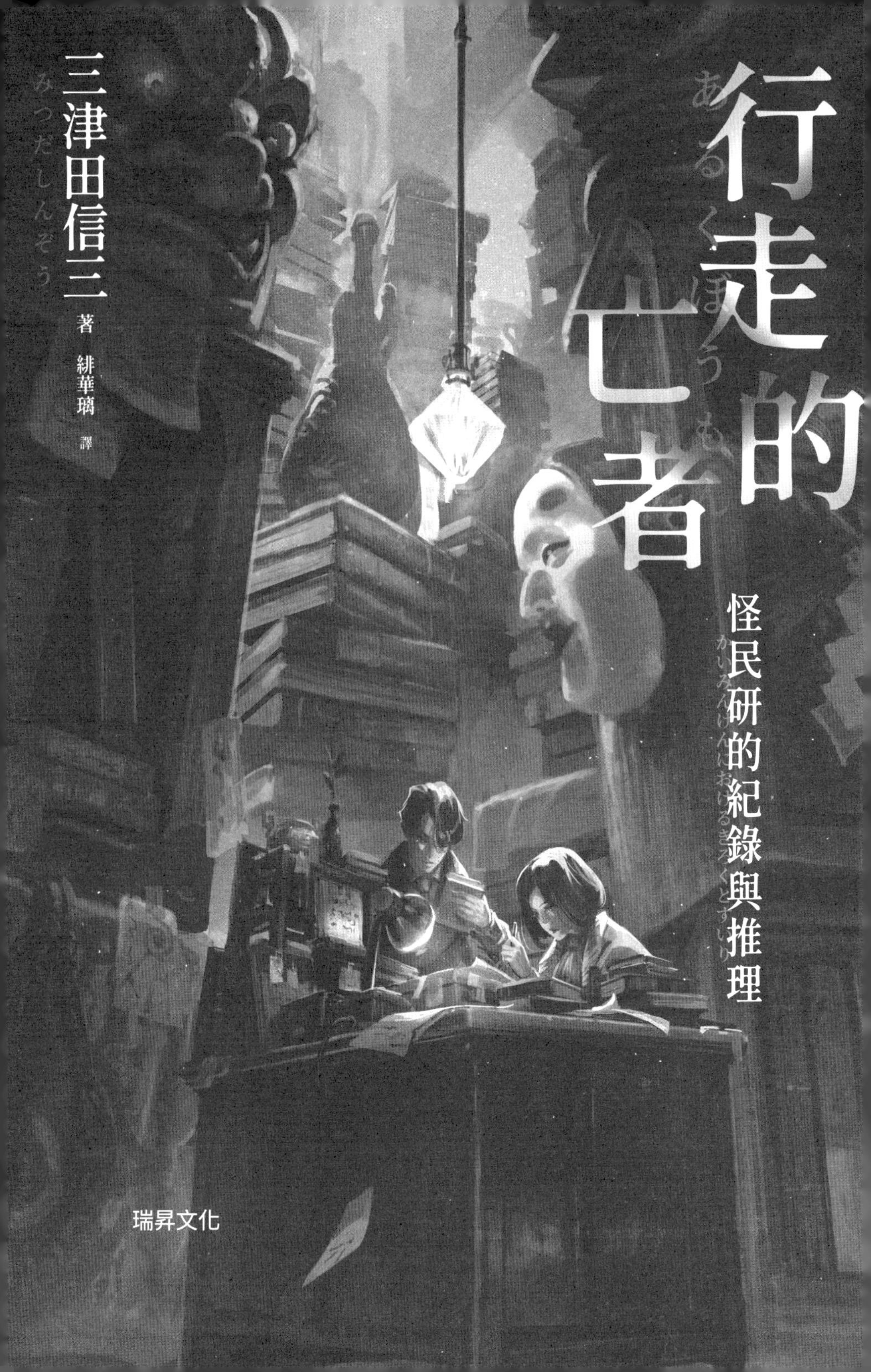
三津田信三
みつだしんぞう
著
緋華璃
譯
行走的亡者
怪民研的紀錄與推理
かいみんけんにおけるきろくとすいり
瑞昇文化

目錄

第一話

行走的亡者

一

瞳星愛是在十歲那年的夏日傍晚經歷了那件詭異的事。

進入暑假後，在關西出生、長大的她在那段時間都待在瀨戶內兜離浦波鳥町的外婆家。

事情發生在那天午後稍晚的時段。與一起玩的磯貝睦子分開後，愛沒有回家，直接去拜訪當地的鄉土史學家寒田。她已經看完自己帶來的書了，剛好外婆認識的這位藏書家願意出借她也看得懂的書。愛很快就借到她想借的書，卻被健談的寒田留下來聊天，回過神來已經過了六點半。雖然夏天的太陽比較晚下山，但是到了這個時間，四周也開始籠罩在暮色裡，愛不免感到焦慮。

得快點回家，以免外婆擔心。

寒田家位於海邊。因此如果要抄近路的話，就必須經過從以前就被稱為「亡者道」的面海小徑……這個名字是她從外婆那裡聽來的。鎮上的巷弄錯綜複雜，很容易迷路，就連自懂事以來每年都會來這裡玩的愛也還不熟悉。考慮到與其把時間耗費在那裡，選擇可以一條路走到底的亡者道肯定能比較快回到家。

萬一外婆知道她走那條路回家，一定會生氣吧。

而且萬一看到什麼不該看的東西，那該怎麼辦才好……

愛猶豫再三，但無論如何，她都不希望因為遲歸，讓總是將自己捧在手掌心裡呵護疼愛的外婆擔心

只要快速通過，用最快的速度回到鎮上的話——

愛告訴自己一定沒問題的。雖然兜離浦這個地方有點迷信，但是愛已經在這裡度過了好幾個夏天，從來也沒撞見過什麼不該看的東西。

下定決心後，愛走向了亡者道。

雖然是黃昏時分，但明明時值盛夏，那一瞬間卻吹過一陣寒涼的風，害她全身的雞皮疙瘩都站起來了，忍不住瑟瑟發抖。

眼前是閃閃發光的紅銅色大海，望向右手邊，相當於波鳥町西端的懸崖上有一棟洋房，那是當地最大的漁船船東鯨谷家蓋的房子。再望向左手邊，相當於波鳥町東端的懸崖上有一座小小的惠比壽神祠堂，小到從這裡只能勉強辨認。

從小鎮的西端延伸到東端的沿海小徑並非全程都是亡者道。以前有個大致上的範圍，但現在已經完全分不出來了。如果連外婆都不清楚的話，不管去向誰打聽也都是白問吧。

愛走到亡者道上，抬頭瞥了鯨谷家一眼，頭也不回地快步往東邊前進。比起鎮上有如迷宮般錯綜複雜的羊腸小徑，這條路幾乎是一直線。雖然跟鎮上的小徑一樣路幅都不寬，但走起來輕鬆多了。

即便如此，為何胸口仍像是被壓了一塊大石頭，時不時就覺得心神不寧呢？每在這條路上邁出一步，還會感受到在房子蓋得密不透風的鎮上都不曾有過的壓迫感，這又是為什麼呢？

……果然還是不該走這條路。

明明在亡者道上根本還沒走多遠，愛就想立刻折返，逃回鎮上了。就在這個時候，她才後知後覺地意識到有個黑色的人影正從前方的坡道走下來。

咦……那是鯨谷家的昭治先生嗎？

愛聽睦子說過，鯨谷家家主的姪子從今年春天開始暫住在鯨谷家。他是個身材相當嬌小、膚色白皙、體弱多病的美男子，跟這個漁夫小鎮的形象大相逕庭。由於容貌就跟演員一樣俊美，所以非常受到年輕小姑娘的喜愛。

聽說每天傍晚從鯨谷家散步到惠比壽神的祠堂一帶是昭治最近養成的習慣。看起來之所以黑鴉鴉的，大概是因為他穿著特別訂製的薄大衣。即使是夏天，傍晚的風仍帶著寒意，所以可能是鯨谷家的人擔心昭治的身體狀況，才要他穿上的。

感覺太過保護了。

儘管愛不過就是個十歲的孩子，但看到這個傳聞之人的模樣後，腦海中仍浮現不符年紀的批判想法。不過這種感覺立刻煙消雲散。雖說前進的方向相反，但是對於此時此刻的她而言，再也沒有比亡者道上還有其他人更令人安心的事實了。

昭治先生也有自己的苦衷吧。

愛忘了自己前一刻還不以為然地認為他被過度保護，現在改以感謝的眼神望向正要下到坡道盡頭的人影。

……咦？

內心被一股說不上來的感覺給籠罩。愛一時半刻還無法分辨那是什麼感覺，不禁開始思索。

……是不是有點怪怪的啊。

這個想法不經意地在腦海裡浮現。

是哪裡呢？

即使專注地凝視，也完全看不出個所以然。昭治既沒有像個醉漢似地搖搖晃晃前進，也沒有垂頭喪氣地拖著腳步前進，更沒有以不尋常的速度前進。他就是非常正常地走過來。至少看起來就只是這樣。然而，愛就是覺得有什麼地方不太對勁。

到底是哪裡啊？

怎麼也弄不明白這個最關鍵的問題，愛感覺非常不舒服。

……總之就是怪怪的。

還沒搞清楚是怎麼一回事，人影已經從坡道下到平坦筆直的亡者道，繼續往前走。步伐雖然緩慢，但確實是朝著她這邊走來。

那是……

這時愛也放慢腳步，以正常的速度往前走。感覺就好像是希望盡可能不要太早接近那個朝這邊走來的人。

那是……

儘管如此，視線仍無法從人影身上移開，反而還目不轉睛地盯著對方。過程中，內心愈來愈不安。好奇怪，真的不太對勁，感覺好不舒服……之類的感受也逐漸在增強。

那是……

這時她開始萌生一股就連自己也無法置信的感覺。

朝著這邊走來的是……

……已經死了卻依然活著。

……依然活著卻已經死了。

對方給人的感覺就是這麼矛盾的存在。感覺正朝自己走來的人影散發出一種這輩子從未感受過的扭曲氛圍。

那到底是……

到底是什麼呢？不是鯨谷昭治嗎？若不是人類的話，難道會是亡者嗎？這條路是亡者道。

倘若有什麼悖離常理的東西走在亡者道上，除了亡者，再無其他可能吧。

外婆救命。好可怕，救救人家，拜託……

愛拚命祈禱。心想外婆肯定能察覺到孫女的危機，真的趕來這裡救她。然而，不管她再怎麼放慢速度、再怎麼緩慢前進以爭取時間，外婆還是沒有出現，也完全沒有什麼人要來救她的徵兆。反而是眼前不明所以的人影正持續不斷地縮短與她之間的距離。雖然對方的步履依舊遲緩，但看上去還是保持一定的速度。那種分秒不差的奇妙準確性，反而讓人毛骨悚然到說不出話來。

愛也想過要逃回鎮上，可是又害怕到根本不敢背對著對方。話說回來，外婆曾叮嚀過她，如果不幸遇到亡者時，就絕對不能離開亡者道，必須裝成一副若無其事的樣子與對方擦身而過才行。據說要是貿然逃跑的話，亡者會追上來，然後在轉瞬之間就附在你的身上。

外婆，好可怕呀。

愛拚命忍住不要哭出來，就在即將走到快要能清楚看見對方樣子的地點時，她也悄悄地將視線從對方身上移開。但是要完全避開也很恐怖，所以愛筆直地望向正前方，同時把身子縮到靠近小鎮的那一邊，就像是要跟走在海邊那側的來者錯身而過。因此，雖然有進入視線範圍內，卻不會看清對方的神色是什麼模樣。

對方的臉也面向前方可說是唯一的救贖。

他沒發現嗎？

如果是這樣的話就太好了。但另一方面，又覺得考量到彼此之間的距離，這未免也太奇怪了。自己必須得無視對方的理由可謂紮紮實實，但對方如果真的是亡者，為了要附在愛身上，就算盯著她看也沒什麼好奇怪的。

幹嘛要想這些呢。

不管怎樣，這都是求之不得的狀況。彼此不看向對方，就這樣相安無事地擦身而過，自然是再好不過了。

距離完全看清對方的表情已經沒有多遠了。

只差一點點……

內心湧出想偷偷看一下的好奇心。明知這簡直是自尋死路，卻又認為必須解開自己為什麼會感到不對勁的謎團。

只要迅速看一眼就好了……

只看一眼應該不要緊吧。只要在擦肩而過的瞬間偷瞄一下，然後頭也不回地逃跑就好了。

可是……

外婆平時就對自己耳提面命：「萬一不小心看到，只要假裝沒看見就好了。」另一方面，卻也不只一次聽到外婆對那些來找她商量的人說：「要是能搞清楚怪異的真面目，屆時該怎麼處理，你們應該心裡有數吧。」

萬一看到那個的臉……

這種不對勁的感覺究竟從何而來呢？愛覺得自己似乎快要知道原因了。她當然沒有任何根據，只是自己的直覺而已。

該怎麼辦才好……

還有十幾步就要擦肩而過了。隨著距離愈來愈近，異樣的感覺也同時開始增強。除了黑色的大衣以外，眼前這個來者的身上還有一股非常令人生厭的氣息，毫無保留地擴散而來。

……好可怕，好恐怖，人家好害怕。

明明這麼害怕，竟然還有膽子敢看那張臉啊，腦袋是不是有問題呀。愛簡直不敢相信自己的不知死活。

只差幾步就要錯身了。

……好想逃，好想離開這裡，好想馬上跑起來。

已經來不及了……

就在距離與那個錯身而過只剩一步之遙時，愛的視線不假思索地望向旁邊。如此一來，瞥見那張臉的下一刻，對方就已經走到她背後了。愛鎖定的就是這一剎那。

那是……

兩隻眼睛瞪到最大，目不轉睛地凝視著前方。

別說是愛了，這個人就只是面向前方，對於周圍的一切視而不見。

儘管如此，感覺他其實什麼也沒在看。但與其說是什麼都沒在看，不如說從那雙宛如死透的眼眸，就能感受到被那雙眼睛所凝視的好像就只有自己的恐懼感。

那個到底在看什麼呢……

得知對方沒有注意到自己，愛本來應該要感到如釋重負才對，實際上卻恰恰相反。她感覺到更深一層的詭異，讓人變得更加害怕。

總之她非常後悔。直接看了那張臉，結果卻被大大地撼動心神。明明拚了命才把視線投過去，結果卻什麼也沒弄清楚。謎團反而還變得更神祕了，只是徒增內心的恐懼。

……嗚嗚嗚嗚。

這時，背後傳來疑似呻吟的聲音。

欸……

愛腦海中不由自主地浮現出那個把頭轉了過來，瞪得斗大的兩隻眼睛正看著自己的模樣。

她隨即拔腿就跑，在亡者道上狂奔。即使在半路就岔出去衝回鎮內，但她還是沿著羊腸小徑一路跑回外婆家。

——當時的愛做夢也沒想到，發生這場經歷的隔天，自己居然要向警察交代這件事。以及過了八年後的某一天，還得再說給初次見面的人聽。

二

那天在大學的通識課程全部結束後，就讀文學院國文學系一年級的瞳星愛第一次踏進圖書館的地下室。

時值梅雨季節，從一大早就是憂鬱的陰天。到了中午，依舊烏雲密布的天空就開始啪嗟啪嗟地下起小雨。假如現在不是梅雨季節，她大概會喜聞樂見這種如霧般的濛濛細雨為大地帶來適度的濕氣。

受到雨露的滋潤，開出了各式各樣的草花。

伊藤左千夫《野菊之墓》的文章突然從愛的腦海中閃過。只可惜她現在的心情完全領略不了這句話的深意。

……那裡，好像會有那個出現喔。

因為，她正走向在學生之間流傳這種傳聞的圖書館地下室。建築物裡面本來就已經充滿梅雨季節那種陰暗沉悶的氛圍了，再加上已經是黃昏時分，而且還下著綿綿不絕的細雨，也讓那個場所更有傳聞中的那種感覺。也難怪她的心情會沉重萬分。

愛很喜歡看書，因此可以說是圖書館的常客。來圖書館讀書也比待在家裡的時候更能集中精神。大學生活才剛開始三個月左右，圖書館對她而言已經變成一個特別的地方了。

不過，她從未踏入這棟建築物的地下樓層。主要當然是因為沒有要去那裡辦的事情，雖然她也對那邊有點感興趣就是了。

這是因為，聽說那位刀城言耶的研究室就在那裡。

刀城言耶是以「東城雅哉」為筆名撰寫變格偵探小說和怪奇幻想小說的作家，同時也是會前往全國各地進行民俗田野調查的怪談蒐集家，縱使非本人所願，但也擁有業餘偵探這個面貌，是個非常有意思的人物。

日本戰敗後約十年的歲月，言耶在日本各地遭遇到的奇詭事件也多達三十起，其中大部分他都姑且算是「解決」了。之所以說得這麼語帶保留，是因為事件結束後仍留下了許多怪異之處……這樣的例子多不勝數。即便如此，言耶還是在不知不覺間成了眾人口中的「名偵探」。一如他的父親刀城牙升以冬城牙城之名於戰前到戰時的這段期間大顯身手、成為眾人口中大名鼎鼎的「昭和的名偵探」那樣。感覺他就像是繼承了父親的衣缽。

然而事實並非如此。言耶不管是遇到事件，還是試圖解決事件都只是偶然。幾乎都是在陰錯陽差的情況下，才不得不與那些事件扯上關係。而且他和父親之間存在著只有當事人才能明白的複雜心結。因此言耶自己對別人稱他為「名偵探」也感到非常不快。

值得慶幸的是，刀城言耶在他的本業，也就是作家活動方面充分建立了成績與知名度。不僅如此，他還出版了《民俗學的怪異現象》（英明館）等專業書籍，是個活躍的市井民俗學者。

京都的佛教體系私立大學「無明大學」的校長堤下玄學發現這顆蒙塵的珍珠。玄學原本就是「東城雅哉」的忠實讀者，對於言耶在民俗學方面的實績也讚不絕口，因此想請他去無明大學擔任教授。然而，饒是在理事會握有絕對權力的玄學，冒然聘請言耶來當教授還是太冒險了。雖然他因此將職位降為副教授，可惜還是無法在理事會通過。

言耶不過就是一介業餘學者，還沒有重要的研究成果。如果他是個作品在文壇獲得高評價、被視為文豪看待的高齡作家，說不定還有可能。但是言耶只是個三十出頭的大眾作家。所以校長應該是打著先請他去擔任暑期講座等場合的特任講師，藉此逐步獲得理事會認可再說的如意算盤吧。

堤下玄學本來還想為刀城言耶安排研究室。對於每年只來開一次或兩次特別課程的講師來說，這可是破天荒的待遇。也難怪會受到其他教授們不只一次的強烈反彈，讓這件事不了了之。但是在玄學鍥而不捨地籌劃後，還是把位於圖書館地下室、幾乎已經變成儲藏室的一個房間騰出來給言耶用。

只不過，這時發生了玄學萬萬沒想到的狀況。當他眉飛色舞地告訴刀城言耶自己的安排後，卻遭到言耶毫不留情地拒絕。

竟然沒有事先詢問過本人的意見嗎？

無論是誰都為之愕然，但這種不由分說的強硬態度正是堤下玄學的特色。所以他這次也是一意孤行。幸好言耶後來問他：「可以用來保管藏書嗎？」所以從這個角度來說，雙方的利害關係還算一致。

怪異民俗學研究室。

愛聽說位於圖書館地下室的房間門旁邊就掛著寫了這個名稱的房間名牌，好像也被人簡稱為「怪民研」。明明只是客座的身分，卻自稱「研究室」。這大概是言耶開的小玩笑吧。

如此這般，關於特任講師刀城言耶的事跡不一會兒便成為無明大學的學生們茶餘飯後的話題。不過，平常幾乎沒有人看過本人。因為言耶的活動據點在東京的鴻池家偏屋，不過就連那裡也甚少回去。原因是他一年四季都為了蒐集怪談在各地奔波，進行民俗田野調查。起初基於好奇心來怪民研一探究竟的學生還不少，現在已經乏人問津了。因為無論什麼時候來，都遇不到言耶本人，所以這也是理所當然的結果。而且，先前那個傳聞也因此自然而然地傳開了。

……那裡，好像會有那個出現喔。

本來這種傳聞只會吸引更多的訪問者上門。畢竟對象是學生。為了確認傳聞的真偽，又或者是抱著好玩的心態，就算有幾十個人一起闖進怪民研也不奇怪。

沒想到，起初是這樣沒錯，但人數很快就減少了。而且過沒多久又開始流出新的傳聞。

……那裡感覺真的不太妙。

奇妙的是，與「真的不太妙」有關的訊息則完全沒有在學生之間傳開。倘若有人在怪民研有過什麼異樣的體驗，肯定立刻就會傳遍全校才對。

因為沒有人想說……

高年級的學生又開始流傳一波新的傳聞，可是沒有人知道真相為何。等這件事傳到愛這個大一新生的耳中時，已經變得十分含糊了。

……真討厭。

愛站在連結地下樓層的樓梯口時，忍不住在心中自言自語。

平常都是從圖書館正面的大門口進來，穿過大廳，再往裡面走，爬上前方的樓梯，前往二樓的圖書室。今天卻是在大廳的途中就右轉，順著狹窄的走廊往前走，在走廊盡頭停下腳步，然後站到通往地下室的樓梯前。放眼望去的各處都是初次看到的景象。

要從這裡下去啊。

愛並不害怕。只是覺得抱著遊山玩水湊熱鬧的心態跑去是傻瓜才會做的事。她對那種地方避之唯恐不及，壓根兒沒打算主動靠近。

因為，搞不好會看到……

愛從小就偶爾會感應到異常的存在。得知只有自己才會看到那些東西時，還曾經受到相當大的打擊。

「跟外婆我一樣呢。」

可是聽到外婆這麼說的時候，愛卻由衷地感到喜悅。

愛的母親在關西出生、關西長大，母親的母親——也就是愛的外婆——來自瀨戶內。當孩子們——當然也包含愛的母親在內——長大並獨立以後，加上丈夫——愛的外公——也去世了，外婆也因此回到自己出生、長大的故鄉兜離浦，在過去的老家生活。

那個地方叫作波鳥町，據說外婆的外婆在那裡從事「祈禱師」的工作。當時的町村幾乎都有這麼一個所謂的「民間宗教人士」。外婆繼承了她的資質，回到故鄉後也開始當起「祈禱師」。換句話說，外婆的外婆將能力傳給她，而同樣的天賦也讓愛繼承了。

得知自己的「能力」會隔代遺傳給孫輩時，外婆也開始指導愛要怎麼跟那種能力和平共存。一面陪伴因為學校暑假等場合來玩的愛、一面自然而然地傾囊相授。拜外婆所賜，愛學會該怎麼控制自己的能力，奈何那些畢竟是「看得到的時候，再不想看也會映入眼簾」的東西，所以她現在才杵在樓梯口，裹足不前。

從這裡就能看到的地下室走廊，原本就有些陰暗。現在外頭還下著小雨，因此建築物內部絕對不怎麼明亮。但即使扣掉天氣因素，眼前的光景還是頗為陰森，充滿讓人怎麼樣也不想下去的氣氛。

……真討厭。

愛在心裡再次自言自語，慢吞吞地走下樓梯。畢竟拜託她的不是別人，正是外婆。都來到這裡了，不可能再回頭。

下到地下室，眼前突然變得一片黑。左右張望，就連天花板的電燈燈光也十分微弱，令人感到不安。彷彿閃著閃著突然就不會亮了。

往走廊的左手邊前進，在第一個轉角處左轉後，就看到前方不遠處的左邊牆壁出現了燈光。前面有個咧著大口的長方形空間，燈光就是從那裡透出來的。愛走到燈光前，停下腳步。

還真的有啊。

洞開的門口左邊掛著「怪異民俗學研究室」的房間名牌。

要是沒有的話，愛可就傷腦筋了。可是當怪民研真的出現在面前時，還是會覺得很奇妙。簡直就像是小說裡描繪的虛構舞台突然在眼前現身，不禁讓人感到疑惑。

「……打、打擾了。」

感覺室內有人的氣息，於是愛邊打招呼邊走進去。

「欸欸！」

接著她忍不住發出驚嘆聲。

從走廊上就可以看到一部分，書籍數量之多可說是令人訝異的程度。不只擺在牆邊，還有好幾個書架橫切過室內，因此視線無法看到最深處，愛只得迂迴曲折地繞過書架前進。

書籍除了以正規的方式塞滿所有的書架以外，就連那些書與隔板之間的空隙、書架的上方、擺放在房間中央的工作桌以及最裡面窗邊的桌子上、地板的每一個角落都能看到書，總之是處於整個滿出來的狀態。

簡直就跟舊書店一樣。

這是最先浮現在內心的感想，可是愛隨即推翻了這個想法。

……有點不太一樣。

以被無數的書給包圍的空間來說，基本上是一樣的意思，但她總覺得這個房間內存在一種不僅如此的異樣感。

是什麼呢？

就在愛頻頻左顧右盼的時候，突然冒出了一個疑問。感覺許多原本沒有映入眼簾的東西突然開始強調起自己的存在。彷彿在此之前還躲得好好的，現在才終於在她面前現身。

那些東西和諧地隱沒在大量的書籍之間。木雕面具、稻草紮成的人偶、紙船、正圓形的鏡子、陶器擺飾、好幾條繩子、大大小小的壺、狐狸和狼的塑像、打磨如玉的石頭、和服美女的黑白照片、隱約透出沒見過的文字的和紙卷軸……恐怕都是在民俗學領域別具意義的物品。

這些充滿強烈存在感的東西就這麼隨興又毫無章法地放在各種地方。

這、這是……

愛從那些東西身上感受到一股實在稱不上喜歡的氛圍。而且只要仔細一看，那些東西就會接連不斷地出現在視線範圍內。

……原因出在這裡啊。

這間研究室之所以會傳出「好像有那個」的傳聞，肯定是因為這些讓人覺得背後顯然有某些故事的東西，在蒐集之後並沒有經過任何整理——裡頭想必也有必須好好供奉的東西吧——就被集中在一處所致。愛對自己的判斷深信不疑。再加上室內的燈只開了一半，無論如何都會覺得那些看來十分詭異的物品正包圍著自己。

老師難道沒有任何感覺嗎？

愛不免覺得很不可思議，但隨即想起刀城言耶幾乎不會待在這個房間裡。這個研究室對他而言，大概只是用來放置藏書和蒐集品的倉庫吧。

有趣的是，當愛看著室內雜亂無章的光景，卻不經意地浮現出「說不定這些東西全都照著刀城言耶自身的一套整理方法分類得井井有條」這種想法。

怎麼可能呢。

愛在心中推翻了自己的想法，接著繞過面前的工作桌，再繞過書架，走到深處的桌子前。

桌上堆滿了四百字的稿紙。看到那疊稿紙的瞬間，愛的心跳開始加速。

莫非是老師寫到一半的小說。

明明知道不該偷看，卻怎麼也無法壓抑好奇心的驅使，視線不由自主地落在稿紙上。

然而，第一張稿紙的開頭寫的卻是〈青色春天的脈動〉這種應該是怪奇幻想小說的標題，至於署名也是「天弓馬人」這個陌生的名字。讀音是「TENKYU MAHITO」（てんきゅう まひと）嗎？

該不會是老師的新筆名吧。

如果是這樣，與東城雅哉也相差太多了。天弓馬人這個名字會讓人想起那種出現在希臘神話裡、半人半獸的半人馬族。總覺得與刀城言耶的形象相去甚遠。

明知不妥，視線仍在桌上遊走，最後落在幾本雜誌上。其中有一本文學雜誌《柘榴》也是愛喜歡的刊物。但是《新狼》這本雜誌她就沒看過了。拿起來翻了翻，看來應該是同人誌。上頭有天弓馬人的名字和〈朝靄的呼吸〉這個作品名稱。除此之外還刊登了小松納敏之的〈偏光〉、泉薰子的〈止住流沙〉、弦矢駿作的〈朧月夜的香氣〉、夏目雪壽子的〈曲解〉等作品。是純文學嗎？

翻閱雜誌中的其他作品，只能想到這個可能性。因此這或許與刀城言耶一點關係也沒有。

啊，是要把事情經過告訴這個人嗎……

肯定是由本校的研究生之類的人來擔任老師的助手吧。就在愛終於把今天到訪的目的與天弓馬人這個名字在腦海裡連結起來時……

「言耶在嗎？」

聲音突然從走廊那邊傳來，嚇了愛一跳。一方面事發突然、一方面從對方直呼刀城言耶的名字以及輕率的語氣來看，就知道這個人沒有絲毫的敬意，所以她才會感到訝異。

愛連忙回到可以看到門口的地方，只見有個年紀三十多歲後半、戴著眼鏡的細長臉男性正從走廊把臉探進來。

「不好意思，老師人不在。」

她想都沒想就回答，結果那個男人回以一抹淺笑。

「老師啊……」

以飽含揶揄的口吻說完，他又接著說：

「可以轉告妳口中的老師，請他快點交論文嗎？」

「請、請問你是……」

「我是副教授，保曾井。」

男人的姓氏很符合他的長相[1]，但是比起自己的名字還更想強調「副教授」職位的說法讓人聽了有些火大。

1 保曾井在書中的讀音為「ほそい」（hosoi），與細長這個詞彙的日文讀音相同。

是是是，刀城老師只是特任講師嘛。

愛也想反唇相譏，但又想到刀城言耶本人恐怕根本不會放在心上，於是便乖巧地回答：

「好的，我會轉告他。」

或許是很滿意她的態度，保曾井緊接著追問：

「妳是我們學校的學生嗎？念哪個科系？叫什麼名字？名字漢字怎麼寫？」

愛不得不一一回答。

「妳可以來我的研究室玩喔。」

最後還提出令人毛骨悚然的邀請，愛簡直要翻白眼了，但還是笑容可掬地目送他離開。她擔心要是自己對保曾井採取無禮的態度，可能會給刀城言耶添麻煩。

話說回來——

天弓馬人上哪兒去了。雖說他們今天沒有約好，但他應該知道這幾天的傍晚會有人來研究室拜訪才對。

不是說他幾乎都窩在怪民研裡嗎。

愛無可奈何地走向深處的書桌，坐在椅子上開始閱讀天弓馬人刊登在《新狼》的〈朝靄的呼吸〉。

哦，這個人的文筆這麼優美啊。

起初只有這種程度的感想，但回過神來，她已經深深著迷於男主角的情感波動。不知從何時開始，她已經難以自拔地追隨著男主角的念想。

「哇啊啊啊啊！」

因此，當背後傳來猝不及防的尖叫聲時，她就如同字面上的意思那樣、差點就要從椅子上跳起來。

三

愛提心弔膽地將椅子轉過去一看，有個年約二十出頭的男性、渾身僵硬地站在打橫切過室內空間的書架旁邊。

從他用雙手牢牢地捧著一本大開本的書來看，顯然是邊看書邊走進來，直到最後一刻才發現愛的存在。雖然現在仍是一臉僵硬的表情，但可以看出五官長得很端正，給人一種相當知性的印象。

「請問是……天弓先生嗎？」

明知八九不離十，愛還是開口問他。因為對方的態度實在很詭異。

難道他以為人家是幽靈嗎？

怎麼可能——愛不禁苦笑。但是從他的態度看來，似乎也並非完全不可能。

「你是天弓馬人先生，沒錯吧？」

愛認為應該趕快搞清楚對方是誰，然後再報上自己的姓名。

「老師告訴過我……絕對不能讓妖怪知道自己的名字。」

沒想到卻換來語不驚人死不休的回答。

「誰、誰是妖怪啊。」

「幻化成女人的妖怪之類的……」

「你、你說什麼？」

「像是狐狸啊、狸貓啊、貉啊。大學後面就是深山，就算有狐狸什麼的棲息也不奇怪。」

換作平常，應該只會當對方是在開玩笑，但是眼前這個男性卻散發出一股不能一笑置之的氣氛。這令愛大感困惑。

「既然如此——」

她沒有仔細思考，只覺得這種僵持不下的窘境實在太蠢了，於是愛迅速地做出結論：

「那人家就先說吧。我的名字是瞳星愛，因為受到刀城言耶老師邀約，所以才會到這裡來談談。」

「我是天弓馬人。」

然後他也乾脆地承認，這出乎愛的意料之外。

只不過，似乎是總算鬆了一口氣，只見天弓露出如釋重負的表情後，猛然又冒出一句令人難以置信的話。

「妳就是那個同性戀的女學生嗎？」

「啊？」

「保曾井老師是這麼說的。」

「什、什麼——」

完全聽不懂他在說什麼，愛感到方寸大亂，但又覺得應該要嚴正否認。

「你在胡說什麼。我、我才不是。人家——」

喜歡的是男生——後半句正要說出口，但突然想到這麼一來可能又會產生別的誤會，頓時羞得滿臉通紅。

「沒關係啦，沒事沒事。」

天弓似乎誤會了她的反應。

「根本沒有必要區分愛這種情感所投注的對象到底是異性還是同性。我是這麼想的。」

擺明是出自體貼的安慰之詞，愛簡直要急壞了。她自己對於同性間的感情沒有任何偏見，也認為同性戀只是自由戀愛的一種選擇，但話是這麼說，愛還是想解開現在落在自己身上的誤會。

「那、那個，我啊——」

問題是，應該怎麼說明才好呢。就在愛困擾到不知該如何是好的時候……

「很奇怪吧。」

天弓狡黠地一笑。

「欸……哪裡奇怪？」

「保曾井老師怎麼知道妳是同性戀呢。不，實際上妳應該不是吧。既然如此，他為什麼要給我這個訊息呢。」

「……我、我不知道。」

因為愛宛如丈二金剛摸不著頭腦，於是天弓就問她名字的漢字怎麼寫。愛告訴他之後，天弓就開始解釋。

「也就是說，保曾井老師把妳的姓氏『瞳星』讀成了『DOUSEI』，再接續名字的『愛』，就這麼衍伸出『同性戀』了[2]。」

「他、他是小學生嗎！」

愛下意識地吐嘈，結果把天弓給逗笑了。

「他還說如同把姓倒過來就成了『星瞳』那樣，妳有一雙充滿好奇心的美麗眼眸。而且很可愛，就跟後面的名字一樣，惹人憐愛。」

聽到突如其來的讚美，再看到天弓臉上與陰森森的地下研究室一點也不搭調的爽朗笑容，愛不禁感到小鹿亂撞。

咦……

然而下一瞬間，愛又懷疑天弓是不是在挖苦自己。從剛才的話聽下來，他早就知道一切，才會說出「愛這種情感」這樣的台詞。

可是，為什麼？

若是要說有哪裡不太對勁，無非是天弓進門時發出的驚呼。那肯定是他看到愛坐在深處那張椅子上的背影時，脫口而出的叫聲。

但如果是這樣的話，那可就太奇怪了。

要是他已經從保曾井口中得知有個女生在這裡，就算研究室出現陌生的女性身影，應該也會知道她就是那位訪客。可是他卻表現出那麼驚訝的態度，怎麼想都太奇怪了吧。

啊，這個傢伙該不會是個膽小鬼吧。

明明已經從保曾井口中聽過自己的事，可是真正看到人的瞬間，還是忍不住喊了出來……

假如挖苦她是為了洩憤……

2 瞳星在書中的讀音為「とうしょう」（toushou），保曾井讀的方式可寫成漢字的「同性」，而同性戀在日文中的漢字表示為「同性愛」。

由於被愛目不轉睛地盯著看，天弓的笑臉逐漸變得僵硬，開始表現出如坐針氈的樣子。

「妳來研究室是為了要談些什麼吧。」

顯然是為了轉移焦點，天弓請愛坐到工作桌旁的椅子上。根據兩人的相對位置，愛坐在靠室內的這邊，他則是坐在靠近門口的那一側。彷彿愛是老師、天弓是學生。

這個人是刀城老師的助手嗎。

從年齡來判斷，應該是研究生吧。只是愛總覺得相較於其他的研究生，天弓的氣質顯得不太一樣。

似乎是因為愛還是盯著自己瞧，天弓趕緊催她進入正題。

「所以是？」

結果愛反問他：

「刀城老師什麼都沒有告訴你嗎？」

「完全沒有。只說有一位本校的學生會來這裡找他商量事情，要我記錄下來——就只有這麼通知我而已。」

這樣的話就難怪了。愛不免有些同情天弓，但連忙在心裡搖頭。

有什麼好同情的，是天弓先挖苦人家的……

「妳不想說嗎。」

天弓突然對她發起脾氣，讓愛感到莫名其妙。結果這時才發現自己不只在心裡搖頭，實際上也真的搖頭了，不禁面紅耳赤。

「不、不是那樣的。」

「既然不是，那就有話快說。」

天弓莫名冷漠的語氣也惹毛了愛。

「人家沒辦法隨便就把事情告訴連自我介紹都不會的人。」

「我叫天弓馬人，是這所大學的畢業生。在校期間就開始創作，也因為這樣結識了刀城言耶老師。所以當老師在學校有了自己的研究室，就拜託已經是研究生的我利用他不在的時候幫忙整理這裡的藏書和收藏品。相對的，我被允許可以自由使用這個房間，所以我平常都窩在這邊寫小說。這樣妳滿意了嗎？」

天弓行雲流水、滔滔不絕的說明讓愛聽得一愣一愣的，但是她也打算接著自我介紹。

「人家，不是，我——」

「為什麼要改過來。繼續用『人家』就好，不用硬是換成『我』。」

「是、是嗎。呃……人家是這所大學的——」

「自我介紹就不必了，直接告訴我重點。」

「呃！」

愛氣得鼓起了雙頰。雖然提出要自我介紹的確實是自己沒錯，但是要對對方言聽計從又令她感到惱火。

「人家在關西出生，父母也是，外婆——」

「都說沒必要自我介紹了。」

天弓毫不留情地打斷她，愛以不卑不亢的語氣還以顏色。

「這是接下來要說的體驗談背景，所以不是單純的自我介紹。」

愛強行交代一遍自己和家庭的背景。不知道為什麼，明明只是順其自然地變成現在這種情況，愛卻覺得跟這個人說話很開心。感到不可思議的同時，她也開始娓娓道來那段親身經歷。

「那段令人不寒而慄的經歷發生在人家十歲那年的暑假。」

「總算講到重點了。」

原本一聲不吭——可能從一開始就放棄掙扎了——側耳傾聽的天弓連同嘆氣一起吐出這句話，但依然繼續被愛無視。不僅如此，愛還故意讓話題兜得更遠。

「跟往年的夏天一樣去外婆家度假。那裡是兜離浦一個叫波鳥町的——」

「等一下。」

天弓果然表現出如同愛預期的反應。

「妳說妳外婆家在瀨戶內的兜離浦嗎？」

「對。在那邊的波島町，而波島町就在潮鳥町的隔壁。」

聽到這裡，天弓終於露出對愛說的話產生興趣的表情。

原本臉上堆滿了是因為受刀城言耶所託，才不得不聽愛說的勉強感。還一臉像是在表示「肯定不是什麼了不起的事吧」之類的不耐煩，這也讓愛氣得眼冒金星。所以起初她在說明外婆的出身地時故意跳過具體的地名。這一切都是為了在進入正題前讓他大吃一驚的伏筆。

「刀城老師曾經在兜離浦外海的鳥坏島參加過鵺敷神社的鳥人儀式，在那裡被捲入了有人從化為密室的拜殿裡消失的事件——」

「這我知道。」

「妳知道？」

天弓再次露出狐疑的表情。愛看得出來，這個反應該是出自「熟知刀城言耶事件簿的人就只有自己」這樣的自滿。愛不禁在內心竊喜。既然如此，那事情就好辦了。

「你知道潮鳥町的海部旅館嗎？」

「那當然。」

「外婆和那家旅館的老闆娘從以前就是姊妹淘。」

「……原來如此。原來是這麼回事啊。」

天弓之所以立刻接受這套說法，大概是因為知道刀城言耶有一個習慣吧。言耶會寫信問候以前在遭遇過的事件中結識的相關人員。有時候是擔心對方在事件結束後過得好不好……但事實上，主要是想打聽事件結束後有沒有再發生什麼異狀。兜離浦的海部旅館老闆娘就收到過這種信。

「好像是外婆提到我上大學的話題時，老闆娘就向外婆提起刀城言耶老師的事蹟。外婆似乎認為如果是這麼有意思的老師，或許就能解釋人家遇到的怪事。」

「所以海部旅館的老闆娘才會寫信，把妳的事情告訴老師啊。」

「對。人家收到外婆的來信後，刀城老師也捎來聯絡，說哪一天都可以，要我在傍晚的時候到這裡來。如果他人不在的話，他已經交代一個年輕人留守，叫我把事情告訴那個人——以上就是我來這裡的來龍去脈。」

「好長的說明啊。」

天弓這句話似乎沒有要挖苦自己的意思，但是聽在愛的耳裡還是覺得很刺耳。正當她想說點什麼來展開反擊的時候，天弓開口了。

「啊，妳要說的親身經歷難不成跟鳥女妖怪有關——」

說到這裡，他突然露出惶惶不安的表情。不對，說是純粹的嫌惡比較貼切。

這傢伙果然很膽小。

這種性格，虧他還能擔任刀城言耶老師的助手——愛暗自竊笑，心想這麼一來就更值得告訴他了。

「這麼說來，那裡自古以來有句傳言，在海底要注意共潛，在海上要注意船幽靈，在空中則要注意鳥女，對吧。」

「我、我知道啊。」

看到他的反應，愛拚命忍住笑意。

而且一旦知道有人要把某個話題告訴刀城老師的時候，無論如何都應該要預料到內容可能會有點恐怖吧。

一開始對天弓萌生的知性印象開始出現細微的裂痕。

順帶一提，共潛指的是一種海底的魔物，當海女潛到海底採集鮑魚等漁獲時，身邊會在不知不覺間多出一個不認識的海女，手舞足蹈地告訴自己別處有更多的鮑魚，萬一興沖沖地跟上去，就會落得溺死的下場。也有人認為這個怪談是為了警告世人絕對不能太過貪心。

船幽靈則是漁船在海上捕魚時，海中冷不防伸出一隻手，然後說道：「借我勺子。」萬一照做，那隻手會一直用勺子把海水舀進船裡，使船舶沉沒……就是這樣的海上魔物。為了逃過一劫，交出勺子前一定要先把勺子的底部挖空。

至於鳥女，相傳是兜離浦自古流傳的妖怪，也有人說是墮落的宗教人士，不過目前還是個充滿謎團的存在。

「然、然後呢——」

因為天弓依舊用一臉惴惴不安的樣子催促她說下去，所以愛便否認。

「這件事與鳥女無關。」

與此同時，天弓顯而易見地鬆了一口氣。

「不過，漁夫不是很迷信嗎。」

「咦……」

愛的下一句話又讓他恢復先前的緊繃神情。

「你聽說過亡者嗎？」

「是刀城老師去做民俗田野調查時經常聽到的怪異現象吧。我印象比較深刻的是波美地方和強羅地方……」

「我不知道別的地方發生過什麼事，但是在兜離浦，從以前就把於水中溺死的死者亡靈稱為亡者。」

「亡者是溺死者的亡靈，這或許是每個地方共同的解釋。不過，波美地方有一座名叫沈深湖的山中湖，基於泡在水中的遺體會膨脹的現象，稱出現在沈深湖中的怪異為『膨脹者』。強羅地方則認為死於沉船等海難事故的亡靈會變成亡者出現。」

「這些都是從水中出現的對吧。」

愛如此確認，讓天弓毫不掩飾地皺了眉頭。

「兜離浦的亡者不是嗎？」

「我小時候聽外婆說過，以前曾經有人在夕陽西下的逢魔時刻看見亡者搖搖晃晃走在沿海的亡者道上的身影。」

「……」

愛有些興災樂禍地對什麼反應也沒有的天弓馬人說起自己的親身經歷。

四

從瞳星愛有記憶開始，母親每年夏天都會帶她去位於兜離浦波鳥町的外婆家玩。

小時候經常跟附近的孩子們一起玩，但沒多久就交到磯貝睦子這個同年齡的朋友。不同於整天閒著沒事做的愛，睦子個子雖小卻很能幹，每天一大早就要幫家裡做事。

波鳥町隔壁的潮鳥町有一條穿過鎮上，通往內陸的陡峭上坡路，順著那條路往前走，會來到名叫十見所的台地。這處山口會定期舉辦市集，各式各樣的商品都能在那裡以物易物。

商人們會從更內陸的中島町用小貨車運來肉類及生活用品。另一方面，包括潮鳥町在內的沿海小鎮主要是帶著魚貝類等海鮮來交換。前者因為要開車，主要都是由男人出馬，後者就只會看到女人。雖然一方面是因為男人要出海捕魚，但更關鍵的理由是搬運物品的方法。

愛對兜離浦最早的記憶就是從十見所往下俯瞰的城鎮風光。從山口到海岸線的陡峭斜面上，有如拼貼上去似地蓋起鱗次櫛比的小房子，羊腸小徑就在那些住宅間縱橫交錯……腦海中最先浮現出這種有如箱庭世界般美不勝收、卻又帶有些微閉塞感的光景。

因此鎮上能讓車子通過的馬路少之又少，無論什麼樣的貨物當然都得由人力搬運。可是男人因為出海捕魚時常不在，而且鎮上縱橫交錯的巷弄也十分狹窄。這是因為要在極為有限的土地上蓋房子、開墾田地，就不得不壓縮道路的寬度。

基於這個緣故，在兜離浦這裡就盛行由女性把貨物頂在頭上搬運的模式。先在頭頂放上稻草製的環圈或圓形的竹簍，再放上籃子或桶子，裡頭裝有要搬運的物品，最後再維持平衡、邁出步伐。這麼一來就連在狹窄的巷子裡也能擦身交會而過，雙手能空出來也是一大利點。明明正在搬運東西，但無論哪隻手都還是能自由活動。

大部分的兜離浦女性從小就要學習這種特殊的搬運方法。因此，儘管睦子才不過十歲，卻已經是個能獨當一面的勞動力了。只不過，也不是這個地區的所有女性都必須學會這門技術。像是船東家的夫人或女兒等不需要特別做什麼工作的人或懶惰蟲就不具備這項技能。

睦子還有個大她十歲的姊姊美子，就是後者最典型的範例。人如其名，美子從小就是個美人胚子。即使在沿海地帶土生土長卻擁有罕見的白皙肌膚。她的容貌甚至還會被誤以為是哪個大戶人家的千金。

因此，身為漁夫的父親也對美子寵愛有加，小心翼翼地呵護她長大。母親似乎很反對父親如此偏心，但是他們家從以前開始就是以父親的意見做最後的定奪。美子自幼就敏銳地意識到這點，於是動不動就尋求父親的庇護，完全不會幫忙做家裡的任何事情。

「因為我太矮了……」

這是美子不學習頭頂搬運技巧的藉口，想也知道跟她的身高半點關係也沒有。倘若問題出在身高，那麼還是小學生的睦子根本就無法勝任不是嗎。

美子唯一——單就外表來說——的缺點就是個子太矮。都已經成年了，卻只比還是小學生的睦子高一個頭，因此她似乎也很擔心妹妹遲早會高過她。擔心歸擔心，她當然也深諳讓絕大多數的男人認為「妳永遠都像人偶一樣可愛」之道。

以前不幫忙做家事的藉口，不知不覺間竟成了諂媚男人的說詞，這也非常像是美子會做的事。

「這也太不公平了吧。」

聽到睦子不只要運貨去市場，還得幫忙煮飯、洗衣、劈柴和燒洗澡水時，愛就以小孩子應有的率真態度說出了自己的想法。

「可是姊姊真的好漂亮啊。」

意外的是，感覺就連當事人也沒有任何不平不滿，甚至還維護姊姊、幫她說話，愛驚訝得下巴都要掉下來了。

就在她們十歲的那年夏天，某個男人的傳聞傳遍了兜離浦。

當地的船東鯨谷家在波鳥町西端的懸崖上蓋有一棟洋房。不清楚原因為何，鯨谷家家主的姪子昭治從今年春天開始就住在那裡。聽說是男女關係方面出了某些問題，在都市那邊的老家待不下去了，於是才會躲到這裡。流言傳得繪聲繪影，但誰也不知道真正的實情。

雖然他其實已經三十出頭了，但是從那副看起來比實際年齡小了十歲的俊美樣貌來看，兜離浦的居民都認為流言即使不中，肯定也不遠矣。證據就是昭治才來到鯨谷家一個月，花名就在兜離浦的大街小巷，以及許多妙齡女性之間流傳開來了。

這麼一來，兜離浦的男人當然也無法再保持沉默。畢竟這裡多的是對自己的實力很有自信、血氣方剛的漁夫，劍拔弩張的氣氛一觸即發。之所以沒有真的起衝突，無非是看在他是船東姪子的份上。

「那種軟弱的男人有什麼好的。」

聚集在酒場的男人不曉得由誰開了第一槍。他們無論如何都無法相信，相較於健壯的自己，體格瘦小的昭治到底憑什麼能得到那麼多年輕女孩的青睞。

「這麼說來，那個豆芽菜傢伙簡直就跟小平家的功治一模一樣。」

小平功治這個人身材矯小，皮膚很白，性格很溫順，對暴力敬謝不敏，放在漁夫城鎮的這群男人之中顯得很格格不入。在這片土地上，幾乎所有的男人都以打漁為生計，他則是在十見所的市場工作。工作態度非常認真，也不像鯨谷昭治那樣體弱多病。功治與臥病在床的年邁母親過著省吃儉用的樸實日子，勤勤懇懇地存錢。他的夢想是開一間屬於自己的店。因此非常受到老人家的喜愛，但是在年輕女孩之間就不怎麼受歡迎。

「哦，真的很像耶。」

另一個男人同意剛才那個男人的意見之後，眾人便開始七嘴八舌地起鬨。

「可是女人根本不甩功治，只喜歡昭治，這是為什麼呢？」

「差在一個是窮人家的孩子、一個是船東的親戚吧。」

「功治與昭治，就連名字都很相近呢。」

「跟名字沒關係吧。」

「只有名字和長相差不多，其他完全是兩回事。功治做起事來可勤奮了，昭治啥正事也不幹，成天就是遊手好閒地四處搖來晃去。」

「瞧你說的，你以前不是一直取笑功治像個娘兒們似的嗎。」

「是、是這樣沒錯，但是比起昭治那傢伙，功治還更有男子氣概。」

「因為功治很努力工作賺錢嘛。」

「昭治根本不用流一滴汗，就有花不完的錢了。」

「說到底還是錢嗎。」

「不，不光是錢的問題。他們確實很像，不過仔細觀察的話，昭治身上有著功治沒有的吸引力。」

「你啊，別說這麼噁心的話。」

「你站在誰那邊啦。」

「我只是說出事實——」

「一定要給昭治一點顏色瞧瞧才行。」

這句話讓酒場內瞬間陷入死寂。

「要怎麼做？」

剛才客觀陳述意見的男人這時也冷靜地發言。

「那傢伙身材矮小又體弱多病，要是吵架時不小心推了他一把，可能會直接要了他的小命喔。就算只是受點輕傷，想也知道所有的女人都會同情他。」

「要是搞成那樣，我們的立場就很尷尬了。」

這樣的疑懼在這群男人之間瀰漫開來。可是無論是誰都在擔心，倘若讓昭治繼續拈花惹草，遲早有一天會出事的。

然而，沒想到鯨谷昭治突然變得安分起來。以前從早到晚都在兜離浦的各個鎮上走來走去，招惹這一帶的人妻或哪一家的閨女。但不知道是什麼緣故，突然就待在家裡不出門了。

「應該是鯨谷家的老爺終於看不下去，所以好好警告那傢伙了。」

這個說法讓男人們全都鬆了一口氣，但其實根本沒那回事。鯨谷家的家主平時就完全放任自己的姪子，不去管他。

既然如此，昭治為何突然變得這麼安分老實呢？等到真相大白的時候，兜離浦的人沒有一個不大吃一驚，沒想到事情居然能被藏得這麼好。或許是因為天時、地利、人和的各種條件全都疊加在一起，才讓他擁有這麼好的運氣。不過本人肯定萬萬沒料到，自己的好運竟然會有用完的一天。

即使關在鯨谷家，昭治還是會在傍晚的時候出門散步。沿著狹長的海岸線小徑從西邊的鯨谷家走到東邊的惠比壽神祠堂，對他來說算是一種療養。日暮時分會吹起有點寒冷的風，因此即使是夏天，他身上還是穿著大衣。那並非冬天用的款式，質地比較輕薄，但黑色的大衣加上穿著它的男人有著蒼白的臉色，所以讓孩子們感到很害怕。

……亡者走過來了。

有的孩子甚至還會這麼說，這讓大部分的小孩都開始覺得昭治很詭異。

雖然大人會訓斥他們「少在那邊胡說八道」，但也只是嘴上說說而已。因為除了年輕的女性以外，兜離浦的居民對昭治都沒有好感。另一方面，必須得顧慮鯨谷家卻也是事實，所以叱責孩子的口吻自然也顯得曖昧不明。

事實上，還有一個不能說的理由。兜離浦的人從以前就把那條由西延伸到東的海岸線狹窄小徑稱為「亡者道」。

不幸在海中喪命的人會變成亡者回來。

亡者會在亡者道上徘徊，然後附在生者身上。

附在生者身上，亡者就能離開亡者道。

轉進城鎮中的巷弄，尋找下一個犧牲者。

當地素有這樣的傳說。尤其要注意剛死不久的亡者。因為本人還不知道自己已經死了，所以很難分辨祂們與生者的不同。因此人們很容易就誤以為對方是活生生的人，不小心與其接觸，因而提高了被附身的風險。

日本戰敗後，歐美文化一口氣在日本擴展開來，這也讓一些古老的在地風俗習慣自然而然地消失。話雖如此，倒也不是全面消失。

太陽下山後還在外面玩的話，小心會被亡者帶走喔。

現在依然會有父母或祖父母這麼警告孩子。換言之，亡者的存在被當成教育小孩的權宜之計。這麼一來，比起只在亡者道出沒，要是宣稱到處都會出現的話就會更方便教導小孩。這就是只留下亡者，但最關鍵的「道」卻在歲月流逝間逐漸風化的時代背景。

然而，如今因為鯨谷昭治的所作所為，亡者道也得以再次復甦。一旦想起被遺忘的習俗，自然就連習俗的內容也跟著復活了。看在兜離浦的人們眼中，這個男人是比什麼都還麻煩的存在。

……好像有什麼奇怪的東西走在黃昏時分的亡者道上。

這個傳聞開始傳得沸沸揚揚。不消說，大家都認為那個怪東西的真面目就是昭治，但也有人認為不是，孩子們都嚇得瑟瑟發抖。不，若是時間接近黃昏，就算在成年人之間也會有迷信的人刻意避開亡者道，不惜繞遠路也要選別條路走。

那麼，萬一與亡者在亡者道上狹路相逢，要怎麼做才能逢凶化吉呢？

假使發現亡者迎面而來，一定要若無其事地與其擦身而過。切記絕對不能轉身逃跑、讓自己背對亡者。若是想逃之夭夭，必定就會被附身。

還有，與亡者擦身而過的時候，絕對不能看對方的眼睛，但是也不能望向旁邊。因為移開視線就跟背對亡者一樣。一定要讓對方進入自己的視線範圍內，然後盡可能自然而然地與亡者錯身。

雖然極少發生這種事，但倘若亡者主動開口搭話也不要回應。總之，一旦遇到亡者，千萬要閉緊嘴巴，什麼話都別說。

只要確實遵守以上這幾點，亡者就無法鎖定你，接著就會不覺有異地離去。但如果失敗了，就算最後能順利脫身，還是會被亡者記住，留下有一天遲早會再來附在自己身上的恐懼。當事人是漁夫的場合，這段經過往往也意味著可能會在海上下落不明。

由於老人家像這樣提出了一大堆關於亡者的故事，兜離浦曾一度籠罩在陰鬱的氣氛裡。想當然耳，大多數的成年人都不相信，不過從事打漁工作的人自古就比較迷信。他們深信只要不犯忌諱，就不會被作祟，所以每個人都對黃昏時段的亡者道敬而遠之。這麼做也跟想要避開昭治有關，尤其是波鳥町的人，幾乎完全是對他不理不睬。

事實上，有兩個人對於兜離浦的這種變化十分喜聞樂見。那就是昭治本人和美子。因為兩人從某個時候開始，就已經在惠比壽神祠堂附近那個已經改成儲藏室的作業小屋裡，發展出暗通款曲的關係。

五

從這裡開始，瞳星愛的敘述終於進入正題，簡單整理如下。

出事那天的晚上八點前，鯨谷家裡裡外外都不見昭治的蹤影，引發一陣不小的騷動。

「少爺跟平常一樣，五點半左右就出去散步……」

這是在鯨谷家當了多年奶媽和幫傭的瀧田金子所提供的證詞。

「少爺在七點前回來，比平常晚了一點點。是的，他通常六點半就會回家，今天卻是在快要五十分的時候才到家。不知是不是累了，一回來就立刻回房。大約過了五分鐘，我去敲他的房門，想了解一下狀況，房裡就傳來有如微微呻吟的回應，所以我就沒有再打擾他。過了一個小時左右，心想差不多該開飯了，所以就去請少爺來吃飯，可是等了半天都沒有人應門。心想他是不是睡著了，結果開門一看卻沒有看到少爺，床上也沒有睡過的痕跡。先前他從來沒有結束例行散步後又再度外出的情況，而且都這個時間了，少爺究竟會上哪兒去呢……」

喊一個三十出頭的男人「少爺」實在有點怪，不過昭治從小就常來鯨谷家玩，或許金子對他還是留存著當時的印象。鯨谷家的子女全都獨立搬出去了，因此對她而言，來鯨谷家做客的昭治就成了久違的需要被照顧的「孩子」。

都幾歲的成年人了，只是一時不見人影，沒必要造成這麼大的騷動吧。更何況這個人還跟好幾個女性都有男女關係，就算整晚不回家，肯定也沒有人會放在心上。

問題是昭治以前從未外宿，再加上最近幾乎足不出戶，只有傍晚的散步可以說是唯一的外出。而且每次散步一定都會在晚餐前回來。有時回家後會先稍事休息，但基本上都會正常吃晚飯，從來沒有不吃晚飯就又跑出門。

聽完金子的報告後，鯨谷家家主站在受託照顧昭治的立場，便向駐在所[3]報案。駐在所的辻村巡查立刻趕到鯨谷家，向瀧田金子詢問經過。金子雖然有年紀了，視力與聽力都大不如前，但她的證詞非常可靠，對時間的認知也很精確。

「本官會先在府上周圍進行搜索，如果還是找不到的話，再請青年團幫忙，展開地毯式的大規模調查。」

鯨谷家家主也同意辻村的建議，於是這位巡查開始在鯨谷家周遭展開調查。

此時，辻村其實有想到一個地方。鯨谷家蓋在波鳥町西部盡頭的懸崖上。面向大海的懸崖一角有座觀景台，巡查知道經常有人從漁船上看到昭治站在那裡的身影。想當然耳，看到他的時間都是白天，巡查不認為他會在現在這個時間去觀景台，頂多只能視為有這個可能性。那裡的欄杆很低，確實也是令人不安的依據。

辻村的不安成了事實。當他走到觀景台查看，就發現欄杆前方整整齊齊地擺著一雙鞋。

……該不會是自殺了吧。

辻村趕緊向鯨谷家家主報告，這位船東也立刻聯絡漁夫們出海協尋。可惜要在入夜後的大海上搜尋失蹤人口簡直比登天還難。搜索的範圍並非只有鯨谷家所在地的懸崖下方而已，還必須延伸到東邊懸崖的惠比壽神祠堂下方。因為夏天的海潮從傍晚到深夜都是沿著海岸線由西往東流。

可惜並沒有任何發現，長達兩小時的搜索就暫時告一段落。等到隔天早上再次展開搜尋時，就在東側懸崖下方再稍微往東前進一點的地方，發現了卡在礁岩間的部分遺體。其他部分可能被這個地方自古以來稱為「魔深」的鯊魚吃掉了。只剩下上頭殘留破碎衣物的軀幹，著實難以判斷身分。雖然後來也找到右腳和左手，但損傷得太嚴重了，無法採集指紋。

即便如此，兜離浦的失蹤人口就只有一個，再加上屍首還很新，幾乎可以確定是昭治沒錯。這麼一來，關鍵當然就在於他昨天傍晚的行動了。

當天下午，縣警派來一位姓多門的警部和幾位刑警，以波鳥町為中心展開調查。這時出現了非常重要的證人，首先是磯貝睦子，再來是瞳星愛。

昨天晚上六點前，忙著準備晚飯的母親要睦子去惠比壽神祠堂附近的作業小屋確認還剩下多少柴火。

作業小屋是用來處理漁獲的地方，也是漁夫的家人們工作的場所，因此通常都蓋在海邊，由於數量不足以應付所需，所以只有這間小屋孤零零地蓋在波鳥町東端的懸崖上。想也知道，這實在太不方便了，所以如今已經變成附近人家用來貯存冬天用柴火的小屋。後來也被用來收納工作方面必要的雜物，成了名符其實的儲藏室。

通常都是等到暑氣不那麼逼人的晚秋才會開始準備冬天要用的柴火，但睦子的母親似乎在

3 設置在郊區、山區、離島等地區的警察或消防設施。以警察的場合來說，機能相當於派出所，差別在於多半由定期派任的員警常駐，而非每日輪班制。

擔心前期的存量。

睦子依言前往作業小屋。就在她要伸手開門的時候，突然感受到一股奇妙的氣氛。

……好像有誰在裡面？

睦子小心翼翼地不發出任何聲音、繞到了後面，接著從原本就露出縫隙的窗戶往裡面看，結果就看到了巨大的陰影，害她嚇了一跳。

……海、海坊主。

已經從漁夫工作退役的爺爺說過，他曾經在捕魚的時候看過海坊主。海坊主黑漆漆的，上半部呈現半球形，下半部則像個寸胴鍋，就這麼唰啦一聲從海中現身，直勾勾地凝視著爺爺的船。明明沒有眼睛，他卻能感覺到那傢伙正在盯著自己看。

情急之下，爺爺從剛捕到的漁獲裡挑出幾尾特別大的魚丟進海裡，然後那個東西什麼也沒做，便消失在海中。

海坊主為什麼會出現在作業小屋……

當時睦子還認真地思考這個問題，後來，巨大的陰影居然分毫不差地一分為二，看得她目瞪口呆。

海坊主增加了……

不過，睦子的戰慄感很快便隨風而逝。因為她發現那兩個影子其實好像是兩個人。不過，如果是這樣的話，就表示那兩個人原本是抱在一起的。

睦子在好奇心的驅使下睜大眼睛一看，果然不出她所料。一個是女人，一個是男人。再繼續定睛細看，才發現那個女人竟然是姊姊美子，而男人則是傳聞中的昭治，這可嚇得睦子的心臟差點就要從嘴裡跳出來。

……他們在幽會啊。

睦子知道這個詞彙的意思。所以也能想像剛才兩人抱在一起肯定是在接吻。只不過，關於兩人接下來要做什麼，睦子還沒有那方面的知識。即便如此，她還是強烈地感受到不能再偷看了。因為那兩個人都是一絲不掛。

睦子離開那個地方。可是，她對小屋裡的事在意得不得了，所以也沒有回家。好一段時間，她就這樣在波鳥町的巷弄間漫無目的地走來走去。

多門警部向美子問話，美子大方坦承與昭治幽會的事。只是結束後他們就跟往常一樣，各自回家了。

多門問美子時間大概是多久。

「這我哪記得啊。」

美子以絲毫沒有緊張感的語氣回答，不愧是每天過得無所事事的美子會說出來的應對。根據刑警們向磯貝家左鄰右舍打聽的結果，有人證明在六點二十分左右看到她回家。

多門根據瀧田金子的證詞，初步推測鯨谷昭治平常的行動模式如下。

他每天傍晚五點半離開鯨谷家，沿著海岸旁的小徑——也就是亡者道——散步，五點四十五分左右抵達作業小屋，在那裡與美子享受三十分鐘左右的甜蜜時光。接著於六點十五分離開作業小屋，在六點半左右回到鯨谷家。

然而昨天傍晚，他晚了二十分鐘回來。詢問過美子後，得知他們待在小屋的時間也沒有比平常久。至少她是在跟平常一樣的時間離開小屋的。那麼，到底為什麼會產生那二十分鐘的差異呢？

多門警部從鯨谷家家主口中聽到一條耐人尋味的線索，是關於昭治的相親。擔心體弱多病又處處留情的兒子未來會沒有著落，他的父母從以前就拚命地為他尋求良緣，結果在一封於早上送達的信件中告知終於找到了。快的話今年秋天就要為昭治安排相親。

順帶一提，他的父母於那天傍晚便抵達兜離浦。看到慘不忍睹的遺體，母親當場昏厥。雖然父親還勉強硬撐振作，但據說也無法斷定那就是自己的兒子。

多門做了個假設，推測昭治與美子是否因為相親的事情在作業小屋裡起了口角。那謎般的二十分鐘落差，會不會就是幽會後發生衝突的時間呢？或許昭治赴約時並未坦承自己要相親的事，而是等到完事後才提起，因此惹惱了美子。

兩人因而爆發爭執，這時美子推了昭治一把，害他的頭部受到強烈撞擊。由於昭治的身體本來就很虛弱，所以猛然這麼一下就讓他一命嗚呼。又或者是處於奄奄一息的狀態，看起來就跟死了沒兩樣。

推理到這裡，多門警部有個非常大膽的想法。不，應該說是奇思妙想才對。就在美子正感到不知所措的時候，小平功治出現了。他從以前就愛慕美子，但也很清楚這只是自己的一廂情願。沒想到美子居然跟長得與自己頗為神似的昭治在這種地方暗通款曲。正因為愛慕美子，才會察覺到兩人私底下做的好事。不僅如此，功治甚至還做出偷窺這種寡廉鮮恥的行為。

功治要美子先回家，善後工作就交給他處理。美子離開後，功治脫掉昭治的衣服和鞋子，扛著他的屍體──又或者是他昏迷不醒的軀體──和衣服一起從惠比壽神祠堂所在的懸崖上拋下大海。接著，功治再披上昭治的大衣，把他的鞋子藏在懷中，回到鯨谷家。他讓佣人看見自己進屋，之後再偷溜出去，將鞋子放在西邊的懸崖上。

多門警部根據自己的推理找來小平功治問話，沒想到功治的反應竟完全出乎他的預料。

「我怎麼可能會看上那種不幫忙家裡工作的女人。」

多門起初也以為功治是在打馬虎眼，但他似乎是真的很討厭美子。

謹慎起見，刑警們在鎮上打聽了一番，但怎麼也打聽不到功治對美子有好感的跡象。而且正好相反，很多人都表示「美子那種女人完全不是他喜歡的類型」。

詢問美子本人後，她一如既往地傲慢回答：「那個人說不定喜歡我……」可是當警方詢問功治是否曾表現出想追求她的態度，或是有追求過她的事實，美子全都不情不願地否認了。

可是，功治的不在場證明很模糊。案發日的隔天是每個月一次的特別市集，他直到傍晚都在十見所做相關準備，之後拜訪了包括鯨谷家在內的各町船東的住處，時間大概是五點半至六點半之間。

至此，愛的目擊情報就顯得格外重要。話是這麼說，多門警部也不可能認同她所遭遇到的詭異情況。不過警部還是盡可能想對少女感受到的那些異常做出合理的解釋。

「剛殺完人的人，理所當然並不是處於正常的精神狀態。與瞳星愛錯身的人就是把鯨谷昭治丟向大海、將其殺害的小平功治。與磯貝美子爭吵的時候，昭治人還活著。功治也發現他還沒死，剛好就利用這個機會來除掉情敵。不料凶手卻與少女狹路相逢。而少女憑著孩童特有的敏銳直覺，察覺到圍繞在對方身上的異常氣息。從這個角度來思考的話，瞳星愛的證詞就變得很有說服力了。」

警方不光只是對小平功治與磯貝美子問話而已，還進行了正式的偵訊。但無論再怎麼調查兩個人的關係，都找不到他們之間有任何牽扯。周遭的證詞也是一樣。假如動機是功治隱藏在內心深處、誰也不知道的思慕——這麼一來就說得通了。問題是沒有證據的話，自然也無法逮捕他們。

警方的調查就此擱淺。

不過到了第二天傍晚，多門警部接獲了宛如救命稻草般的情報，就是那具被認為是鯊魚吃剩遺體的驗屍報告。

死亡推定時間為前天的下午五點到七點之間。

睦子看到姊姊美子和昭治一起待在作業小屋的時間是六點過後，因此他應該是在六點到七點間的一個小時內遇害的。

瞳星愛在亡者道與昭治擦身而過的時間是六點半以後，瀧田金子看見回到鯨谷家的「少爺」則是六點五十分左右，然後他就進入自己位於二樓的房間。五分鐘後，金子去看看他的狀況，所以計算下來，他是在那之後的五分鐘內遇害。

因此美子是凶手的可能性大幅降低，換成小平功治單獨犯案的假設浮上檯面。案發當天傍晚，他去拜訪各町的船東。雖然不確定他是在幾點前往鯨谷家，但是根據瀧田金子的證詞，至少可以確定是在昭治回家以前。

既然如此，難道功治拜訪完鯨谷家，就直接躲在鯨谷家附近嗎？等昭治回家後再把他叫出來，將人誘導到觀景台，接著一把給推下懸崖。如此一來，這起命案相關人員的行動就全部兜起來了。

只不過，這裡有一個很大的問題。功治是如何在不被鯨谷家的人發現的情況下、把待在自己房裡的昭治約出來的呢？這兩個人並不認識。假設功治朝著昭治的房間窗戶扔石頭、示意他出來，昭治也只會覺得這個人很可疑吧。而且約出來後，還得想辦法把昭治帶去觀景台。功治真的有辦法在五分鐘內搞定這些難題嗎？

更何況動機的問題依然沒有解開。既然推翻了美子與昭治起衝突、導致昭治死於意外或殺人的可能性，那麼剩下的就只有功治獨自殺害情敵這個論點了。

換句話說，小平功治發狂似地戀慕磯貝美子——倘若這個事實不存在的話，這起命案就無從成立。

問題是，無論多門再怎麼訊問功治和美子、刑警們再怎麼向相關人士打聽，都得不到這方面的事實。反而還更加確定「功治一點也不喜歡美子這種女人」。

小平功治身上沒有動機，也找不出證據。唯有這點再清楚不過。

到最後，他們也不得不再次思考鯨谷昭治自殺的可能性。自己孱弱的身體、父母安排的婚姻、不得不與美子分手的命運……以上種種作為構成自殺的動機也並非不可能。他與情人幽會後回到鯨谷家，悶悶不樂地暗自煩惱，最後選擇偷偷溜出家門，從觀景台跳崖自盡。這是警方最終——或許並非多門所願——的見解。

兜離浦的居民究竟有多少人接受這個見解呢。聽說有許多比較了解昭治的女人都苦笑著表示「那個人才不會自殺呢」。明明是相當重要的證詞，但警方已經聽不進去了。

因此，警方認為愛在亡者道上遇見的人就是鯨谷昭治本人。愛之所以會覺得他不太對勁，可能是因為他已經露出死相了。以上是警方的見解。

哦，警方不否定死相啊。

這點令愛大感意外。還以為警方對於那方面的一切都嗤之以鼻。

結果，人家看到的是……

已經下定決心、準備要從西端的懸崖跳下去的鯨谷昭治嗎？

可是，那種毛骨悚然的感覺……

愛總覺得那是某種更鬼氣逼人的感覺，光靠警方也認同的死相其實無法說明。

也就是說，與人家擦身而過的……

是已經從東端懸崖上跳下去、剛死去不久的昭治嗎？化為亡者的他從跳崖自盡的海裡爬上岸後，走上了亡者道嗎？就是因為這樣，愛才會被如此駭人的感覺給束縛嗎？

不管是哪一邊，昭治都是自己結束自己的生命。

可是……

愛就是覺得自己當時所遇到的是更為邪惡的某種存在。之所以覺得那麼不對勁，肯定是因為這個緣故。

人家果然看到亡者了。

而且可能是慘遭殺害、被扔進海裡的昭治……
隨著日子一天天過去，這樣的想法也愈來愈強烈。往後每當愛想起當時的情景，以及自己最後竟然能平安無事的時候，整個身子都會顫抖個不停。

六

瞳星愛講完自己的故事後，天弓馬人依舊保持沉默。起初還很正常的臉色，如今變得異常蒼白。
……嚇到他了嗎？
第一次見面就聽見他的尖叫聲，心想這傢伙該不會是個膽小鬼吧——當時愛不禁存疑，如今內心的疑惑似乎已經得到證明了。
愛在敘述事件時，天弓由始至終都探出身子、表現出事無鉅細地追問哪個人在幾點時都在哪裡做什麼的熱情。可是當她開始說起自己在亡者道上的親身經歷，此時的天弓就突然變得像是借來的貓[4]那樣老實。變化如此迅速，也讓愛為之愕然。
最後又再次提起亡者的話題，是不是不太好啊。

愛姑且先反省了一下，但也不想一直沉默下去，就問天弓：

「這個經歷可以新增到刀城老師至今蒐集到的『亡者』項目裡嗎？」

不料天弓卻給出了否定的回答。

「老師蒐集的故事都是具有民俗學價值的案例，不包含小學女孩受到大人說的怪談影響，所以就以為自己真的看到怪異的親身經歷。」

「人家真的看到了。」

「那是鯨谷昭治本人，他先回家一趟，又偷偷跑出來，然後從附近的懸崖跳崖自殺。警方不也是這麼結案的嗎。」

「可是大部分認識昭治先生的女性都說他不可能自殺……」

「話說回來——」

天弓這時露出狐疑的表情。

「妳對事件為什麼會這麼了解？」

「那件事在當地很有名，知名度僅次於刀城老師遭遇的鳥坏島事件。就算不想知道也會聽人提起。而且在那之後，人家每年夏天都還是會去外婆家玩。」

「總之妳看到的就是鯨谷昭治。」

「都說他不可能自殺了——」

4 借りてきた猫。日本諺語，意指態度跟先前不同，變得相當老實。源自於對環境變化敏感的貓，若是突然換了環境會感到無所適從、態度舉止因此改變的習性。

「既然如此，就是被凶手從西端的懸崖上推下去的。」

「在短短五分鐘內嗎？」

「這是最合理的想法了。另外，死亡推定時間終究只是一種推測。就算往後推十分、二十分也不無可能。」

「那凶手是誰？」

「可能是其他愛慕磯貝美子，卻沒有在搜查過程中浮上檯面的傢伙吧。」

「如果真有那個人，在那種人際關係十分緊密的鄉下地方是絕對藏不住的。」

「昭治和美子的關係不就藏得很好嗎。」

「那是因為他們本來就是醒目的存在。就連和鎮上的男人不屬同一類人的小平功治先生，周遭的人也都知道他的為人如何。假設還有其他可能成為凶手……為了美子小姐而不惜殺害昭治先生的人存在，大家一定會知道。」

「那就是昭治自己從東端的懸崖跳崖自殺。妳所看到的就是他的幻影。聽說有些幻覺看起來非常真實。」

「才不是，那絕對不是幻覺。雖然人家以前都只是遠遠地看到昭治先生，但是會在那個時間到那種地方散步的人就只有他。更重要的是，人家為什麼會看見昭治先生的幻影？根本沒有理由吧。」

「那是因為……」

「就算那不是昭治先生，人家也確實跟什麼東西擦身而過了，這點人家可以發誓。」

「所以說……」

「請問……你是不是害怕了？」

天弓頓時噤口不言。

「天弓先生是不是在擔心，萬一採信人家說的話，就等於是承認亡者的存在，所以才一直唱反調。」

話剛說完，天弓原本發白的臉色開始一點一滴地染上了紅暈，隨即以彷彿從地底響徹的音量說道：

「妳、妳說誰是膽小鬼、是沒用的軟腳蝦、是毫無勇氣的窩囊廢啊！」

「欸，人家可沒有說得這麼過分。」

「才怪，妳心裡肯定是這麼想的。」

嗯，是有一點……愛嚥下險些脫口而出的這句話。

「總之就如老師所願，人家的故事已經說完了。接下來就交給老師和天弓先生判斷了。」

愛打完招呼，正要站起來……

「喂，等一下。」

天弓慌張地阻止她。

「妳好意思在這種情況下一個人回去嗎？」

「人家的任務已經——」

「說完就可以拍拍屁股走人嗎。妳把氣氛搞成這樣，現在該怎麼辦？」

被他這麼一說，愛才反應過來。研究室內的氣氛確實明顯比先前要凝重許多。擺放在室內的那些來歷不明的物品彷彿也受到她的話題影響，開始散發出不好的氣場……

「可是——」

愛露出困惑的表情。

「人家認為自己遇到亡者，但天弓先生似乎有不同的想法，所以……」

「肯定會有妳也能接受的合理推論才對。在我找到那個推論之前，妳不能回去。」

「怎麼這樣。」

天弓簡直是強人所難，愛聽了都當場愣住了。不過看到他開始專心推理的模樣，又覺得再稍微陪他一會兒好像也無妨。真是不可思議。

「……有了。」

沒多久，天弓喃喃自語。

「真相其實很簡單不是嗎，只是我們完全沒想到而已。」

「怎麼說？」

「在亡者道跟妳擦身而過的確實是鯨谷昭治沒錯。」

「如果是他的話，那他是從鯨谷家的所在地、也就是西端的懸崖跳崖自殺，還是被推下去呢？」

「都不是。」

「咦……」

「因為遇害的人是小平功治。」

愛一頭霧水，一句話也說不出來。至於天弓反而變得更加饒舌。

「案發當天早上，昭治接到來信，得知父母要為他安排相親，心想再這樣下去，自己就要被逼著結婚了，自然也不得不跟磯貝美子分手。於是他決定跟美子私奔。但如果只是私奔，父母絕對不會善罷甘休，一定很快就會被父母找到，逼迫兩人分手、把他抓回老家。所以昭治擬定了一個計畫，要讓長得跟自己十分神似的小平功治當自己的替身、把他從惠比壽神祠堂所在的東端懸崖推下去。雖然不知道他是怎麼把功治約去作業小屋的，但是憑藉自己寄宿在船東鯨谷家的立場，理由要多少有多少吧。從懸崖上把功治推落後，昭治自己返回鯨谷家，並且把鞋子放在西端的懸崖上，布置成自殺現場。大家肯定以為遺體是從西邊漂流到東邊，這個計畫就是建立在眾人的誤判上。功治的母親臥病在床，應該能想辦法糊弄過去吧。而且功治還有點積蓄，這下子連私奔的資金都有了。」

「哇……」

愛直率地表現佩服，天弓顯然很滿意她的反應。

「然而，這裡出現了兩個意想不到的狀況。首先是遺體尋獲前就被鯊魚啃咬了。無法確認身分，但這個結果對昭治來說，無疑是意外的收穫。因為找到的遺體愈完整，發現死者其實是小平功治的可能性也愈高。尤其是如果兩隻手都還留著，從指紋就能輕易判定死者的身分。再加上昭治並沒有驗屍是如何推定死亡時間的知識，若是死者從東端而非西端懸崖墜落的可能性愈高，自己就愈可能被多門警部懷疑。因此，他刻意營造出讓人覺得自己從亡者道返回鯨谷家的身影就是亡者的狀況。」

「哦哦。」

「綜合以上所述，昭治的計畫其實有很多漏洞。但這反而讓命案被籠罩在迷霧裡。妳的目擊證詞也幫了他一個大忙就是了。」

「原來如此啊。」

愛點頭附和，然後便不發一語。起初天弓還表現出得意洋洋的表情，但因為她始終都是這副態度，天弓也漸漸開始坐立不安了。

「……有什麼問題嗎？」

「聽起來很合理，但是假扮成小平功治先生的鯨谷昭治先生，真的有辦法順利地騙過所有人嗎？」

「臥病在床的母親很好對付吧。至於左鄰右舍，盡可能不要碰到面就好了。」

「不，人家說的是警察。」

「不論是小平功治還是鯨谷昭治，對警方而言都是第一次看到吧。」

「是這樣沒錯，可是在交談的時候，肯定從方言就可以聽出對方是不是兜離浦這邊的人。」

「昭治從小就經常來鯨谷家玩，就算會說方言應該也沒什麼好奇怪的。」

「可是……」

愛小心翼翼地提出反對意見，不過此舉似乎刺激了天弓。

「怎樣？」

「案發後，小平功治先生並沒有和美子小姐一起離開兜離浦……」

「妳是說……他們沒有在一起嗎？」

「是的。沒在一起。」

「妳早點說呀！」

雖然尷尬的表情凝結在臉上，但也只是須臾之間，天弓隨即再次陷入沉思。不過，這次他沒過多久就站起身來，突然開始在狹窄的室內走來走去。而且還從書架上抽出幾本書、隨手唰啦啦地翻頁，但也沒仔細看就放回去，然後持續重複以上的動作。看樣子他拿起那些書並沒有特別的用意。

這是他思考時的習慣嗎？

愛起初也是這麼想的，只見天弓最後在一副烏漆墨黑的面具前停下腳步，目不轉睛地盯著面具看，這讓人感覺有點可怕。

……這、這傢伙不要緊吧。

此時天弓突然開口，以彷彿在嘰笑她的驚惶似的語氣說：

「妳在亡者道上遇到的確實是『已經死了卻依然活著，依然活著卻已經死了』的存在。」

「什、什麼意思？」

「也就是說，妳感覺到『已經死了』的是鯨谷昭治剛被切斷的頭顱。感覺到『依然活著』的則是用大衣遮掩、把那顆頭顱頂在頭上搬運的磯貝睦子。」

「……」

愛無言以對，一句話也說不出來，但又覺得多年來卡在心裡的結突然被解開了。那個瞬間，愛領悟到天弓的推理不偏不倚地命中核心。

「我猜多門警部最初的判斷說不定是正確的。」

天弓丟出這句開場白，接著再度變得饒舌起來。

「作業小屋的幽會結束後，昭治告訴美子自己要去相親的事，向她提出分手。美子在氣急敗壞之下推了他一把，結果他就這麼死掉了。不過，接下來的發展跟多門警部推理的不太一樣。這時挺身而出、拯救美子的並不是小平功治，而是妹妹睦子。在睦子理解發生了什麼事的剎那，就決定要幫姊姊脫罪。首先讓美子先回家，睦子再用小屋裡的斧頭砍下昭治的頭和四肢。既然小屋是用來存放柴火的地方，就算有斧頭也不奇怪。而睦子平常就會幫忙家裡劈柴。之所以要分屍有兩個原因。第一個原因是要將遺體從小屋搬到東端的懸崖上，棄屍於大海。即使昭治的身材再怎麼矮小，睦子也無法扛起一個成年男子的遺體。另一個原因則是美子回家後，必須得讓人目擊昭治還活著的假象。這時她用頭頂運貨的技術就派上用場了。睦子往作業小屋裡窺探時，那個被她看成海坊主的可怕身影，實際上是抱在一起的昭治和美子。若是能漂亮地一分為二，表示兩人的身高幾乎一模一樣。而美子只比睦子高一個頭。也就是說，只要把昭治的頭顱頂在睦子的頭頂上，就跟他生前的身高差不多了。」

「可、可是……」

儘管愛已經完全被說服了，卻還是感到有些難以置信。

「睦子應該不知道人家會經過亡者道啊。」

「這個靈感閃過腦海時，睦子肯定也很擔心自己假扮昭治的事會不會穿幫。目擊者愈多，穿幫的風險愈高。幸好傍晚的亡者道人煙稀少，說是根本沒人走動也不為過。因此睦子想到的目擊者其實是年事已高、視力與聽力已大不如前的瀧田金子。我猜她在擬定這個驚心動魄的計畫時，就已經從姊姊口中問出瀧田金子的事情或昭治的房間是哪一個了。就算美子不曾去過鯨谷家，大概也聽昭治形容過自己家裡的樣子吧。」

「把東西頂在頭上搬運時，不能少了放在頭頂上的稻草環圈或圓形竹簍，那些用具要從哪裡來呢？」

「作業小屋裡有各種工作上需要的雜物。大概是用那些來代替吧。雖說死後再切下不會流太多血，但還是要用點什麼來包住頭部的切斷面，那也是用小屋裡的東西來應急。也有可能是用死者的衣服吧。」

「睦子的計畫是偽裝成昭治先生自殺嗎？」

「或許牽強，但是在想不出其他好辦法的情況下，也只能硬著頭皮上了。警方最後也不得不接受這個結果不是嗎。」

「昭治先生的鞋子呢？」

「把東西頂在頭頂上搬運時有一個好處，那就是雙手可以活動自如對吧。不過是一雙鞋而已，對她而言簡直易如反掌。先在鯨谷家讓瀧田金子看到自己，進入昭治的房間後再稍微等一下——這時金子突然跑來探視昭治的情況，所以其實也是命懸一線呢——然後睦子再偷偷溜出鯨谷家，把鞋子放在西端的懸崖上，頭顱和大衣都扔進大海。要是在西端到東端的懸崖間發現這兩樣東西的其中一樣，多門警部說不定也能看穿這起命案的真相。」

「睦子居然瞞著人家做到這個地步……」

「擦身而過以後，妳聽到的那個疑似呻吟的聲音，肯定是她知道妳沒有發現她，所以才安心地喘了口大氣。」

事隔多年才湧上心頭的衝擊蔓延至愛的四肢百骸，相反的，天弓則是一臉雨過天晴的輕鬆表情，而且還突然眉飛色舞地宣布：

「很好。這麼一來，亡者依舊只是傳聞中的存在。」

「……」

愛目不轉睛地凝視天弓，接著語帶保留地問他：

「可以請教你一個問題嗎，天弓先生不太喜歡這種怪力亂神的話題吧。」

這已經是她搜索枯腸、小心翼翼地揀選字句後才提出的問題了，但天弓卻用一副不情願的態度駁斥：

「我不是討厭怪談，也不是害怕，更不是因為聽完以後會嚇得睡不著覺才不想聽——」

少來了，不管怎麼看，你明明就怕得要死……愛當然是嘴巴緊閉，不會傻到真的說出來。

「我只是因為身為刀城老師蒐集怪談的助手，才會像這樣幫他聽妳說故事而已。」

「嗯，這我明白。但不管怎麼說，硬要一刀切的話，你屬於不喜歡怪談的人吧。」

愛又慎重地問道。只見他萬般不情願地微微頷首，於是愛又接著說：

「就算是這樣，你也真的很令人佩服呢，竟然能在這種來路不明的物品多到快要滿出去的研究室裡寫小說。」

「……這就別提了。」

天弓又露出不悅的表情。

「可以的話，我希望能忘記這件事，盡量不去意識到那些東西……」

「啊，果然是這樣。既然如此，為什麼要勉強自己呢？」

「因為再也沒有比這裡更安靜，而且還能一個人待著專心寫作的地方了。」

「圖書室不行嗎？」

「有時候還是會有人在圖書室裡竊竊私語啊。」

天弓說到這裡就瞥了愛一眼，眼神裡寫著「說的就是妳們這些女學生」。

「也就是說，天弓先生把創作看得比什麼都重要呢。」

「那當然。」

天弓回答的態度充滿「既然事情談完了就快點給我滾出去，我要開始寫作了」的弦外之音。因為實在太過露骨，就連愛也被他惹惱了。

「聽說小平功治先生啊——」

「嗯？」

「後來娶了一個內陸城鎮的太太。開始用他存的錢實現經商的夢想。」

「嗯嗯。」

並未被天弓漠不關心的態度逼退，愛不屈不撓地接著說：

「在那起事件之後，人家和睦子的關係開始有點疏遠。一方面是因為美子小姐的樣子變得很奇怪，所以她必須要照顧姊姊。另一方面，是因為睦子似乎也受到命案的影響。」

「那是必然的結果吧。」

天弓姑且附和一下，先前的熱情在此時此刻已經消退得一點都不剩。

「至於美子小姐呢，每天到了傍晚都會去亡者道那邊散步……」

「欸？」

「她的樣子很不尋常……再怎麼勸阻也沒用，所以睦子只好負責陪在旁邊盯著她。」

「喂——」

聽到這裡，或許是心裡萌生了不祥的預感，天弓插嘴想打斷她，但愛一點都不在意。

「那年晚秋的某天傍晚，睦子隔著一段距離，守著跟平常一樣走在亡者道上的美子小姐。沒想到，只是注意力稍微從她身上離開一會兒，美子小姐就不見了……周圍沒有任何可以藏身的地方，完全能看得一清二楚。而且即使從睦子視線移開的時間來思考，也不可能跳海。即便如此，睦子還是趕緊往大海那邊看去，但是完全沒有人跳下去的跡象。接獲睦子的通知後，漁夫們就開船出去搜尋，但是都找不到美子小姐。」

「……」

「過沒多久，有人就在亡者道那邊看到非常詭異的東西。」

「……什麼？」

「第一個看到的是個小孩，他說那個東西很像自己在學校圖書館的圖鑑裡看過的圖騰柱……」

「……」

「後來又出現第二個、第三個目擊者，綜合大家的說法，終於看清那個異樣的東西長什麼樣子了……」

「別賣關子了，要說快點說。」

「好像有兩個頭，而且是上下縱向……」

「……」

丟下似乎還想說什麼、但身子卻僵在原地動彈不得的天弓馬人，瞳星愛頭也不回地離開研究室。

當她走在走廊上時，背後傳來了「喂——妳給我回來！」的叫喊聲。

不過愛並沒有停下腳步，笑容滿面地揚長而去。

第二話

逼近的無頭女

一

杏莉和平之所以會造訪蓋在武藏野颳呂之丘的頭類家，然後目睹那種令人膽寒的東西，說是完全拜他愛讀的推理小說作家約翰・狄克森・卡爾所賜也不為過。

明年就要面臨高中入學考試，和平卻在中學三年級的秋天被卡爾的作品風格迷得神魂顛倒。他以前看的海外推理小說並沒有特別突出的怪奇性，就算提出了匪夷所思的謎團，也不過就是為了刺激讀者好奇心的裝飾罷了，因此他並不覺得有什麼恐怖的。

然而約翰・狄克森・卡爾──又名卡特・狄克森──就有所不同了。他的作品充滿了詛咒及作祟、鬼魂等神祕領域的要素，在事件中都篩落了深邃幽暗的影子。作品中有時也會提到怪談。看了一堆這樣的作品後，和平不知從何時開始就不再閱讀卡爾的書，甚至還開始討厭了。

因為他的膽子非常小。雖然年幼時期大家幾乎都是這樣，可是一旦變成中學生、發展出合理邏輯的精神後，通常就會開始採取否定的態度。但他直到現在都還是很討厭這些怪力亂神的要素。明明知道偵探小說到了最後一定會解開謎團，他還是不太適應卡爾的作品。而且一旦有了成見，就再也看不下去了。

麻煩的是，他又非常喜歡完美的犯罪。在犯人絕對不可能進出的密室內發生了命案；案發現場是覆蓋著白雪的野外，卻只留下被害人的足跡；偵探緊追著逃跑的犯人不放，犯人卻消失在走廊的盡頭。他最喜歡這一類的作品了。只可惜其他作家描寫這種不可思議事件的作品並不多。相較之下，卡爾的作品幾乎都是這種不可能的犯案。

討厭恐怖的故事，卻又想多看一點這種超越人類智慧的案件。和平受困在如此矛盾的情境之中。如果是以前的他，就算再好奇，大概也不會去看卡爾的作品吧。然而升上三年級以後，在日以繼夜地認真準備考試的壓力下，他突然鬼迷心竅了。為了緩解準備考試的疲憊感，以前的那些作家已經無法讓他感到滿意，和平認為自己需要更強烈的刺激。而卡爾正是再適合不過的選擇。話雖如此，他仍先粗略地瞄了一眼大綱，選擇看似沒有絲毫怪奇性、以卡特・狄克森的名義發表的《猶大之窗》——而且還是作者的作品中最貴的一本——這也非常符合他的作風。

銀行家在固若金湯的密室內遇害。凶器是放在室內的弓箭，現場除了一個雙手沾滿血的青年以外就沒有其他人了。他是銀行家女兒的未婚夫，而偵探認為青年是無辜的，展開了調查——這樣的內容就足以讓和平深深著迷。

想當然耳，看完這本書後，和平對卡爾的作品感到意猶未盡。他從同樣是由早川書房出版的早川推理系列中選了看似沒有怪奇元素的《皇帝的鼻煙盒》。遺憾的是這部作品裡並沒有出現密室，不過他依然對於令人跌破眼鏡的結局佩服得五體投地。這麼一來，不僅無法跳過卡爾的作品，反而難以壓抑「正因為是卡爾的作品才更想看」的渴望。

於是和平鼓起勇氣，挑戰了看起來很恐怖的《夜行》。那是卡爾的出道作，描寫的是圍繞著人狼傳說的密室命案。這本書的怪奇氛圍對於對恐怖故事避之唯恐不及的和平而言，無疑是相當強烈的刺激，但是他終究無法抵擋完美犯罪的魅力。

看著看著，和平也不能自拔地深陷在約翰．狄克森．卡爾的世界裡。不過很快就面臨困境了。相對於鯛魚燒七圓、鉛筆十圓、彈珠汽水十圓、紅豆麵包十二圓、咖啡五十圓、咖哩飯和電影票一百圓，《猶大之窗》要價兩百二十圓、《皇帝的鼻煙盒》要一百四十圓、《夜行》則是一百六十圓。過去一分一毫都沒有浪費、努力存下來的壓歲錢固然派上了用場，但買書的資金很快就見底了。光靠每個月的零用錢，就算放棄新書、跑去舊書店尋寶也撐不了多久。再說他本來就很少在自己居住地的舊書店看到早川推理系列，更遑論卡爾之類的作品。至於學校及鎮上的圖書館也是同樣的情況。

他想要閱讀更多被怪奇趣味性妝點的完美犯罪小說。

到了這個時候，他也明白除了卡爾的作品以外，再也沒有別的東西能用來轉換準備考試的心情。遺憾的是新書就別妄想了，只能耐著性子去舊書店尋寶。

就在這個時候，和平在學校裡發現有個正在閱讀卡爾作品《三口棺材》的男學生，令他訝異得眼珠子都要掉下來了。而且那個人還是讀書和運動方面都很優秀的頭類貴琉，所以他更是不敢相信自己的眼睛。頭類貴琉不僅文武雙全，容貌也很俊俏。他不是那種成績優秀的四眼田雞書呆子，運動神經雖然出類拔萃，但也不是肌肉結實的類型。膚色白皙、身形纖瘦的外表令人感受到出眾的氣質。可惜就是略顯陰沉，所以也不是那種品行端正的印象。

女同學們也總是因此對他投注熱情的視線。他的身邊也總是圍著一群人。基本上，實在無法想像他一個人在空蕩蕩校舍後的樹蔭下閱讀偵探小說的模樣。

如果是平時的和平，一定不會主動開口跟對方說話。何況他從來不曾與頭類貴琉同班。就算他認識對方，對方也不可能知道自己。平常遇到這種狀況一定會裹足不前的杏莉和平，是不可能主動去跟這麼有名的學生說話的。

所以，其實當下的話語不過就是自顧自地脫口而出。

「呃，那本書……」

而且音量小得有如自言自語，天曉得能不能傳到沉浸閱讀的頭類貴琉耳中。他之所以會猛然把臉從書頁之間抬起來，應該只是察覺到身邊有人吧。

「你該不會也知道卡爾吧！」

頭類貴琉一臉意外地驚呼。大概是從一瞬也不瞬地盯著書本看的和平身上察覺到同道中人的氣息。

「我只看過三本而已……」

回過神來，和平已經開始對自己讀過的卡爾作品侃侃而談。貴琉臉上掛著就連男生看了也不免心跳加快的微笑說：

「跟我相反呢。你因為害怕恐怖的故事——也就是相信怪談——所以才對卡爾敬而遠之。但我是唯物論者，所以我看卡爾是為了享受在最後給予充滿怪奇性、難以理解的現象一個合理的解釋。」

從那一刻開始，兩人透過卡爾變成了朋友。第二天的中午休息時間，貴琉就帶了《蠟像館裡的屍體》要借他。

話說對方是風雲人物，學校也不是討論偵探小說的場所。更重要的是，等到聊完以後，和平事後一定會被女生們給團團圍住。不是逼問他「你跟頭類同學聊了些什麼？」就是質問他「你為什麼跟頭類同學變得這麼親密？」當和平老實交代是因為卡爾的關係時，接下來又有一堆人跑來跟和平借書，令他不勝其擾。

只不過，縱使這些女生讀了卡爾的作品、想利用這個話題跟頭類貴琉聊天，也沒有人能與他討論偵探小說，反而還讓他留下了不好的印象。甚至還有人跑來跟和平哭訴：「你要怎麼賠我？」更是令他困擾不已。

不過，就結果來說這還算是好的。若要討論學校有什麼最令他煩心的事，莫過於貴琉開始頻繁地邀和平去頭類家玩。想也知道必須得瞞著其他同學，尤其是不能讓女生知道，為此還真是費了不少苦心。

頭類家的洋房就蓋在沿著飈呂之丘外圍繞了一圈的坡道盡頭。以紅磚打造的房屋富麗堂皇，但這棟孤零零地坐落在山丘上的建築物總是散發出一股寂寥且陰鬱的氣氛。從面向西方的大門走進去，右手邊是東西向的長方形宅邸。南北兩側是雜木林，東側則是看起來更深邃的森林。三邊都被樹木包圍的地理位置，讓頭類家整體看上去的感覺就像是籠罩在陰影之下。

到後來，和平才知道其實還存在一個很大的原因……

光是這麼氣派的宅邸沒有在空襲中付之一炬就已經可以稱之為奇蹟了，而且同樣的奇蹟也發生在圖書室的藏書上——和平深有所感。因為貴琉的祖父所留下的書籍中也包含數量不少的偵探小說。

「這是昭和十一年翻譯的《三口棺材》，但翻譯得非常糟糕，建議你不要看比較好。」

貴琉的評價毫不留情。他從書架上取出《魔棺殺人事件》[5]，一臉嚴肅地提出忠告。

「先借你我自己的書。不夠的話還有我祖父的藏書。」

可是他也同時提出令和平大喜過望的提議。

「不過你還要準備考試。或許光看我的藏書就夠了。」

當和平走進貴琉位於二樓西側的房間後，立刻理解他這句話的意思。

有面被整排書櫃占滿的牆，書櫃裡密密麻麻地塞滿了書，大部分都是海外的偵探小說，光

5 由伴大矩於一九三六年翻譯、《三口棺材》在日本最初的翻譯版本。

是約翰・狄克森・卡爾的作品就有《猶大之窗》、《喚醒死者》、《三口棺材》、《夜行》、《蠟像館裡的屍體》、《皇帝的鼻煙盒》，依照發行順序排列。除此之外還有赫伯特・伯林的《懷爾德斯一家的失蹤》、阿嘉莎・克莉絲蒂的《魂縈舊恨》、厄爾・畢格斯的《帷幕背後》、馬可・佩吉的《古書殺人事件》、尼可拉斯・布雷克的《野獸該死》、瑪格麗・艾林翰的《鬼魂之死》，全都是本格類型的傑件，充滿了貴琉的風格。

被頭類家的富麗與圖書室裡的大量藏書給震攝，再加上沉迷於貴琉書櫃中的書籍陣容，和平起初根本沒有留意到頭類家的家庭成員。然而去了幾次以後，他也開始心生疑惑。

這麼說來，和平不曾見過貴琉的母親，也不知道他父親的職業。家裡永遠只有他的祖母——執掌整個頭類家的壽子、他的姑姑尉子，以及尉子的女兒——坐輪椅的和代。還有他的叔叔勝也，然後就是最近才雇用的鐘點女佣田莊須江等五人。即使是在禮拜天登門拜訪，也從未見過貴琉的父母。

可是……

就算是朋友，刨根究底地打聽別人的家務事也很失禮吧。這是和平的顧慮。再加上頭類家總是瀰漫著一股沉悶的氣氛，光是要開口談論這個家的事就讓人再三猶豫。在這種環境之中，能夠無拘無束地暢談偵探小說的貴琉房間或許可說是一個完全不同的世界。

我和他是閱讀方面的知音——

和平隨即換個角度思考，除非朋友來找他商量，否則就算對頭類家一無所知也無所謂。然而，因為發生了某件事，所以就算他再怎麼不願意，也不得不了解頭類家的種種內幕。搞不好，他還比尉子或勝也都更了解這個家也說不定呢。

那天放學後，貴琉臨時被棒球社找去助陣。他的運動神經明明比誰都好，卻沒有參加任何一個運動社團。因此每當社團有人缺席、發生人數不足的狀況時，肯定都會來找他幫忙。

「你先去我家，在我房間隨便看你喜歡的書，等我回來吧。」

聽到貴琉這麼說，和平有些不知所措。雖然已經很習慣到他家裡去了，但是想到要獨自在頭類家等著朋友回來，還是會覺得很不安。

「別擔心啦。感覺祖母好像很喜歡你，就算你在我不在的時候去玩，她一定也很歡迎。」

貴琉此言就像是要推猶豫不決的和平一把，要他前往頭類家。

即便如此，為了盡可能減少獨自待在頭類家的時間，和平故意慢吞吞地走。心想說不定走著走著，貴琉會從後面追上來，一路上還頻頻回頭。但是想也知道，事情沒這麼盡如人意。

終於抵達頭類家，吞吞吐吐地向田莊須江說明來意，還以為田莊會直接帶他去貴琉的房間，沒想到對方居然要他先在玄關等。

「如果還想要你的脖子，最好不要跟我們家扯上關係喔。」

冷不防，耳邊傳來有人跟他說話的聲音，讓和平嚇得背部瞬間僵硬。

膽戰心驚地看過去，只見坐在輪椅上的和代從西側走廊的轉角出現了。聽說和代已經二十幾歲了，但那稚嫩的臉龐與說話方式，要說只有十幾歲也能讓人信服。她的雙腿藏在寬鬆的長裙底下，完全看不見。

「……咦？脖、脖子嗎？」

和平下意識地指著自己的脖子反問。

初次登門拜訪時曾在走廊上遇見她，當時貴琉有幫他們介紹過。在那之後就僅止於打招呼，不曾直接面對面交談。但現在她卻突然說出莫名其妙的話，令和平大惑不解。

「沒錯，脖子、手脖子、腳脖子……所有的脖子喔。」

和代一臉理所當然地說完這句話就退回到走廊。肯定是要回自己的房間吧。

……這、這是什麼意思？

獨自留在夕陽西下的微暗玄關，和平突然覺得有點恐怖。

「讓您久等了。」

須江不曉得是什麼時候站在旁邊的，讓他嚇了一跳。從矮矮胖胖、走路外八字的外表完全無法想像，她的動作輕巧地像隻貓。跟貓不一樣的，就是她全身上下沒有絲毫惹人憐愛的地方，反而只讓人覺得陰陽怪氣。

「請跟我來。」

不知是什麼原因，須江居然把他帶去壽子位於二樓東側的房間。

「您、您好。我來打擾了。」

和平戰戰兢兢地向壽子問好，說明了前因後果。

「那、那個……貴琉同學去棒球社幫忙，晚點才會回來，所以要我先過來──」

「那種事倒無妨。話說，那孩子在學校的表現如何呢？」

由於壽子看上去一點也不介意，只是急切地詢問貴琉在學校的表現，和平便立刻反應過來了。

即使和平進出頭類家的日子尚淺，也能看出貴琉真的很敬愛祖母。可能是因為硬要說的話，女兒尉子及兒子勝也對壽子的態度都有些冷淡，反而更凸顯出貴琉對祖母的孺慕之情。

話雖如此，正值青春期的中學三年級生不可能事無鉅細地向祖母報告學校生活的種種。所以對壽子來說，剛好可以利用孫子還沒回來的機會詢問他的朋友。

和平先在之後不會被貴琉怪罪的程度內，交代了幾則貴琉在學校發生的小插曲。幸好貴琉是能文能武的風雲人物，完全不缺話題。再說了，無論是什麼樣的內容，壽子都聽得津津有味。

當初貴琉介紹他們認識的時候，和平還覺得壽子好像有點神經質……

如今神采奕奕的她，表情看起來判若兩人，專心聆聽和平說的每一句話。能了解孫子的學校生活，壽子大概開心得不得了吧。

從此以後，和平就經常被叫到壽子的房間。甚至即使貴琉在家也不例外。

「如果能讓祖母高興，我當然沒問題啊。只要不嫌麻煩的話，希望你能多陪她說說話。」

貴琉也爽快地表示樂見其成。只不過，他再三耳提面命地交代不可以讓祖母知道的事倒也不少，像是蹺課去看電影的事、與其他學校的學生在街上大打出手的事、偶爾偷溜出去夜遊的事等等。

和平當然遵守了約定。但壽子實在太會問問題了，害他不只一次在完全不覺有異的情況下說溜嘴。每當他露出「糟了」的神色時，壽子都會以「真是謝謝你啦」的表情來回應。

和平起初也很為難，但漸漸知道壽子絕對不會向貴琉透露兩人對話的內容後，也稍微卸下了心防。然而，這個習慣種下的憂患很快就到來了。

「我們家有一個姓古里的世家親戚……」

有一天，壽子突然沒頭沒腦地冒出這句話，這是她第一次提起頭類家的根源。

古里家有位名叫三枝的刀自[6]，她的兄長富堂是代代治理奧多摩媛神鄉媛首村的秘守一族之長。聽說富堂的三男兵堂成了同族一守家的家主。一守家底下還有二守家和三守家，而古里家的地位則在這兩家之下。

「雖然幸好頭類家是被排除在秘守一族之外的分支家系，但似乎還是無法完全逃離那個麻煩的業障……」

儘管壽子說的話有些難以置信，但是在側耳傾聽她娓娓道來的過程中，不知不覺間，和平開始覺得寒氣逼人。再怎麼說，今時今日也不可能發生那種事……和平努力說服自己，卻又無法全面否定那樣的怪異，令他不知所措。不對，或許該說那是純粹的恐懼。

壽子說的事情可以回溯到天正十八（一五九〇）年。同年七月，坐落在媛神鄉的媛神城被豐臣氏攻破，家主氏秀因此自盡，兒子氏定則是翻過媛鞍山、逃到鄰國。就在氏定的妻子淡媛追隨丈夫的腳步逃跑時，在山中被豐臣軍的追兵用箭射中脖子而摔倒，最後慘遭追兵斬下頭顱而遇害。

關於淡媛的負面傳言從以前就不絕於耳——心情不好會虐殺侍女、生食鳥獸的肉、不只一次讓年輕男子悄悄潛入自己的寢室——村民們為氏定得以平安生還額手稱慶的同時，哀悼淡媛慘死的人卻連一個也沒有。

媛神城陷落後，周遭三不五時就會發生怪異的現象。某個燒炭人在燃燒著熊熊烈火的爐灶中看見女人咧嘴大笑的頭顱，嚇得生病、最後甚至還病死了。某個村民經過媛鞍山時，被漂浮在半空中的女人頭顱攔住去路，回頭又被沒有頭的女性身體擋住退路，雖然大難不死地逃回家，後來卻突然人間蒸發，不知去向。還有另一個村民在媛鞍山的山腳下採摘山菜，聽見有聲音告訴他：「這邊有很多山菜……」結果撥開草叢前往一探究竟時，就撞見從地面長出來的女人頭顱，回家後就大病一場，最後落得發瘋的下場。

6 對年長女性的敬稱。

村民們擔心這是淡媛在作祟，雖然為時已晚，但也開始尋找她的屍體。結果發現身體不是被野獸吃掉就是腐敗了，唯有頭顱毫髮無傷，保存得相當完整。而且本來應該凹陷的雙眼據說還大大地睜開。

心驚膽寒的村民們慎重地埋葬了淡媛的遺骸，蓋起了石碑，奉其為媛神大人。沒多久，媛鞍山也改名為媛首山，媛神大人則改稱為媛首大人。

距離這個怪異傳說將近一百六十年後的寶曆年間（一七五一～六四），秘守家的家主德之真因為有事要辦而離家，這時他迎娶進門才半年的續弦阿淡卻趁機與男僕私奔。當時她選擇逃離秘守家的路線居然與過去淡媛的逃亡路線如出一轍，可以說是令人不寒而慄的偶然。

得知妻子背叛的德之真勃然大怒，不惜懸賞重金，誓要找出二人。不過，等到終於在幾個月後找到他們的下落時，德之真的心境似乎發生了某種變化，只說希望阿淡能回來就好。

德之真差人代為轉告，只要兩人願意回家，一切既往不咎。於是兩人充分討論後，決定由阿淡獨自返家。男人大概是認為自己給主人蒙羞，不好意思厚著臉皮回去。

幾週後，阿淡乘坐轎子回到秘守家，下轎時，出來迎接她的德之真突然朝她揮出日本刀。阿淡的髮飾為主人擋下這一刀，沒讓她的頭被直接砍下。但刀子卻不上不下地卡在她的脖子上，痛得她哀號著滿地打滾。

「我一定……一定會詛咒你……詛咒你的子子孫孫……至少七代……」

阿淡直到斷氣之前都一直重複著這句話。

她的遺體沒有受到任何供養，就被德之真棄若敝屣，埋進村子裡的無主墓地。下葬時只有寺院的僧侶和小和尚在場。

如此草率的埋葬後又過了一段時間，德之真與前妻所生的長子在吃栃餅時噎到，窒息而死。後來換次男被虎頭蜂螫到脖子而猝死。完全失去繼承人的德之真又討了一門繼室，不過在連續生下兩個智商有問題的孩子後，繼室卻精神失常，最後自殺了。

德之真深怕這是阿淡在作祟，於是挖出她的遺體，重新改葬在秘守家的墓園。即便如此，秘守家的不幸仍是接連不斷。無論再怎麼悉心供養，詭異的事情依舊沒有要就此停歇的意思。

因此，德之真在供奉媛首大人的媛神堂裡為阿淡立了供養碑。大概是著眼於淡媛也有個「淡」字，且兩人皆死於斬首的共通點。

後來，村民們便將淡媛與阿淡合稱為「淡首大人」。這是因為無論再怎麼供養、再怎麼祭祀，她們的詛咒依然沒有平息。想也知道，雖然在這之中最受影響的莫過於秘守家一族，然而淡首大人也在媛首村的人們心中落下了陰影。

光是這位淡首大人就已經夠棘手了，媛神鄉卻還有個人稱「首無」的未知恐怖存在。不過壽子並未針對首無加以說明。與其說是不清楚，不如說或許是因為根本不曉得那是什麼……據說村子裡的耆老也有人將淡首大人與首無視為相同的存在。倒也沒有明確的理由，似乎只是因為兩者都沒有頭，所以猜想會不會是相同的存在罷了。

秘守家無法養大要繼承家業的男子。

這個傳說就是淡首大人最大的詛咒。因此秘守家代代都會在媛首山舉行名為十三夜參禮的奇妙儀式。

距今正好十三年前，當年的十三夜參禮上發生了無頭命案。日本戰敗又過了十年後，又發生了連續斬首殺人事件。與這些事件有關的，還有在同年發生在終下市的連續割喉魔案件。

「如同前面所說，秘守一族是淡首大人與首無作祟下的最大受害者，其中又以一守家首當其衝。話雖如此，即使是遠親的家族也難以倖免。事實上，我們家也——」

光是前面的故事就足以讓和平嚇得渾身發抖了。

雖然覺得那些跟自己一點關係也沒有，可是一想到自己目前就待在跟那個令人畏懼的存在息息相關的家族遠親的家裡，就覺得坐立難安。他真想今天索性就不借書，直接回家算了。

沒想到，壽子接下來要說的就是發生在頭類家、讓人聽了背脊發涼的事。

二

差不多該告辭了……

彷彿看穿杏莉和平正打算找藉口逃走，壽子問他：

「貴琉告訴過你關於他父母的事嗎？」

和平有氣無力地搖頭後，壽子面露沉痛的神情。

「我的長子佐知彥和天子小姐結婚，然後生下了那個孩子。可是在貴琉十歲的時候，天子小姐不幸因為腦部疾病而撒手人寰。一年後，佐知彥與惠美那個女人再婚。不同於清麗脫俗、氣質高雅的天子小姐，那女的總是穿著刻意凸顯自己胸部的花俏衣服。結果兩年後，那個女人就在通過颳呂之丘山腳下的平交道那裡，以非常離奇的方式死掉了。」

稱佐知彥的亡妻為「天子小姐」，卻稱繼室為「那個女人」，從這個事實來看，不難發現壽子對兒子兩任妻子的評價可是天差地別，但是表現得如此露骨，還是令和平大感訝異。或許也是因為壽子先前表現出來的態度及言行舉止都相當有氣質，所以才更令和平驚訝也說不定。

可是，他當然做夢也想不到，這份驚訝將會被戰慄給取而代之。

「你知道那個女人是怎麼死的嗎？」

「……不、不知道。」

和平的搖頭除了不知道以外，也在表示他並不想知道。但這個意思好像沒有傳達給壽子。

「被電車撞擊，頭和兩條手臂都飛走了。」

和平不得不陷入要知道繼室血淋淋死狀的窘境。
「不僅如此……」
壽子在這裡刻意停頓一拍。
「後來在現場有找到兩條手臂，但是到處都沒發現她的頭喔。」
「……是、是意外嗎？」
和平心想一定得說點什麼才行，情急之下便這麼問道。
「警方告訴我們，當時平交道的柵欄已經放下來了，她還硬是要強行通過，但我認為這不是那個女人會做的事……」
「……」
壽子似乎一下子就領悟到他沉默背後的意思。
「不，不是自殺。那種女人才不可能會輕生。」
難不成……
她想表示那都是對遠親秘守家降下詛咒的淡首大人與首無在作祟嗎——和平大驚失色。
「發生那起意外後又過了一段時間，有人在平交道附近看到一個身穿紅點白底洋裝、腳踩大紅色高跟鞋的女人。還說洋裝與高跟鞋的紅色就跟血一樣……而且那個女人沒有頭，四處走來走去，在尋找自己的頭……」

再次被迫聽到足以讓驚訝轉變成戰慄的怪談。而且壽子恐怖至極的故事還沒有要就此打住的跡象。

「尉子的女兒和代啊，兩條腿從出生的時候就少了腳踝底下的部分。勝也的長子也在生產時被臍帶纏住脖子，最後死產了。」

「……」

「因為孩子的緣故，那兩人都離了婚，最後輾轉回到頭類家。」

「……」

「他們兩個都不是我的子女，而是先夫佐智男和別的女性所生的孩子。而且尉子和勝也的母親也不一樣喔。」

和平再也聽不下去了。這個人到底想對孫子的朋友、而且還只是個中學生的自己說什麼啊。他好想趕快回家，滿腦子都只剩下這個念頭。

但壽子繼續對尉子和勝也的母親說三道四。兩人似乎都下落不明，不過和平倒也沒有認真在聽。這也難怪，畢竟頭類家的內幕與人際關係什麼的都與他沒有任何關係。

這時傳來了敲門的聲音，貴琉總算出現了。

「你們好像聊得很開心呢。」

「就是說啊。杏莉同學真的很善於傾聽呢。」

相較於滿面春風的壽子，和平的臉肯定繃得死緊。貴琉不著痕跡地阻止還想繼續說下去的壽子，把朋友救出祖母的房間。

「……得救啦。」

一踏進貴琉的房間，和平立刻呼出一口大氣。

「祖母該不會跟你說了很多關於我們家的事吧。」

「這個嘛——」

和平不知道該對當事人透露到什麼地步。想了又想，覺得應該全部告訴他，便一五一十地轉述從壽子口中聽到的內容。

「抱歉，給你添麻煩了。」

貴琉以真摯的表情向他低頭致歉，和平頓時慌了。

「不、不會啦，我只是聽她說話而已，什麼也沒做……」

「說是這麼說，但你是被逼著聽吧，畢竟不是什麼愉快的內容。」

「你祖母說的都是真的嗎……」

和平略顯遲疑地問道，貴琉臉上則是浮現了苦笑。

「如果是祖父的風流韻事、姑姑和叔叔的事，那都是真的。」

貴琉回答得雲淡風輕，因此和平接著追問：

「淡首大人和首無的作祟也是真的嗎？」

此時，貴琉臉上的苦笑倏地變成充滿譏嘲的冷笑。

「那種過往時代的傳說不可能是真的吧。卡爾的作品充滿怪奇的氛圍，但結尾一定會給出合理的解釋。我可不希望熱愛閱讀邏輯性本格偵探小說的你會去迷信這種事呢。」

「……嗯，對呀。才沒有詛咒這種事呢。」

和平也姑且表現出附和的態度，但壽子氣勢逼人的敘述所帶來的恐懼可不是這麼輕易就能消除的。

「可是——」

因此和平搬出壽子，再度談到那個詛咒的話題。

「你祖母相信不是嗎？」

「或許是吧。」

貴琉的表情突然變得嚴肅。

「其實，東側的森林裡有座供奉那個淡首大人和首無的祠堂。好像是在祖母的指示下，從媛首村的媛神堂分祀到這裡供奉的。」

「這麼做的話……」

和平欲言又止，但是被貴琉用眼神催促，他只好接著說下去。

「總覺得好像會有什麼反效果……」

「你其實是想說——為什麼要主動迎來會作祟的神吧。」

「不是啦，這當然是迷信……」

和平趕在貴琉取笑他以前就先為自己開脫。

「話是這麼說，也不是什麼影響都沒有。」

貴琉的這句話意味深長。

「若是說作祟或詛咒一點效果也沒有，那也是騙人的。有時候也會發揮不容置疑的威力。」

「是這樣嗎？」

和平驚訝地確認，貴琉則是一臉平靜。

「我的意思是說——藉由告訴想詛咒的對象『你被詛咒了』，就有可能帶給對方心理層面的影響。」

「原來如此。」

「人類的心理十分幽微。就算是合理主義者，得知自己被詛咒後，只要稍微受點傷、出點意外、或是工作上發生了什麼狀況，就會懷疑該不會被作祟了吧……只要腦海中出現一絲疑慮，就算是下咒的人贏了。接下來只要等著對方自取滅亡即可。但即使是這樣，以失敗告終的人還是比較多吧，所以一般人不會依賴詛咒。」

「你祖母她……」

「肯定有受到那座祠堂的不良影響。雖然特地請來供奉，但結果就如你會預想的那樣，現在用注連繩把整個祠堂都圍起來了。」

「欸，那豈不是……」

會帶來更大的反效果嗎……和平心生恐懼。

「姑姑和叔叔太卑鄙了，打算從這點趁虛而入。」

貴琉突然生起氣來。

「什、什麼意思？」

「姑姑想送走祖母，將這個家據為己有。因為她現在必須要看祖母的臉色才能換來一點零用錢。叔叔和朋友合夥經營一間不太可靠的公司，看樣子也快撐不下去了。他喜歡西部片裡的那種獨行俠槍客，裝出一副孤高的態度，實際上都把工作全部丟給一起經營的人，自己一點本事也沒有。換句話說，對方根本不是想跟他這個人共事，而是把目標放在祖母的資產。叔叔為了對岌岌可危的公司挹注資金，肯定也想得到這個家。」

「你還真清楚耶。」

「可見那兩個人有多單純，完全藏不住心事。」

「也就是說，你姑姑和叔叔都想把你祖母從這個家趕出去嗎？」

「那兩個人只有這一點的利害關係一致，但其餘的部分就完全不同了。姑姑一心想讓自己成為這個家的主人，叔叔則是想賣掉房子換現金。兩個都不是什麼正派的人就是了。」

「他們跟祠堂有什麼關係嗎……」

和平沒能理解箇中緣由，一頭霧水地反問時，貴琉面露苦澀。

「其實主治醫生也建議祖母去西伊豆的別墅靜養會比較好。」

「她生病了嗎？」

「本人似乎沒有自覺，但是經年累月下來，精神好像變得非常脆弱。主治醫生是這麼診斷的。」

「經年累月，是指淡首大人和首無的事嗎？」

「不光是那些迷信，祖父的男女關係當然也包括在內。所以最後才不得不讓姑姑、和代，還有叔叔進了這個家。」

「好複雜的家庭結構啊。」

對和平來說，這是他唯一能表達的感想，但貴琉此時換上參透一切的表情。

「所以，祖母完全沒有要把這個家交給他們的意思。可是姑姑和叔叔都搬出『既然主治醫生都這麼說了』的藉口、擺出一副完全是為了祖母的身體健康著想的樣子。假惺惺這個詞彙，就是在形容他們。」

「所以你祖母她……」

「當然都看穿啦。」

「你姑姑和叔叔的事我算是明白了，那和代小姐的態度呢？」

這個問題讓貴琉浮現了困惑的神色。

「姑姑和叔叔都是庸俗人，所以很容易看出他們在想些什麼。可是和代的想法我就完全無法掌握了。不過只有一點我可以確定，那就是她似乎也和祖母一樣，都相信淡首大人和首無的詛咒……」

如果還想要你的脖子……

和平在腦海中反覆思量和代對他說的那句充滿警告意味的話語。

「梅雨季節時，不是在山丘下的那處平交道發生柵欄明明都已經放下來了，卻有個其他中學的女學生還想強行通過、結果因此受傷的意外嗎。」

貴琉突然提起不相干的事。但和平隨即想起他的繼母就是在那個平交道死去的，於是先點頭附和。

「好像是因為快遲到才這麼做的。幸好沒有撞上電車，只是跌倒時扭傷了一邊的腳踝。」

「她叫岡邊朝子，父親在車站前開了一家不動產仲介公司，從以前就會在我們家進進出出。西伊豆的別墅聽說也是經由他的介紹而買下的。」

「你該不會想說，岡邊朝子的腳踝扭傷也是淡首大人和首無引起的吧。只因為她的父親與頭類家扯上關係……」

「大概只有祖母會這麼想吧。只不過，因為都是發生在平交道的意外，或許會讓人聯想到我繼母惠美的離奇死亡，所以無頭女的怪談似乎又開始流傳了……」

「欸，這樣啊？」

「不過，宣稱看到無頭女的是附近一帶的小學生……」

「既然是小學生，就不必太過在意了……」

「我也認為沒必要在意，但隨著平交道以外的地方也出現了目擊證詞，我開始覺得不能再假裝視而不見。」

「不是平交道的話，還會出現在哪裡？」

「颷呂之丘的坡道啊。而且無頭女好像正沿著坡道往上走。也就是說，那不就是正在靠近我家嗎……我不禁產生這樣的懷疑。」

「現在也是嗎？」

和平難以置信地追問，貴琉苦笑回答：

「或許就快到我家了。」

「你祖母，她知道這件事嗎……」

「嗯，麻煩的是她已經知道了。新來的女傭田莊須江一五一十地全告訴她了。那個人很愛嚼舌根，可以的話，坦白說我真的很想辭退她，偏偏她和祖母很有話聊，既然祖母很喜歡她，我也沒辦法叫她走啊。」

「你的姑姑和叔叔是不是不太喜歡她啊。」

明知自己管太多，和平還是忍不住說出自己觀察到的事。

「真虧你能注意到。」

貴琉露出愉悅的表情。

「要是祖母離開這個家，田莊就失業了。所以她也不喜歡想趕走祖母的姑姑和叔叔。她的立場雖然是頭類家的佣人，但她的雇主其實就只有祖母一個人而已，所以不需要看姑姑和叔叔的臉色。這件事也讓那兩個人很不高興吧。田莊的丈夫好賭，姑姑和叔叔也很看不慣他經常被警方關注的作為。說到底，他們認為田莊根本配不上頭類家的身分地位。」

看樣子，貴琉對這三個人險惡的關係似乎完全樂在其中。

「不過，田莊這個人也有令人傷腦筋的地方——」

「除了愛嚼舌根以外，還有別的缺點嗎？」

「不知道為什麼，她堅信淡媛從媛神城帶走的寶物肯定就藏在我們家，拚命想從祖母口中問出寶物的所在地。」

「真的有那種東西嗎？」

好奇心促使和平問道，但貴琉嗤之以鼻地說：

「怎麼可能。就算真的有，應該也留在媛首村吧。藏在遠親的頭類家，這種事怎麼想都很奇怪吧。」

「說的也是。」

「如果只是老人家和上了年紀的大嬸不痛不癢地聊一些閒話就算了，但是對祖母而言，與田莊聊天或許是有害的也說不定，所以我才頭痛。」

「我有個問題——」

和平以有些顧慮的語氣問貴琉。

「我感覺你祖母似乎很害怕這一連串的事，那為什麼不離開這個家，移居到西伊豆的別墅呢？」

「她確實為祖父流了很多眼淚，但另一方面也有非常多美好的回憶。好的壞的全都濃縮在這個家裡。或許也是因為這樣，才讓祖母遲遲無法下定決心要離開這個家。」

貴琉仰頭望向虛空。

「在我看來，祖父是個非常自我中心的男人，但是看在祖母眼中，大概也有很多優點吧。畢竟夫婦之間的事，外人難以理解也是很正常的。」

「你父親對這件事……」

和平再次欲言又止地問道，貴琉則是不屑地哼了一聲。

「繼母惠美在平交道死去後沒多久，他就丟下一句『再繼續住在這個家裡，天曉得會飛來什麼橫禍』，就這麼頭也不回地走了。目前好像在別的地方有了家室，但細節我也不清楚。」

他完全展現出事不關己的態度。

打從那天以後，和平對於去拜訪頭類家也開始變得猶豫不決了。不過貴琉還是對他非常好，所以每當貴琉拜託他「如果方便的話，希望你偶爾能去陪我祖母聊聊」，和平也不好意思拒絕。而且和平很清楚壽子非常期待能從自己口中得知孫子的學校生活細節，所以就更難以拒絕了。況且他也想借卡爾的作品來看。

幸好壽子在那之後就沒有再提起恐怖的話題。即便她想提，和平也會趕緊拿貴琉來當擋箭牌，把壽子的注意力轉移到孫子的事情上，因此得以相安無事。

日子就這麼迎來了晚秋的某個傍晚。那天和平借了《喚醒死者》後就踏出貴琉的房間。這時他已經能在頭類家自由出入了，所以貴琉也不會再特地到玄關送行，只會在房裡對他說聲「明天見」，便就此道別。

走到一樓的玄關，彷彿算準他下樓的時間，坐在輪椅上的和代從西側的走廊探出臉來，說出與先前大同小異的話。

「你的脖子還好嗎？」

「還、還好。沒事。」

換作平常，老實回答這個問題實在太蠢了，但是在這個家裡卻會讓人覺得理所當然，真是不可思議。

「最好不要跟我們家扯上關係喔。」

她又說出跟上次一模一樣的台詞。

「不過好像也有完全不受影響的人。」

「……這樣啊。」

「說不定你也……」

「……多謝關心。」

和平向她道謝，可是就連自己也覺得莫名其妙。

「不嫌棄的話，下次也來我房間玩吧。」

「咦……」

她在邀約自己——後知後覺地理解到這一點時，和代的身影已經消失了。總覺得一向給人陰沉印象的她，雙頰微微染上了紅暈。那是自己的錯覺嗎？

……被女性邀約了。

和平飄飄欲仙地從位於大宅北面中央的玄關走到外面。夕陽染成怵目驚心的濃郁紅色，從西側大門外斜斜地映入眼簾。和平不自覺地舉起左手擋住陽光。

或許因為是日暮時分的殘照，黃昏的光線一分一秒不斷地變化，從紅色變成紅褐色，再從紅褐色變成蒙上黑色闇影的暗紅色。

不快點回家的話，太陽就要完全下山了。

就在和平正要往前走的時候，有個很像人影的東西浮現在大門的外側。

……有客人嗎？

一想到頭類家很少有客人來訪，和平馬上就察覺到不對勁。那個近似人影的東西一直杵在門外，完全沒有要進來的意思。

不，不只是這樣。

那玩意兒根本不是人影，自己為什麼會認為那很像人影呢？他隔著強烈的西曬盯著那個看，看著看著，和平突然明白為什麼了。

……沒有頭。

門外那個類似人影的東西，少了頭部。

剛才由於夕陽餘暉太刺眼，一時半刻沒有看清楚，那傢伙穿著紅點圖案的白底洋裝，腳下踩著紅色的鞋子。衣服的袖子很短，但是卻如同缺少的頭部那樣，並沒有露出應該要有的兩條手臂。然而，就唯有胸部異樣地豐滿。露出的部位就只有兩條腿，可是那兩條腿的感覺也非常詭異。

跟雞好像……

腦海中不經意地浮現出這樣的形容詞。怎麼會有這種感覺呢？和平目不轉睛地盯著對方看，也慢慢意識到原因出在哪裡了。

沒有頭和雙臂、胸部很大、長了一雙雞腳的女人。

但就在和平於腦海中具體地描繪出這樣的人影時，可怕的感受頓時一口氣湧上心頭。領悟到對方並不是人類的瞬間，隨即陷入讓人魂飛魄散的恐懼。

儘管嚇得魂不附體，身體卻動彈不得，而且也發不出聲音來。這麼一來別說逃跑，連喊救命都辦不到。

就在和平絕望到就快要哭出來的時候……

躂、躂、躂。

無頭女突然邁開腳步，穿過大門、朝著他的方向走過來。

媽呀！

他在心中放聲尖叫的同時，也立刻轉身就跑。應該是看到那個突然動起來了，身體下意識自行反應。

躂、躂、躂。

那個也突然跑了起來，踩著令人害怕的腳步聲追上來。和平衝過大宅的東側前，眼前是一望無際的深邃森林。

要逃進森林嗎？

想是這麼想，但隨即發現逃進森林可不是個好主意。森林裡還有淡首大人和首無的祠堂不是嗎？怎麼想都是對無頭女比較有利、對自己非常不利的場所。

不能逃進森林裡！

和平趕緊在東側的角落右轉，穿過洋房比較短的東邊，直接繞到後面。

這時他才終於想到，自己為何不逃進屋裡呢？同時也為此後悔不已。但事已至此，後悔也來不及了。眼下只能頭也不回地衝向貴琉位於西側角落的房間正下方。

「……喂！」

他衝到窗戶底下後放聲大喊，但是喘得上氣不接下氣，發不出宏亮的聲音。但或許是察覺到外頭的氣息有異，貴琉從窗口探出頭來。

「……你在那裡做什麼？」

「門、門外……」

和平正要說明，突然心頭一震，趕緊環顧整個大宅後方的空間。但是不管把眼睛睜得再大，都看不到無頭女的身影。因為自己太專心逃跑，甚至不曉得她追得多近了。

難不成……

難不成那個不是在追他，而是要去森林裡的祠堂嗎？莫非是自己會錯意了，自顧自地抱頭鼠竄。

見和平默不作聲地呆站在窗下，貴琉便朝他招手。

「總之先進來再說。」

於是和平又回到朋友的房間裡。

「出了什麼事？」

在貴琉的催促下，和平把自己看到門外的那個東西，一直到逃走的整個過程都告訴他。

「欸欸，這怎麼可能。」

貴琉不當回事地一笑置之。

「你是因為聽祖母說了那些故事，才會產生那樣的幻覺吧。」

「不，你祖母說那些事情的時候已經是前一陣子的事了。後來我很小心，盡量不要提到那方面的話題……」

「可是以你的性格會一直耿耿於懷吧，不是嗎？」

「嗯，是這樣沒錯啦……」

被這麼一說，和平也無法太過強硬地否認。結果這件事就被當成他的幻覺了。貴琉請他不要告訴壽子這件事。因為要是被她知道了，可不是當成幻覺就能了事的。

和平當然也想遵守這個約定，但下次見到壽子時，壽子注意到他的態度不太自然，結果和平一被套話就一五一十地全招了。

和平坦率地向貴琉道歉。

「誰叫祖母比你高明不只一兩倍呢。」

貴琉並沒有生氣，只是帶著苦笑說道。

要是這件事能到此為止就好了。不料幾天後，這次換成幫傭田莊須江遇上了無頭女的異象。

三

那天傍晚，田莊須江結束一天的工作，準備離開頭類家。她聽壽子轉述了無頭女的事件——杏莉和平的親身經歷——因此嚇得不輕，但是另一方面又覺得自己的想法得到證明，感覺到難以用言語形容的複雜情緒。

淡媛大人的財寶肯定就藏在這個家裡。

無頭女之所以出現，肯定是來找寶藏的。

所以那個才會靠近頭類家。

須江做出這樣的解釋，可惜不被貴琉採信，就連明明只是寄人籬下的尉子和勝也都對她的說法嗤之以鼻。和代雖然表現出感興趣的樣子，但須江並沒有打算跟她合作。

問題是壽子。壽子說：「要是找出來的話就送給須江小姐。」可見她大概也不相信寶藏的存在吧。

既然女主人說要給她……

須江也覺得自己沒必要客氣。但壽子對她非常好，所以要是真的找到寶藏，自己也不好意思據為己有。

至少得報告一聲才行……

須江打著八字都還沒一撇的如意算盤，準備從玄關走出去。

從大門的方向傳來躂、躂、躂……的腳步聲，那個踩著腳步的身影進入了視野，須江當場嚇得動彈不得。跟和平一樣，身體完全不聽使喚。

是無頭女。

身後是染成紅銅色、令人心裡發毛的夕陽，無頭女正朝著這邊走來。雖說須江相信壽子所說的話，可是當無頭女真的出現在眼前時，還是不禁心想「怎麼可能呢」。

然而此時此刻，身穿紅點圖案的白底洋裝、腳下一雙大紅鞋、胸部很大但沒有頭也沒有兩條手臂的女人確實正在眼前走動。這時剛好走到大門到玄關之間恰好一半的距離。

說不定會直接打自己跟前走過，不過她還是忍不住尖叫起來。

「噫！」

無頭女在途中停下腳步。那個沒有頭部和雙臂的豐滿身體一骨碌轉向須江，好像是這時才意識到她的存在。

躂、躂、躂……

看在須江眼裡，那個東西開始鎖定自己小跑步過來。

「……不、不要啊！」

須江發出淒厲慘叫、衝進剛剛才踏出來的玄關。關門後也同時上鎖，還背過身去抓住門把。呈現出整個背部緊緊地貼在門板上的模樣。

……躂……躂。

隔著門板也聽得出來，無頭女正踩在玄關前鋪設的鵝卵石上。

……躂。

接著，腳步聲戛然而止。

須江覺得無頭女正站在門口，屏氣凝神地觀察屋內的狀況。那東西隔著一塊門板，正在搜尋自己的氣息。因此她屏住呼吸，大氣也不敢喘一口。

一股寒意在背脊蔓延開來。雖說隔著門板，但只要想到無頭女可能正盯著自己看，就害怕得六神無主。萬一無頭女那雙肉眼看不見的雙手穿過門板伸進來的話……須江被囚禁在這種荒謬的想像裡。

真要說的話，沒有雙手是要怎麼伸進來呢。但是再怎麼安慰自己也沒用。正因為不存在，所以就算有門板也擋不住——妄想反而變得更加猙獰。最後就連讓背部貼著門板的這種狀態都令她感到莫名可怕。只想快點逃離這裡，躲進壽子的房間。明明一心只有這個念頭，身體卻依舊動都無法動一下。

……叮鈴。

頭上突然發出聲響，須江又忍不住叫出聲來。

「怎、怎麼了？」

隔著門板傳來似乎嚇了一跳的聲音。

「沒事吧？」

發現來者是杏莉和平的瞬間，須江連忙把門打開。

「……那、那個東西呢？」

「欸，哪個？」

和平一頭霧水地反問，於是須江便告訴他無頭女的事，他瞬間臉色大變。

「喂，怎麼啦？」

與此同時，貴琉從樓梯上探出臉來。似乎是因為自己答應和平今天傍晚要借他書，心想人差不多該來了，所以就出來看看。

不只須江，就連和平也強調自己看過無頭女的事，這時勝也回來了。他平常不是三更半夜才回來，就是中午過後就回來，很少跟一般的上班族一樣在這種黃昏時分回到家。

「你們在玄關這裡吵什麼。」

與其說是擔心家裡出事，或是出於好奇心的詢問，還更像是他們妨礙到勝也進家門，令他很不開心。

須江很討厭尉子和勝也，所以什麼也沒說。和平因為跟他不熟，自然也輪不到自己說話。沒辦法，最後只好由貴琉向他說明。

「蠢斃了。」

勝也沒好氣地丟下這句話，就消失在東側的一樓走廊。

像是在跟勝也接力，這次換和代從西側的走廊現身。或許她老早就注意到這場騷動了，只是一直躲著不露面。她的母親尉子肯定有在房裡吧，但絲毫沒有要出來瞧瞧的意思。

須江站在玄關等著和平拿到說好要借的書，就與他一起離開頭類家。全程寸步不離地走在和平身邊，直到下了颰呂之丘、穿過那個平交道為止。

到了第二天，須江就向壽子報告以上的親身經歷。貴琉從壽子口中得知此事，再一字不漏地轉告和平。他們也參與了後半段，所以兩人都對無頭女充滿好奇。

須江遇到無頭女的四天後，他們在貴琉的房間討論那起「事件」。原本是想快點討論的，但是跟和平不同，貴琉有很多事要忙，因此就選在這一天的傍晚。

「不只我，現在就連女佣都看到無頭女了，足以證明那不是幻覺吧。」

和平先強調自己的主張。

「只是看個約翰．狄克森．卡爾的作品都怕到要猶豫半天的中學生，還有相信作祟及詛咒的大嬸的體驗嘛……」

貴琉毫不掩飾地面露難色。

「是這樣沒錯，但是有兩個人都看到了——」

和平正想反駁，突然很好奇壽子的反應。不對，應該先顧慮她的心情才對。於是和平一面反省、一面問貴琉：

「那個，你祖母她……」

「不光是你，現在田莊也看到了，所以她對此十分認真。但畢竟不是自己親眼所見，所以祖母也非常慎重，慎重到近乎頑固的地步。」

「這樣啊。」

「不過確實比以前更注意門窗上鎖了。以前只有祖母有家裡的鑰匙，所以像叔叔那樣三更半夜才回家的場合，每次都必須有人幫忙開門——雖然這是和代的工作——實在很麻煩，所以姑姑和叔叔都想打備份鑰匙，可是祖母堅決不同意。再加上這次的事，對鎖門的要求也變得更嚴格了。」

「……是擔心無頭女闖進來嗎？」

「田莊好像加油添醋地向祖母形容自己隔著玄關的門板都能感受到那股駭人的氣息。」

「……我能理解。」

和平不假思索點頭的態度令貴琉察覺有異。

「怎麼了？」

「那個無頭女……該說是異常嗎，還是不自然呢，總之……感覺很扭曲。」

「因為沒有頭和雙手嘛。」

貴琉半開玩笑地說，但一看到和平的表情，又立刻說道：

「欸，抱歉。」

「沒關係，畢竟沒有親眼看到的話，實在無法想像那東西所散發出來的詭異氣息。」

「有這麼讓人不舒服嗎?」

「我沒辦法好好形容,只能說……那個東西的存在感已經給兩個人帶來了很難用言語表現的衝擊。」

「這麼說的話,有一種可能性反而變大了。」

貴琉意味深長地說道,和平疑惑地反問:

「哪種可能性?」

「這當然是人為的現象——這個可能性。」

「你認為是人類搞的鬼嗎。」

「欸欸,通常應該都會先這麼思考吧。」

和平很驚訝,但貴琉之所以會說得一臉理所當然,顯然是因為知道誰有明確的動機才讓他這麼思考的。

「為了把你的祖母趕出這個家……嗎?」

「如同你的慧眼所見,這是紮紮實實存在的動機吧。」

「可是——」

和平不太認同。

「我只見過你姑姑一次,她是個高高瘦瘦的人,感覺沒辦法假扮成無頭女喔。另一方面,你的叔叔則是中等身材，怎麼想也無法扮成無頭女。」

「姑姑還有和代這個女兒。」

貴琉天外飛來這句話，和平聽得目瞪口呆。

「……她、她不可能吧。」

「你說無頭女的雙腳就像是雞腳一樣。」

「我是說過……」

「如果是一直坐在輪椅上的和代，雙腳應該非常細瘦。看上去應該就像是雞腳——」

「不不不，在那之前得要先討論能站起來走路這個前提吧。」

和平不由得強烈否定。

「為什麼無頭女總是在傍晚的時間出沒呢？」

結果貴琉先反過來問他。

「鬼怪什麼的通常不可能在大白天現身吧。」

「照你這麼說的話，鬼怪一般應該都是在晚上出沒吧。」

這是再自然不過的指正，和平無法反駁。

「白天太亮，晚上又有路燈，可能都會看見有人在背後扶著。但如果是傍晚的話，夕陽會形成強烈的逆光，十分刺眼。」

「你是說……你姑姑在背後扶著假扮成無頭女的和代小姐……」

「和代看起來比實際年齡小，個子也小小的。只要披上大人穿的——而且是豐滿女性穿的——洋裝，不要露出頭來，兩條手臂自然也是收進衣服裡面的狀態。再加上雙腳的問題，要扮成無頭女簡直易如反掌。」

雖然和平就快要被他說服了，但隨即連忙搖頭。

「逆光再怎麼強好了，個子比較高的姑姑也不可能躲在和代小姐背後吧。」

「當然是蹲下來啊。」

「就算是這樣……」

和平想起當時的體驗，兩條手臂頓時冒出了雞皮疙瘩。

「走路的時候應該很難發出腳步聲，更別說是要跑起來，絕對不可能。」

「也是。」

不料貴琉爽快地同意他的反駁。

「難道叔叔才是幕後黑手嗎。」

「你是指他跟和代小姐聯手嗎。」

「要把祖母趕出這個家——姑姑和叔叔在動機方面的利害關係是一致的。但還是不太可能聯手吧。就算是叔叔主動示好，姑姑應該也不會答應與他合作。因為他們彼此都很清楚，就算這個計畫成功了，接下來還是會吵翻天。那兩個人都不信任對方，這點無庸置疑。」

「也就是說，叔叔假扮成無頭女的可能性要比姑姑還低……」

「——低不低還得看叔叔有沒有其他的共犯。」

「其他共犯？」

因為完全想像不出來，和平一臉呆滯。

「車站前的岡邊不動產啊。」

「什麼……」

「為了做生意，就算打起頭類家的主意也沒什麼好不可思議的。更何況叔叔早就想賣掉這棟房子了。這點跟姑姑不一樣，但那兩個人的利害關係完全一致。」

「可是無頭女……」

「岡邊不動產的老闆還有個名叫朝子、讀中學的女兒。」

「怎麼可能把自己的孩子牽扯進來……」

「倘若自己家的生意出了問題，父親求自己幫忙，她就算想拒絕也拒絕不了。」

「……原來如此。但她不是因為平交道的意外扭傷了腳踝嗎。」

「那都多久以前的事了，早就痊癒了吧。」

貴琉說完後又提起一件事。

「不過，如果要假扮成無頭女，個子不能太高，所以這點必須確認一下。」

「要去岡邊不動產盯梢嗎？」

「她不見得會去父親的公司。利用放學的時候在學校附近偷看還比較快吧。」

「你認得她的長相嗎？」

「怎麼可能。先找到跟朝子念同一所小學的人，借畢業紀念冊來看吧。」

貴琉立刻採取行動。他很快就弄到畢業紀念冊，也讓和平看了岡邊朝子的照片，決定當天放學後就去對方就讀的中學堵人。乖乖等到放學後再去的話，可能趕不上她放學的時間，所以最後一堂課剛打完下課鐘，他們就急忙溜出學校。

幸好從一處空地就可以看到朝子就讀的學校校門。兩人決定在那裡守株待兔，但馬上就有問題發生了。

因為光是站在那裡，頭類貴琉這個人就顯眼得不得了。

先是吸引採買東西回來的主婦們的注意，緊接著又有一群小學女生發出高亢的騷動聲。為了做掩護，貴琉開始跟她們玩起遊戲，結果這次又引起剛放學的中學女生注目。

總而言之，和平害羞得只想挖個地洞鑽進去。但是很快就發現這其實是非常聰明的選擇。

原本徹底與小學生們打成一片的貴琉突然對和平說：

「欸，看那個女生。」

和平在他的提醒下看過去，只見岡邊朝子正站在離校門口有一段距離的地方，和朋友一起望向這邊。

「對嗎？」

貴琉問道，和平便微微頷首。

「好了，今天到此為止。」

貴琉在這個瞬間果斷地結束遊戲，又引來小學女生們一陣高亢的叫喊。「明天呢？」「你還會再來嗎？」「你住在哪裡？」「你不是讀這間中學吧。」「制服不一樣呢。」「可是很適合你喔。」七嘴八舌的，真是吵死人了。

貴琉避開這些問題，催著和平速速離去。撤退得非常不拖泥帶水。

「是她嗎？」

「我覺得身材很接近。有點肉肉的。如果把大人的洋裝罩在頭上，不露出頭和兩條手臂，或許剛好跟無頭女差不多高。」

兩人邊走邊討論。

「有哪裡不一樣嗎？」

「就是雙腳吧。」

聽了和平的回答，貴琉默不作聲。

「無頭女最關鍵的雙腳，雖然我也只有看到一眼。但是很顯然有哪裡不太對勁。」
「跟雞……一樣的腳嗎。」
「嗯。但是那個女生的腳沒有那種奇怪的地方。」
「我很有自信，還以為自己的推理很棒呢。」
見貴琉露出大失所望的樣子，和平有些於心不忍，但這就是印象的問題，所以也沒辦法。
「已經沒有嫌疑人了嗎。」
貴琉喃喃自語，自顧自地陷入沉思。一旁的和平無論如何都想幫上朋友的忙，可惜腦中就是一片空白。
「……啊！說不定有盲點。」
不一會兒，貴琉口中喃喃自語。
「你知道無頭女的真面目了嗎？」
「……田莊須江。」
「欸……」
和平不由得停下腳步。
「她不是也看到無頭女了嗎？」
「所以大家都被巧妙地騙過去了。即使有意更換目擊者，但每重複一次假扮成無頭女的行為，被識破的風險就增加一分。可是只要第一次先騙過別人，第二次再由犯人自己來扮演目擊者，就能迴避被識破的風險。」

「雙腳的問題呢？」

「靠她的外八不就能解決了嗎。」

「可是，她的腿太粗了……」

和平開始想像田莊須江假扮成無頭女的樣子。

「不對，她不可能是犯人。」

「怎麼說？」

「她沒有動機。要是嚇唬你的祖母、把人趕出這個家的話，她不是會失去幫傭的工作嗎？」

「這一點我也有想到。」

「既然如此——」

只見貴琉狡黠一笑。

「如果她有比起這份重要的工作還更想要得到的東西呢？如果她是為了得到價值連城、就算失去工作也不可惜的東西呢？」

「……淡媛大人的寶物嗎？」

說是這麼說，但和平開始覺得這一切簡直太可笑了。

「這種事未免也太──」

「不管是什麼事，只要本人相信，那就是現實。」

「為什麼嚇唬你祖母就能得到寶物呢？」

和平提出最關鍵的問題，但貴琉輕描淡寫地回答：

「田莊或許對無頭女想得到淡媛的寶物一事深信不移，所以她認為祖母可能會在東西被鬼怪偷走之前就先從藏匿的地方拿出來。祖母離開頭類家的時候，肯定會把寶物帶走的。這就是她的盤算。」

「……假如以女幫佣的盲目信仰作為前提，倒也不是說不通。」

和平表示讓步。

「現在馬上趕回去的話，說不定能在她回家前攔住她。」

兩人拔腿狂奔。光是這一天的傍晚，他們到底走了多少路呢。

就在他們氣喘如牛地抵達颼呂之丘的山腳下時，剛好看到田莊須江下坡的身影。和平趕在貴琉叫住她前先躲到電線桿後面，接著開始仔細地偷偷觀察須江外八的雙腿。

倘若對方是同學或稍微年長一點的女孩，他肯定會心猿意馬、小鹿亂撞吧。但對方是有點年紀的女性。認真觀察的同時也陷入一種類似自我嫌棄的感受。

等貴琉與須江道別、對方的背影完全消失在視線範圍外以後，和平才從電線桿後面走出來。

「是她嗎？」

貴琉迫不及待地問道。

「……老實說，我不確定。」

和平誠實地說出自己的感想，貴琉失望極了。

「身高與無頭女差不多，問題是雙腳的異常感真的是因為外八的關係嗎……」

「沒辦法確定嗎？」

「……我認為腿應該還更細一點。」

既然如此，只能等無頭女第三次出現，然後直接抓住她了——兩人達成了共識。

只不過，沒想到事情在那之後竟然往完全意想不到的方向發展。

由於隔天是週六，學校也只上半天課，所以和平回家吃完午飯就跑去頭類家玩了。週末比較有空的時候，得花更多時間陪壽子聊天。至於貴琉有時會一起陪同、有時人就不在，非常隨心所欲。

這天回家前，和平終於借了約翰・狄克森・卡爾的《三口棺材》。之所以說「終於」，是因為這本書裡面有個很有名的「密室講義」章節，其中直接揭露了幾個描寫密室犯罪的偵探小說裡所用到的詭計。換句話說，如果你想看這本書，就必須先看完那幾部作品。因此和平最近讀的書都是為了閱讀《三口棺材》的前置作業。看完那些書，現在終於得以進入正題了。

和平走出頭類家的大門時，已經迫不及待地翻開第一頁了。當然沒辦法仔細看，只能稍微瞄個幾眼。但隨著他的腳步逐漸放慢，來到颴呂之丘的下坡路途中時，已經幾乎是停下來不動的狀態了。

啊啊啊啊啊啊啊！

這時，令人頭皮發麻的叫聲猛然從上方傳來。腦海中不禁浮現出無頭女全身沐浴在火紅的夕陽下，邊發出淒厲的叫喊邊從坡道上跑下來的樣子。

和平慌張地回頭看，眼裡真的出現了很像無頭女的身影，嚇了一大跳。而且那個身影正以迅雷不及掩耳的速度衝過來。

下意識想逃，但留意到那個好像在說些什麼的時候，又硬生生地忍住逃跑的念頭。到底在說什麼呢？好奇心已經被勾起來了

「……脖、脖子……被勒住……好可怕……出現了……可是，沒有……脖子被……那個……吊在……的半空中……要、要被殺了……刺刺的……好痛……好痛苦……可是樣子……沒有……好可怕……被勒住了……果然有……喔……所以脖子……恐怖……作祟……脖子……可……好可怕……」

這個在和平眼前陷入半瘋狂狀態、說話前言不搭後語的人正是田莊須江。她一認出和平便

倒水似地說了一大堆，然後就直接跑走了。

「……脖、脖子啊！」

最後只聽見這樣的叫聲。

和平連忙返回頭類家，向貴琉說明剛剛看到田莊須江的情景。結果貴琉說「跟我來一下」，接著和平就被他帶往洋館東側的那片森林。

「要進去這裡嗎？」

太陽已經完全下山了，這時要踏進深邃的森林裡，就算是跟朋友一起也覺得非常害怕。

「田莊看到無頭女的時候——」

可是貴琉不當一回事地持續往深處邁開大步。

「要是她沒有喊出來的話，你猜無頭女會去哪裡？不對，這種說法不夠嚴謹。田莊當時的想法應該是假設對方沒有發現自己的存在，無頭女會往哪裡去？」

「這座森林裡的某個地方嗎？」

才剛回應，和平就知道這個問題的答案了。

「祭祀淡首大人和首無的祠堂。」

「嗯，我猜肯定是那裡沒錯。所以她是不是認為淡媛的寶物就藏在祠堂裡呢。」

這時兩人眼前出現了一棵巨大的樹。貴琉繞到樹後面，只見好幾條粗樹枝宛如交織成屋頂的樣子，底下有一座小小的祠堂。祠堂前面有一條長長的注連繩被亂糟糟地棄置在地上，彷彿蜷曲成一團的蛇。

「這是田莊女士從祠堂上拆下來的嗎？」

「為了確認祠堂裡面的樣子吧。」

貴琉打開左右對開的格子門，這讓和平慌了起來。

「喂，可以打開嗎？」

但貴琉已經把臉探進去了。和平很害怕，擔心這種行為會被懲罰。

「……什麼也沒有耶。」

「田莊女士說『果然有……喔……』」

「所以她覺得脖子才會因此被勒住。」

「可是她也說了『可是，沒有……』和『可是樣子……沒有……』」

「因為對方是鬼怪嘛。」

這不像是貴琉會說的話，無從判斷他到底認真到什麼程度。

「結果寶物……」

「就算有，比起被田莊帶走，認為被無頭女搶回去還比較自然吧。」

那天之後，田莊須江就辭去了頭類家的幫傭工作。說得更正確一點，她是拒絕再來上班。

壽子還特地去田莊家找她，但是她死都不肯回來。

「必須趕在姑姑和叔叔雇用對他們言聽計從的佣人前，先找到好的人選才行。」

真難得看到貴琉這麼緊張的樣子。於是和平決定也幫忙找人，但這個問題不費吹灰之力就解決了。

因為壽子說她決定要去西伊豆的別墅。

看樣子，她在田莊家聽須江說了很多有的沒的。想也知道是差點被無頭女殺死的事。壽子也是因為這個緣故才會終於下定決心吧。

「那棟洋房要怎麼處理呢？」

聽說貴琉也要跟祖母一起搬去西伊豆時，和平感受到難以用言語形容的寂寞，但脫口而出的卻是這個疑問。

「不知道耶。」

但貴琉似乎不怎麼感興趣的樣子。大概是更期待在西伊豆展開新生活吧。

「……我再也交不到像你這樣的朋友了。」

直到與貴琉道別的前一刻，和平好不容易說出了真心話。

「謝謝你一直以來的照顧。」

貴琉與壽子搬走的幾天後，杏莉家收到一個紙箱。紙箱裡是整套的約翰·狄克森·卡爾作品藏書，包裝得很仔細，和平不禁感動萬分。

四

梅雨初歇，一口氣轉為艷陽高照的某天傍晚，瞳星愛又站在無明大學圖書館地下室的「怪異民俗學研究室」門口。

比起戶外的悶熱，圖書館的一樓十分涼爽。可是當她來到地下樓層，原本極為舒適的涼爽突然就轉變成陰森森的寒意。等到她來到「怪民研」的門口，感覺到的已是近似刺骨的惡寒。

到底為什麼要人家……

自從梅雨季節時在「怪民研」講述自己小時候的體驗以來，愛就沒有再踏進這裡一步了，也沒再見過天弓馬人。既然已經完成外婆交代她的使命，她便心想應該就沒自己的事了。

然而刀城言耶寄來的感謝信上除了感謝的話語外，還有下面這個請求——麻煩去一趟同樣位於京都的法性大學，拜訪目前在那裡就讀二年級的杏莉和平，拜託對方把自己中學時代的親身經歷說給天弓聽。請務必要讓他們談一談。

這不是天弓先生的任務嗎。

愛想把這封信給他看，接下來就交給他處理，不料天弓馬人剛好有事情到別所大學去了，這讓愛陷入交涉無門的窘境。

……真是沒辦法。

結果還是由愛完成了這個任務。老實說，一部分的原因其實是因為受刀城言耶之託的感覺還不賴。言耶在這所大學的助手明明是天弓，但老師卻是拜託人家——這股優越感也是很大的動力。

只不過，一旦像現在這樣站在「怪民研」的門口，卻覺得自己好像管太多了。她只是完成刀城言耶的託付，卻好像完全不顧天弓的感受，只顧自己出風頭。

「……打擾了。」

感覺室內有人，所以愛先打了聲招呼才進去。

她已經事先用明信片通知天弓今天見面的時間了。因為她不確定天弓什麼時候會在這裡……這是愛對自己說的藉口。但坦白說，或許愛有點猶豫要不要再跟他碰面。她並不討厭天弓馬人，也不是和這個人不對盤，只是覺得有點不好意思……

愛來得比約定的時間還早，所以杏莉和平還沒到。這些都是理所當然的，但是連天弓也不在是怎麼一回事啊。

走到深處的桌子一看，確認天弓馬人不在之後，愛不禁怒上心頭，但下個瞬間整個人突然就僵住了。

……好像哪裡不太對勁。

進入研究室前，她感覺室內有人的氣息，所以就先打個招呼。這麼說來，上次來的時候也有相同的經驗。當時也覺得這裡面有人在，可是走進房間後卻不見半個人影。

……那裡，好像有那個出現喔。

校內的傳言迴盪在腦海中，愛的身體也開始發抖。這時背後突然傳來聲音，嚇得她都跳了起來。

「抱歉，嚇到妳了嗎。」

愛連忙回頭看，杏莉和平就站在自己身後。

「啊，前幾天打擾你了。今天還勞煩你親自跑一趟，真是不好意思。真的很感謝你。呃……」

愛縱使有滿腹怨氣，也不得不替人不在這裡的天弓馬人向杏莉和平道歉，並解釋原因。因為不管怎樣，看在和平的眼中，她都是這間研究室的人。

請對方坐在工作桌前的椅子後，愛也跟著坐下。雖然想倒杯茶給和平，無奈自己並不清楚這裡的茶水間在哪裡。只好先不痛不癢地聊些閒話，但很快就扯不下去了。和平顯然也對目前與她獨處的狀態感到有些困惑。

真是的，天弓先生到底在做什麼呀。

當愛的憤怒就要燃燒到極限時……

「哇啊啊！」

室內響起尖叫聲，天弓馬人的身影從書架後面冒了出來。從他雙手捧著一本打開的書就可以知道，他又邊看書邊走進來了，直到最後一刻才發現屋裡有人。

你到底上哪兒去了？該不會忘記今天的約定吧。

愛嚥下衝到嘴邊的抱怨，介紹兩人認識。

天弓簡單問了一下刀城言耶與杏莉和平的關係後，就在愛的旁邊坐下，催促和平繼續往下說。仔細想想，愛根本沒必要在場，但自然而然就留下來了。

杏莉和平訥訥地細說從頭。這起發生在武藏野飈呂之丘頭類家的無頭女事件散發難以言說的詭譎，相較於因那股獨特的氣氛而興奮到雙頰潮紅的愛，天弓的臉色明顯漸漸變得蒼白。

可不要因為害怕，就不分青紅皂白地否定杏莉學長的親身經歷喔。

因為發生過上次的事，愛不由得有點擔心。果不其然，雖然還是拐彎抹角，但天弓又開始雞蛋裡挑骨頭了。

「關於圍繞著媛首村秘守一族所發生的連續無頭殺人事件，江川蘭子的《血婚舍的新娘》和媛之森妙元的《媛首山的慘劇》等書都有諸多描寫。當然，刀城言耶老師也對命案的內容知之甚詳。但這些事情與頭類家的無頭女事件真的有關聯嗎？」

「……果然沒有關係嗎？」

雖然好心分享的親身經歷受到質疑，但和平非但不生氣，反倒還戒慎恐懼地問道。

「我認為不能說完全無關。」

愛對他寄予同情，忍不住插嘴。

「因為頭類家是秘守家的遠親，再加上又將淡首大人與首無供奉在祠堂裡。就算杏莉學長的親身經歷偏離刀城老師所蒐集的民俗學怪談，老師依舊對怪談本身很感興趣。因此杏莉學長的體驗還是很值得蒐集的研究對象。」

愛很想稱讚自己居然能說出這樣的台詞，彷彿事前就預料到天弓會反駁什麼，搶先堵住他的嘴。

「嗯，是這樣沒錯……」

愛都說到這個份上了，天弓也不得不同意。

「雖然有些奇妙的巧合，倒也是事實。」

但他嘴上還不肯認輸，所以愛刻不容緩地追問：

「你是指什麼？」

「頭類家的『頭』，也可說是『首』。讀音『KAMI』（かみ）與『首』也有相通，所以自然會這麼附會。至於『類』的讀音『NASHI』（なし）和『有無』的『無』同音。因此『頭類』這兩個漢字也可替換成『首無』。」

「所以怎麼會無關，這不就有關了嗎？」

似乎很滿意愛大吃一驚的反應，天弓接著問和平：

「你有沒有聽說過你朋友的祖母，或是祖母的祖先有來自四國的人嗎？」

「啊，我曾聽他祖母說過，她的祖父還是誰是高知出身的……」

「這也是令人驚訝的巧合。」

天弓自顧自地沉浸在喜悅的情緒裡，於是愛質問他：

「什麼意思？」

「『首』在高知那邊的發音也會跟『颫呂』一樣讀成『FURO』（ふろ）。因此留下了『吊FURO』或『砍FURO』這樣的表現法。」

「這麼一來，武藏野的颫呂之丘不就可以代換成首之丘嗎。」

「當然不是，武藏野又不在高知。只不過，頭類家蓋在那種名稱的山丘上，說是令人毛骨悚然的偶然也不為過。」

「是因為有各種諸如此類的巧合，才會創造出無頭女的嗎？那無頭女是貨真價實的鬼怪嗎？」

天弓分析名字與地名的時候，表情熠熠生輝，卻在和平提出這個問題的瞬間，臉色一口氣暗了下來。

該不會跟上次一樣，為了驅散恐懼的情緒，打算為怪異賦予合理的解釋嗎？

就在愛感到不安時，天弓突然站起來，在房間裡繞圈圈。有時會忽然停下腳步，從書架上抽出書本並開始翻頁。但看上去就只是隨意亂翻，並沒有真的在看。他不斷地重複以上的行為，彷彿是某種儀式。

……果然又開始了。

意料之中的展開莫名讓愛的內心充滿期待。只見天弓不知為何突然停下腳步，然後站在放在書架上當裝飾的角兵衛獅子[7]小玩偶前面。他盯著角兵衛獅子看了好一會兒，才若無其事地回座。

「仔細想想，在這一連串的事件中，只有一個人做出了難以理解的行為，你沒有發現嗎？」

「咦……沒有，我沒發現。」

面對這個唐突的問題，和平一臉困惑地搖頭。

「是誰啊？」

愛替他發問，天弓以再自然不過的語氣回答：

「頭類貴琉啊。」

這個回答令愛與和平一句話都說不出來。天弓又以雲淡風輕的口吻接著說：

「他確實是個合理主義者，因為擔心無頭女的存在會給祖母帶來不良的影響，所以才對此進行推理，希望揭穿無頭女根本是人為的現象——看起來是這樣。問題是祖母非常迷信，不僅對淡首大人與首無的詛咒及作祟深信不疑，還將其供奉在祠堂裡，這點他應該再清楚不過了。」

「是這樣沒錯，但只要能證明是有人搞的鬼——」

「或許就能抹去無頭女造成的陰影。可是這麼做真的能完全消除祖母心中的迷信嗎？憑藉他的聰明才智，肯定知道事情沒有這麼簡單，效果不會這麼好吧。」

「可是也不能放著不管啊。」

愛的意見很合理，於是天弓點點頭後又說：

「姑姑和叔叔想把祖母趕出那個家。或許岡邊不動產的人也參了一腳。他們每個人都有動機。另外，幫傭田莊須江也有其他的動機，那就是淡媛的寶物。因此所有人都有嫌疑。當然，絕大多數的嫌犯和他們的動機對於被害人而言通常都不是好事，但是其中或許也有起了正向作用的案例。」

「你的意思是說，貴琉先生他……」

「如同主治醫生也警告過的，他很擔心祖母繼續在頭類家生活的話，精神方面可能會出問題。但祖母不願意離開充滿祖父回憶的家。另一方面，她又很害怕淡首大人及首無，認為在山

7 發源於江戶時期的越後國月潟村（現今的新潟縣新潟市南區）的獅子舞藝能。也有「越後獅子」、「蒲原獅子」等稱呼。隨著時代演進，從街頭賣藝逐漸轉變為鄉土藝能的形式。於二〇一三年被指定爲新潟市無形文化財。

腳下的平交道意外死亡的惠美是受到詛咒而死。所以頭類貴琉先放出無頭女的風聲，再讓傳聞發展成鬼怪正從山腳下往頭類家前進。」

「小學生的目擊證詞就是這麼說的吧。」

愛向和平確認後，轉頭問天弓：

「貴琉先生是先假扮成無頭女嚇唬小學生嗎？」

「不是，必須等到舞台完全準備就緒，才能讓無頭女出現。而且除了計畫中的目擊者，也就是小學生以外，也得擔心意想不到的第三者經過。」

「既然如此……」

「不只同年紀的女生，頭類貴琉也很受主婦及小學女生歡迎，這點在你們去確認岡邊朝子這個人的時候已經得到證明了。所以只要他把這類怪談告訴那些女性們，風聲應該一下子就會傳開。接下來只要等田莊須江告訴祖母就行了。」

「原來如此。可惜效果不彰……」

「這麼一來只好真的讓無頭女登場，再讓祖母信賴的人看見──他是這麼想的。」

「那個人就是貴琉先生的好朋友，杏莉學長……」

本人顯然受到相當大的打擊，默不作聲地聽天弓推理。

「從那些與約翰・狄克森・卡爾相關的部分可以看出，你非常害怕恐怖的故事。」

那不就跟你一樣嗎……愛費了好大一番工夫才把這句話給吞回去。

「只要能讓你相信無頭女出現了，這件可怕的事遲早會傳進祖母的耳朵裡，或許祖母就會重新考慮是否要結束在頭類家的生活、搬去西伊豆的別墅。以上就是他的動機。」

「你所謂的舞台是讓無頭女出現在幾乎沒有訪客上門的頭類家門口，而且還是背後頂著落日餘暉的黃昏時分……沒錯吧。」

「問題是，效果還是沒有出來。迫不得已，他只好選擇田莊須江作為下一個目擊者。」

「可是……」

和平終於語帶保留地開口了。

「可是無頭女出現的時候，貴琉都在自己二樓的房間裡。」

「啊，對耶。」

愛也立刻出聲附和，但天弓依舊不為所動。

「儘管頭類家比以前還更注意門窗上鎖的狀況，但貴琉還是會在外面夜遊。換句話說，他能隨心所欲地想出去就出去。像是抓住排水管之類的東西出入二樓的房間，對於運動神經特別好的他來說，想必也不是什麼難事吧。」

天弓看了和平一眼。

「你逃離無頭女、繞到洋房後面時，他應該是從另一邊回到自己的房間。當時你從他的房間底下喊他，但音量應該不怎麼大吧，可是他卻馬上探出頭來。這是因為他比誰都清楚發生了什麼事。」

「話是這麼說……」

面對最關鍵的問題，愛雖然有些猶豫，還是忍不住開口了。之所以會躊躇再三，是因為很害怕又問出什麼東西來。

「再怎麼樣，貴琉先生都沒辦法假扮成無頭女吧。」

「如果在正常的情況下確實如此。」

「這是什麼意思？」

「他把洋裝上下倒過來穿在身上，再以倒立的方式將雙手套進鞋子裡面。屈起雙腿的膝蓋，剛好讓洋裝的肩頭落在膝蓋的位置。由於膝蓋到腳尖都藏在洋裝裡，看起來就像沒有頭部。這時再用雙腳彎折後的腳尖部分撐住衣服，看起來就像一對乳房了。只不過，倒立時，雙手關節彎曲的方向與雙腳的膝蓋相反。而且手臂比腿還細，所以才會讓你留下活像雞腳的印象。不過這樣更能凸顯出無頭女的陰陽怪氣，貴琉肯定也算準了這一點。」

「洋裝和鞋子是從哪裡弄來的？」

「不是惠美留下的，就是去二手服飾店買吧，總之這不是什麼大問題。」

「田莊須江受到攻擊也是……」

「也是貴琉幹的好事。他領悟到光是讓人看到無頭女還不夠，必須發生能給祖母帶來更大衝擊的事件才行。話雖如此，他也不想傷害朋友。所以就選上田莊須江來當這個犧牲者了。我猜貴琉早就跟田莊提過『無頭女該不會是要走到祠堂吧，因為淡媛的寶物或許就藏在祠堂裡』，利用這個當誘餌把她誘導到祠堂那邊。接下來田莊的行動幾乎都在貴琉的預測之中。她肯定會打開對開的格子門，往裡頭窺探。要是看到裡面好像有什麼東西，肯定會把頭再伸進去一點，或是伸出一隻手去拿。」

「這時貴琉先生再趁機攻擊她……之所以從背後勒住她的脖子，大概是不想讓須江女士看到自己的臉吧。可是從她的證詞聽來，總覺得不太對勁，感覺那好像不是人類做得出來的事……」

「貴琉當然不會直接攻擊對方，而是利用原本纏在祠堂外面那條很長的注連繩。先打好一個用來套住脖子的繩圈，再把圓形的繩圈拉出四個角來，用幾根針固定在格子門的後方。關上格子門後，接著從門上方拉出繩子、掛在延伸到祠堂上方的粗樹枝上，再拉到大樹後面。最後再綁上大小適中的石頭，用來代替重物。接下來只要說些蠱惑田莊須江的話語，觀察她回家的樣子，如果不是走向門口、而是走向森林的話就跟蹤她，等她自投羅網即可。到時候再一口氣拉緊繩子。但也不能真的殺人，所以應該只是稍微往上拉之後就馬上放她下來。我猜這時可能有一根針還殘留在繩子上，就刺到她的脖子了。」

「幾乎完全吻合田莊女士的證詞呢。」

「腳一踩到地面，她肯定是拚了命地想解開注連繩的繩圈，然後沒命似地逃走。所以只要警察介入，等到她冷靜下來再仔細問話，大概很快就會知道她其實是處於被吊起的狀態，凶器則是注連繩，而且是以祠堂上的樹枝作為支點等事實。可是她丈夫經常出入警署，因此貴琉算準她絕對不會報警。」

說到這裡，天弓露出心滿意足的表情，示意一切到此水落石出了。然而愛的心境就不同了。朋友欺騙了自己……她很擔心和平知道真相後的心情。

然而當事人的反應很奇怪。明明因為天弓的推理而受到打擊，一時露出了陰暗的表情，現在竟浮現出淺淺的笑容。

「謝謝你，我心裡多年來的疙瘩總算消失了。」

和平向他道謝，天弓不以為意地回應：

「那真是太好了。請讓我也記錄下來，這可以當成一個範例。雖然是帶有怪談氣息的親身經歷，但其實可以做出合理的推理。」

「貴琉和他祖母搬走後——」

「呃，這部分就不用……」

天弓一臉困擾地想打斷和平接下來要說的話。

「姑姑與和代小姐、叔叔三個人還繼續住在頭類家。剛好過了一年後，某一天，姑姑在靠近祠堂的樹木上吊了。」

聽到這句話，天弓整個人愣住了，就連愛也說不出話來。

「又過了一年，這次換成叔叔吊在相同的地方。」

「……」

「然後和代小姐她——」

「停停停，等一下，你到底要說什麼……」

面對連忙阻止自己的天弓，和平卻用一副無比信賴的表情說道：

「請天弓先生也務必推理一下後來在頭類家發生的那些令人難以置信的怪事——」

「今天很感謝你。你可以先回去，沒關係的。」

現在即將聽到的這些事情才是真正的怪異現象，完全沒有推理可以介入的餘地……愛心想，天弓之所以說得這麼急切，或許是因為他已經敏感地察覺到這件事了。

正因為如此，她想留住和平、好好地聽他把事情說完。可是看到天弓死命拒絕的模樣，又覺得天弓有點可憐。

迫於無奈，愛便催促著還不想離開的和平踏出了研究室。

你欠了一個人情喔。

朝天弓馬人投出帶有這般意涵的視線後，瞳星愛也走出怪異民俗學研究室。

第三話

剖肚的狐鬼
與縮小的墓家

一

你想知道老夫還在當駐在巡查的時候，體驗過什麼當地特有的不可思議、甚至可說是奇也怪哉的親身經歷啊？

以前老夫在一個叫芽刺的鄉下村落服務時，就遇見過這麼一件事。當時剛好是明治即將結束的時代，或許正是處在那個世代交替的當口，才會發生那種慘絕人寰、令人感到無比詭異的神祕事件也說不定。

嗯，那件事確實變成懸案了。正確來說其實不是懸案，而是以應為野獸所為的見解，在紀錄方面算是解決了。

那個村子的北側有一片標高兩千公尺左右的群山。離村子最近的是秋波山，據說那裡有熊出沒，所以只有獵人才敢上山。對村民而言，可以說是似近卻遠的山吧。

然而就在某一年的初冬到來後，就經常有人目擊到有熊跑下山、靠近人類聚落的蹤影。據獵人所說，人類與熊的領域平常井水不犯河水，可能是因為某種原因才讓這種平衡瓦解。若不是山上找不到東西吃，就是熊嘗過人類的食物後便食髓知味了，總之肯定發生了什麼不尋常的事，導致熊開始入侵人類的領域。

可惜老夫已經記不起當時是什麼原因了，只知道必須得快點想辦法解決才行。於是與獵人們討論後，決定在秋波山的山腳設置陷阱。

你知道抓麻雀的方法吧。先用一根棍子撐起木桶或竹簍，然後在底下撒米粒。等麻雀飛到木桶或竹簍底下，再拉動事先綁在棍子上的繩索。這是很簡單的陷阱，就連小孩也會做。

獵人們準備的是進階版本。改用鐵製的籠子代替木桶或竹簍，再用活生生的兔子代替米粒。因為沒辦法用棍子什麼的去支撐鐵籠，所以設置的機關是當熊撲向獵物、讓兔子身上的繩索被拉扯或是斷了的話，事先拉起的籠子門就會自動關上。而且兩邊的鉤子還會因為往下掉的衝擊力與籠子門的鐵棒咬合，進而上鎖，是很出色的機關。如果想打開籠子，就必須用鐵撬撬開兩個鉤子。當然，要撬就只能從籠子外側撬開。所以就算熊衝撞籠子，也完全不用擔心會被撞開。

全村的人當然都知道秋波山的山腳下裝了這種陷阱，但也沒有人會因為好奇而跑去看。主要的原因還是擔心會撞見熊，但老夫應該更注意一點才對。

……小孩子啦。

聽說有那麼厲害的陷阱，小孩怎麼可能坐得住。尤其男孩子就更不用說了。我們這些大人應該事先就要預料到這一點的。

那天傍晚，是能家的佣人吉善衝進駐在所。是能家的三子，就讀尋常小學[8]二年級的三都治吃完午飯後離開家裡，然後就再也沒回來了。當天是星期日，學校不用上課，所以他一早就

8 尋常小學校。日本從明治維新到第二次世界大戰爆發前的初等教育機關名稱。

跑出去玩，中午回來吃個飯就又出門了。當時他好像跟家裡的人說「要去瓜子川釣魚」。

在那個村子裡，瓜子家代代都以龐大的勢力傲視全村，就連河川都以瓜子家來命名，從這點就可以知道他們是歷史相當悠久的家系吧。只不過，太過拘泥血統的結果反而適得其反。隨著歲月流逝，瓜子家逐漸衰退凋零。明明瓜子家自古就是世代從醫的家族，如今想來不免有些諷刺。

那個時候，瓜子家已經沒落了，由是能家取而代之。若是光看資產的話，是能家在村子裡從以前就與瓜子家不相上下。只是在握有絕對權力的瓜子家面前，是能家無論如何都抬不起頭來。村民們也對瓜子家敬畏有加。不，不只是那個村子。瓜子家與附近地區的當權者都維持著緊密的關係，因此瓜子家的影響力可以說是無遠弗屆。曾位居如此地位的瓜子家，如今竟落得近乎滅絕的地步。

老夫曾暗自將當時的瓜子家比喻為平家、是能家比喻為源氏，但這不重要。

不管怎樣，是能家如今已是村子裡最有威勢的家族，他們家的三男不知去向可是一件大事。所以老夫召集了青年團，一行人立刻去瓜子川那邊找人。老夫和他們一起從上游找到下游的河岸，當然也包括河裡，找遍了每一個角落。

遺憾的是無論我們怎麼找也找不到人。河面雖寬，但水其實不深。這個季節的河流也不湍急。就算失足掉進河裡、被河水沖走好了，照理說也應該早就發現了。

難不成……

老夫內心有股不祥的預感，便問了加入搜索的吉善。

「你知道三都治的朋友都住在哪裡嗎？」

接著由吉善帶路，我們拜訪了幾個三都治的朋友，一再詢問：「你們知道他可能會去哪裡嗎？」

但所有人都搖著腦袋。不過，老夫總覺得其中有幾個人似乎知道三都治的去向。要是能再給老夫一點時間，老夫有自信能從他們口中問出三都治的下落。可惜刻不容緩。

這麼一來只能先嚇唬嚇唬這些孩子了。正當老夫想到這裡……

「駐在先生，要不要去詢問三都治的兄弟……」

被吉善提醒，老夫這才想起來。

於是我們立刻前往是能家。先問了長男和次男，但他們似乎毫無頭緒。接著是長女——說是長女，其實比三都治小兩歲——只見她支支吾吾地答不上來。

這孩子肯定知道些什麼。

老夫可以確定。她之所以嘴巴閉得緊緊的，大概是怕說出來的話會被兄長給痛罵一頓吧。要是三都治平常對她的態度就很粗魯，大概就會擔憂遭到報復，所以遲遲不敢開口。

總而言之，為了消除長女的疑慮，老夫便一直跟她聊天。皇天不負苦心人，她總算願意鬆口了。

「哥哥說要去河邊，其實是去相反的方向喔。」

聽到她的這句話，老夫嚇得背脊都發涼了。不祥的預感就要成真，眼前陷入了一片黑暗。

身旁的吉善似乎也想到同一件事，臉上頓時褪去所有的顏色。

「先和本官一起去確認吧。」

吉善無言頷首後，老夫就與他一起加快腳步，衝向和瓜子川相反的方向，也就是秋波山的山腳處。

獵人們設置捕熊陷阱時，老夫也在場，所以知道地點。身為駐在所的巡查，必須盡可能對這個村子裡發生的每件事瞭若指掌才行。

太陽完全下山了，幸好還有星光的照拂，才能輕鬆地走在夜路上。隨著愈來愈靠近陷阱，老夫不禁有些後悔，早知道應該要找帶著獵槍的獵人同行才對。理由當然是因為熊真的很可怕。吉善大概也是相同的心情，只見他不停地東張西望。怕歸怕，我們兩個人還是只能赤手空拳地走向抓熊的陷阱。

鐵籠子裡好像有什麼東西。

起初以為是熊，但是以熊來說，體積有點小。三都治果然中了陷阱——結果就在邊這麼想邊靠過去之後，老夫震驚得一句話也說不出來。

倒在籠子裡的人確實是三都治沒錯。可是，他的肚子被剖開了，全身是血，死狀相當悽慘。老夫第一時間就把右手按在腰間的手槍上，提高警覺地四下張望。擔心襲擊三都治的熊可能還在附近。

可是啊，仔細想想，這件事未免也太奇怪了。因為那孩子很明顯是在籠子裡遭到襲擊的。籠子門是關上的，鉤子也扣住了。儘管如此，攻擊他的熊卻不在籠子裡。三都治不幸與熊一起中了陷阱，結果就被熊殺死了……這樣的解釋顯然行不通。

究竟出了什麼事。

吉善在茫然佇立的老夫身旁嘔吐。

「本官留在這裡守著，你去駐在所打電話聯絡警察署。」

老夫隨即做出判斷，這委實不是一個駐在巡查有辦法處理的案件。所以老夫仔細地交代吉善該怎麼做，請他立刻回駐在所報警。

警察署的刑警們到了深夜才抵達案發現場。是能家的人在那之前早已蜂擁而至，為了維護現場，簡直要累死老夫了。但站在被害人家屬的立場，想必怎麼也不忍心讓三都治的遺體就這麼繼續留在原地吧。加上那個狀況實在慘烈，想早點帶回去安置也是人之常情。老夫又是安撫、又是說服他們，費了九牛二虎之力。

那天晚上，獵人們打開籠子對內部檢查一番後，遺體就先運送至附近的醫院，隔天再進行專業的現場蒐證與驗屍工作。

經由上述的兩項調查，歸結出了以下的事實。

一、釣竿掉在籠子旁邊，表示三都治在好奇心的驅使下靠近陷阱，結果被關在籠子裡。

二、籠子裡只有三都治的遺體，但也找到其他不知道是什麼東西留下的痕跡。

三、不清楚那個東西是什麼時候進入籠子裡。但是能確定那絕不是熊。

四、三都治的肚子是被不夠銳利的刀刃切開的，內臟被攪得亂七八糟。死因應該是大量出血。

五、殺害三都治的凶手應該是原本與他一起待在籠子裡、不知是何物的東西沒錯。

六、籠子的部分欄杆有沾到死者的血跡，但很難想像凶手是從那裡逃出去。因為鐵欄杆的空隙寬度就連八歲的三都治都只能勉強通過，因此可以想像凶手無法從籠子裡逃走。

七、從以下兩點可以判斷凶手行兇時，人在籠子外、不用進入籠子就能殺害三都治的可能性為零。第一點是被害人的遺體幾乎是位在籠子的正中央，要從籠子外面伸手進去行兇可謂比登天還難。第二點是假設真的是從籠子外側犯案，欄杆應該會附著更多的血跡才對。

老夫只是區區一介駐在巡查，原本應該是沒辦法拿到這樣的情報。只是現場的狀況實在太匪夷所思了，就連警察署的刑警似乎也傷透了腦筋。所以為了向熟悉在地情況的老夫尋求意見，才不得不告訴老夫現場蒐證與驗屍的結果吧。

可惜老夫無法回應他們的期待。不，或許老夫反而還辜負他們的期待也說不定。

那會不會是狐鬼幹的好事啊？

不知不覺間，村子裡開始流傳著這樣的傳聞。他們口中的「狐鬼」相傳是種棲息在秋波山的魔物。

哦，果然如此。不瞞你說，老夫當時也覺得「狐」和「鬼」的組合有些不太對勁。因為只需要其中一個要素就能牽扯出一大堆的民間故事或傳說了。可是老夫從未聽過把這兩種東西合併起來的稱呼。

莫非這個叫「狐鬼」的傢伙，就是狐狸化成鬼怪般的存在嗎？如果是這樣的話，這玩意兒的真面目大概就是「狐狸」吧。不過從部分村民嚇得死去活來的樣子來看，重點似乎在於「鬼」，而非「狐」。換句話說，他們畏懼的是狐鬼的「鬼」這個部分。

更不可思議的是，老夫在那之前從來就沒有聽過關於狐鬼的傳聞。剛才也說過，身為駐在所的巡查，必須盡可能對村子裡發生的大小事知之甚詳才行。儘管如此，老夫卻不知道狐鬼的存在。這麼看來，狐鬼應該是村子裡在私底下流傳、不為人知的傳承吧。

有一些駐在巡查本身就是當地村子出身的人。搞不好這種人其實還比較多也不一定呢。但老夫不是。或許是因為老夫也來自類似的鄉村，所以才自認已經順利地融入了這個村子、覺得彼此沒什麼隔閡才對……

偶爾還是會發生不管經過多久都依舊被視為外地人、完全無法與村民交心的情況。這種情況主要發生在不小心觸碰到村子黑暗歷史的場合。

直覺告訴老夫，這次的狐鬼事件應該也屬於不為人知的陰影吧。所以，可以的話，老夫實在不想涉入太深。問題是今天有個孩子遇害了、警察署的刑警也來了，再加上被害人還是村裡當權者的小孩。

心想現在可不是顧慮東顧慮西的時候，老夫便向刑警提起了狐鬼的傳聞，結果只換來無情的嘲笑。這也難怪。要是立場反過來，老夫大概也是相同的反應吧。

三都治是被野獸殺死的——這就是警方最終的見解。那頭野獸體型很小，所以能任意從籠子的鐵欄杆空隙鑽進鑽出。至於不夠鋒利的刀刃，他們認為是野獸的爪子。

那麼，野獸的真面目到底是什麼？

這個關鍵謎團到最後依舊是真相未明的狀態。這麼一來，警方的結論跟凶手是狐鬼的傳聞其實也沒什麼太大的不同。

老夫感到非常不滿，但也不得不接受。因為無論怎麼思考都想不通凶手的動機。換言之，如果不是野獸幹的好事，那凶手為何非得剖開小孩的肚子不可呢？這種殺人手法如果是野獸所為倒還能理解，但如果是出自人類之手，這種殺人手法就顯得莫名其妙了。徒留令人頭皮發麻的謎團。

是能家也無法認同。呃，至少看在老夫眼裡是如此，不過是能家也沒提出抗議，似乎就這麼接受了……

警方之所以提出這麼不合理的見解當然是為了自己的面子。就算是謊言，也必須要表現出已經破案的樣子。然而，是能家完全不必配合警方演戲啊……這裡頭究竟有什麼玄機呢。

命案感覺就這麼姑且畫下句點。然而駭人的是，事件並沒有就此真正落幕。因為緊接著又出現了另一名被害者。

前面這起事件案發兩天後，這次換成是能家分家的三男三郎太在上學途中下落不明。那天早上，三郎太睡過頭了，因此比平常要晚一點出門。朋友都先走了，於是他獨自走向尋常小學……應該是這樣的，但是他卻遲遲沒有在學校出現。

老師原本以為三郎太是請假，但前兩天才剛發生命案，慎重起見，還是請人去他們家看看情況。得知他雖然鐵定會遲到，但確實出門上學了。

駐在所隨即接到通知，老夫便率先奔向那個陷阱籠子。沒什麼特別的理由，就只是因為不祥的預感又來了。

老夫在籠子裡發現了三郎太。跟三都治一樣，遺體同樣處於腹部被切開的狀態……而且這次還有特地搬進籠子裡的痕跡。

警察署那邊又派了刑警過來，結果依舊判斷那是野獸幹的好事。一口咬定肚破腸流的死法跟三都治一樣就是最好的證明。

老夫建議巡山，但刑警卻表示如果是野獸所為，就不屬於警方的工作。於是包括是能家在內，老夫遊說了村裡各種有權有勢的人，但大家的反應都很冷淡。村民們也好不到哪裡去。就好像相信狐鬼真的存在，深怕會被其作祟……

另一方面，獵人們好像都上山去了，或許是瞞著老夫在追查狐鬼的蹤跡。

無奈第二起事件的隔天早上，又有第三個人遇襲了。這次是是能家佃農的孩子，名字好像叫由吉來著。他總是遲到，但原因並不是像三郎太那樣睡過頭，而是每天早上都要幫家裡做事。對村子裡大部分的小孩而言，上學前先幫忙做點事可謂天經地義。從這點來看，由吉的遲到也該歸咎是他自己的問題嗎？

已經有兩個年紀相仿的孩子遇害了，由吉的家人和他自己為什麼對獨自上學這件事沒抱有危機意識呢？

你的疑問很正常，不過這當然是有原因的。因為三都治和三郎太都是村內富裕人家的小孩，所以才會被鎖定——村民們是這麼認為的。這裡頭雖然沒有任何邏輯性可言，但老夫也覺得會這麼想也誠屬自然。所以，幾乎所有的村民都認為命案與自己無關。

然而遺憾的是，這個想法太天真了。

案發現場果然還是在籠子裡。為什麼不派人監視呢，真是難以置信。想是這麼想，但老夫當時什麼忙也幫不上。警方斷定是野獸搞的鬼、村民則是拜託獵人們去狩獵狐鬼。在這樣的情況下，光靠一個駐在巡查實在無力回天。

感覺獵人們的行動好像變得積極許多，但依舊沒有尋求老夫或青年團的協助，顯然是想靠他們自己來解決。至少看在老夫眼中是如此。因為命案現場是在籠子裡，想必獵人們也覺得難辭其咎。尤其是三都治，要不是誤入陷阱的話，或許就不會送命了。可能就是基於以上的想法，才更讓他們覺得自己有責任要抓到狐鬼吧。

沒想到，隔天早上又有第四個人被襲擊了。這次是跟是能家的佃農承包工作、相當於佃農底下的佃農家的小孩。名字……好像叫四郎。

他並不是因為遲到，而是平常就是一個人獨自上學。前往小學的途中有一片就連白天也顯得昏暗的雜木林。經過那片森林時，突然有人從背後勒住他的脖子。

換句話說，凶手應該就躲在那片雜木林裡，耐心地等待下一個犧牲者經過。

但奇怪的是，凶手什麼也沒做，拋下半昏迷狀態的四郎便離開現場。為什麼四郎沒有像前面兩個人那樣被搬到籠子裡呢？從特地把三郎太和由吉搬進籠子裡可以看出，凶手對於籠子存在某種特殊的執著。到底為什麼唯獨沒對四郎這麼做？為什麼只有他可以撿回一條小命呢？

那天，村子裡流傳著獵人們除掉狐鬼的消息。

老夫向他們求證，他們既沒有承認也沒有否認。因為沒有再發生第五起命案了，所以老夫也在不知不覺間認為這個傳聞肯定是正確的吧。

狐鬼到底是什麼？為什麼要剖開孩子們的肚子呢？時至今日，老夫偶爾還是會不經意地想起當時的事情。

二

爺爺告訴過我，他年輕時曾經歷過一件莫名其妙、令人不寒而慄的事。

最近跟我差不多年代的年輕人之間似乎掀起了登山的風潮，但我卻一點也不想上山，或許就是因為聽過這個故事。

我有個熱愛登山、姓高根的朋友。高根以前跟我提過，有人認為日本的近代登山始於明治三〇年代的後半，也有人認為始於大正時代中期。假設始於明治時代的說法正確，那我爺爺早在那之前就已經開始登山了。

但我不確定爺爺的登山是不是很正式的那種。因為他好像沒有帶帳篷，只帶了軍用毛毯就在野外露宿。所以爺爺似乎只在夏天登山。根據高根的說法，即使是盛夏，一旦太陽下山之後還是會變冷，所以爺爺真的是很不要命呢。

老爸口中的爺爺從以前就有很多出人意表的言行。爺爺總是若無其事地辯稱：「又沒有給任何人添麻煩，那是老夫的自由。」他總是一個人上山、一個人下山，所以確實沒有跟別人扯上關係，但家人可真是受夠了。因為他總是不說一聲就出遠門，也不曉得何時會回來，根本拿他沒辦法。

爺爺說他以前去過一個人稱留目的地方，然後在當地的山進行三天縱走。當時曾經看到一棟非常奇怪的房子。

直到第二天的下午之前，一切都還按照原定計畫進行。我有點不敢相信爺爺這個人會事先擬定登山的計畫，但本人都這麼說了，那就姑且信之吧。而且高根也說過，再怎麼有勇無謀的人，但凡對山有一點點了解，就不可能在毫無規劃的情況下踏進山林。問題是，那個人可是我爺爺耶。

不管怎樣，爺爺似乎從很早以前就決定好那兩個晚上要在哪裡過夜了，第一天也依照計畫抵達要過夜的地點。然而第二天都已經到了下午稍晚的時段了，仍遲遲到不了目的地。說得更直接點，爺爺迷路了。

依照計畫翻過媚眼岳時，基本上到這裡都沒有錯。問題在於接下來好像走錯了山路。像這種時候，其實只要別橫衝直撞，乖乖沿著原路回去就好了，但爺爺就是愛亂跑的性格，所以一股腦兒地前進，結果就完全迷失了方向。

山上的天黑得特別早，即使覺得時間還早，回過神來已經置身於暮色之中了。當時的爺爺也不例外。

既然是用軍用毛毯在野外露宿，睡在哪裡其實都差不多，但爺爺總覺得如果不是待在原先計畫好的地方就有些不痛快。很好笑吧。平實的言行舉止那麼旁若無人，沒想到居然在這種奇怪的地方變得神經質起來，真是個麻煩又難伺候的人啊。

山路不知從什麼時候開始轉為下坡。按照計畫明明是要往上爬，可見他早了一天，而且還是在別的地方下山了。

事到如今也沒辦法。爺爺還沒有傻到明知已經下山了卻還硬要往山上走。而是果斷地決定下山，去附近的村落投宿。這一帶應該有美味的在地好酒可以喝，或許還能飽餐一頓。爺爺似乎自顧自地如此想像。

然而，無論再怎麼往下走，他都走不到山腳。不僅如此，明明覺得距離太陽完全下山還有一段時間，周圍的陰暗程度卻在不知不覺間變得更深更濃厚了。再繼續猶豫不決的話，不一會兒就得在陌生的山中迎接夜晚了。眼看不得不在迷路的狀態下過夜，可是環顧四周，完全沒有適合露宿的場所。爺爺踏入了別無選擇，就只能繼續走的局面。

事已至此，只能不顧一切地往下走了吧。

就在爺爺做出這個決定時，彷彿電燈突然熄滅，周圍頓時變得一片漆黑。

……欸？

爺爺嚇了一大跳。再怎麼說，這種事也不可能發生吧。山中的日落是慢慢地暗下來，回過神來已經置身於伸手不見五指的黑暗裡。爺爺也體驗過山中的日落，很清楚那是怎麼一回事。不過此時此刻，真的就像電燈被關掉一樣，瞬間變得黑漆漆的。簡直就像被狐狸捉弄了，詭異得令人難以承受。

爺爺感到毛骨悚然，但還是不慌不忙地直接在山路坐了下來，慢條斯理地拿出香菸來抽。爺爺的爺爺教過他，萬一被狐狸捉弄的話，這麼做很有效。

可是抽了一陣子的菸，周遭還是一片烏漆墨黑。看樣子天是真的黑了。雖然不知道為什麼會突然變得這麼暗，但現在已經不是能悠閒地吞雲吐霧的時候了。

山上的晚飯要在周遭還比較明亮的時候準備好，所以爺爺身上只有用來升火的火柴，沒有帶任何照明設備。而且在山裡的時候，通常會建議一旦太陽下山了，就絕對不要輕舉妄動會比較好，所以其實也不需要照明。可是啊，為什麼爺爺完全沒想到會陷入這樣的窘境呢？說得好聽一點是大膽、說得難聽一點就是腦袋空空了。

饒是爺爺也開始感到不知所措。抬頭仰望天空，雖然是陰天，但幸好還有星光。然而周圍都是高聳參天、枝繁葉茂的大樹，腳邊根本就是全黑狀態，什麼也看不見，完全無法隨意行動。而且剛好卡在傾斜的山路途中，所以也無法露宿。必須找個更平坦的地方才行。不過實在太暗了，根本沒辦法走。於是爺爺又繼續處於進退維谷的狀態。

就在爺爺害怕得抱著想仰賴神佛的心情往四處張望時……

微弱的光源映入眼簾。

爺爺連忙定睛細看，卻遍尋不得類似的光。但他確實看到了。雖然只是一眨眼，但那確實是在一片黑暗之中點亮的燈光。

他隨即就以像是在原地踏步的方式，一點一點地緩緩移動。眼睛凝視前方，心想剛才看到的光可能就藏在樹木的間隙，只要身體換個角度就能再次看見。

可是啊，黑漆漆的環境或許真的會破壞人類的方向感。明明是從這個方向看到光的……但無論爺爺再怎麼改變自己站的位置，依舊什麼也看不見。他也試過左右伸長脖子，但是在眼前開展的依舊只有伸手不見五指的黑暗。

最後爺爺開始原地繞起了圈子。可是繞了一圈後又再繞一圈，還是沒看到光源。不，因為完全沒有記號，他甚至不曉得一圈是從哪裡到哪裡。以為已經繞到第三圈了，說不定才第二圈，也可能已經繞了四圈。

繞著繞著，他心想該不會那個光才是狐狸變的把戲吧……這時就連天不怕、地不怕的爺爺也開始心生畏懼。

下一瞬間，微微的光源又進入了視野。

爺爺趕緊停下腳步，以免錯失那宛如救命索般的光。提醒自己絕對不能讓視線離開前方的光源。

但接下來才是問題所在。要怎麼走到光源所在的地方呢?從腳底下的感覺來判斷，出現光源的方向不在山路上方，也不在下方，而是下坡的右斜前方。也就是說，是在沒有路的地方。如果是白天的話就可以鎖定目的地，一面下坡、一面尋找靠近光源的手段，但是在漆黑的夜裡，這麼做簡直就是無謀。難保走沒幾步，光就會消失在視線範圍之外，再也看不見。

這麼一來就只能朝著光源前進了。

爺爺下定決心。這個行為相當大膽，但是考慮到自己目前的狀況，也只剩下這條路可以走了。

接下來真是一條漫漫長路。雖然就像是在撥開樹叢前進，但真的又黑又恐怖。好幾次都險些失足跌倒，每次都嚇得爺爺冷汗直流。要是在這種地方摔跤的話，可能會直接滾下山，絕對不可能毫髮無傷。肯定會身受重傷，動彈不得。這麼一來人生就結束了。可是如果光顧著留意腳下，臉又會被枝葉打得好痛。為了保護雙眼，他真想閉起眼睛，反正四周都黑成這樣了。可是，他又不希望失去眼前的光明。好不容易穿出樹叢、睜開雙眼時，萬一什麼也看不見……光是想像就讓爺爺怕得要命了。

即使受盡折磨，爺爺仍不屈不撓地前進。他朝著希望之光，一步一步地靠近。

費盡九牛二虎之力，總算鑽出深邃的森林。爺爺站在突然變得平坦的草地上，感覺自己好像又被狐狸給戲弄了……

出現在眼前的，是一棟非常不可思議的屋子。很像木造的組合式登山小屋，但是定睛一看，其實是西式的家屋，從自己這邊看過去的左側有兩層樓。這時爺爺看到的是屋子的側面。

然而，除了這個家的外觀以外，還有另一種非常奇妙的感覺。彷彿打從整棟屋子映入眼簾的瞬間，就知道這個家不太尋常。可是又不知道該怎麼形容，讓人不由得心慌意亂。

明明感受到了、似乎也能理解哪邊不對勁，可是大腦卻跟不上，感覺就是這麼不舒服。

光是從右側的一樓窗戶透出來，但不是電燈，而是提燈的光線。隔著窗簾，在窗玻璃的內側亮起了朦朧的光。

爺爺繞到這棟屋子的右手邊，那裡是正面玄關。但是卻沒有西式住宅該有的門鈴或門環，只有長方形的門板和緊挨著門旁邊的半圓形窗戶。玄關部分的左右兩邊是沒有窗戶或其他東西的牆壁，唯有右手邊的屋頂上有根煙囪。所以屋子裡肯定有個暖爐。

爺爺小心翼翼地敲敲玄關門，聲音比想像中還更大，嚇了他一跳。可是屋子裡靜悄悄的，沒有任何反應。

「嘰……」就在他想再敲一次的時候，耳邊傳來了細微的聲響。好像是什麼東西摩擦的聲音，無疑是從屋子裡傳出來的。心想大概是住在這裡的人吧，但是等了一下，始終都沒有人出來應門。

爺爺又敲了一次門，豎起耳朵仔細聽。可是等到天荒地老也等不到剛才聽到的聲音。來到屋子的左手邊，觀察剛才亮著燈的窗戶，不知怎地，那裡已經變得一片漆黑。就像因為剛才的敲門聲，然後趕緊熄滅燈火那樣。

看來人家並不歡迎自己呢。

就算是再怎麼旁若無人的爺爺也不得不這麼想。但想是這麼想，眼下也只能向這家人求助了。

爺爺回到玄關前，猶豫再三後便把手伸向門把。這時從內側傳來「咖嚓」的聲響，稍微感受到拉動的手感後，門開了。爺爺把門打開一半，探頭進去，朝屋裡喊了聲「晚安」，結果瞬間心頭一凜。因為他總算知道究竟是哪裡不對勁了。

……這個家好小。

我不清楚爺爺當時有多高，但玄關門顯然很矮。不對，不光是門，整個屋子都像是縮小後的版本。這個家就是給人這樣的印象。

根據爺爺的感覺，大概只有一般民宅的三分之二。

究竟是誰、又是為了什麼，才會把這麼奇特的屋子蓋在這種深山裡……還特地蓋成西式的風格……住在這種地方的，到底是怎麼樣的人呢……

千頭萬緒的疑問一口氣在爺爺的腦海內湧現，頸項頓時爬滿雞皮疙瘩。

這裡該不會是魔物的住處吧……

爺爺不相信鬼魂或妖怪，但那一刻卻是認真地這麼認為。話說回來，既然他一路上都在懷疑是不是被狐狸給捉弄了，或許自然也能接受山裡有魔物棲息吧。

闖進這樣的屋子裡，肯定不會有好下場。

應該在有什麼東西跑出來以前趕緊逃走才對。

爺爺這麼告訴自己後，就不動聲色地關上玄關門。正當他打算轉身離去時，倏地停下腳步。眼前只有無盡的黑暗和寒冷。再加上現在雨水正滴滴答答地打在臉頰上。出門前，天氣預報明明說好天氣會持續下去的，不過山裡的天氣本來就瞬息萬變，或許這場雨也是說下就下。身後的這個家雖然很怪異，但畢竟是個可以遮風蔽雨的場所。能這麼輕易就捨棄這種地方嗎？再說了，他根本沒有地方可去。現在才要去找能夠露宿的安全場所已經是行不通了。而且外頭還在下雨，在這種最糟糕的情況下……

爺爺感到十分迷惘。

躲進身後的屋子裡，確實能抵禦風雨。看來裡面也有暖爐，應該能升火取暖。可是……真的安全嗎？待在這種來歷不明的屋子裡過夜，真的不會有事嗎？

這時，雨勢突然轉強了。

情急之下，爺爺又轉過身，鼓起勇氣從玄關處踏進這個陰陽怪氣的家。門的另一側是伸手不見五指的黑暗。爺爺摸索一番，拿出火柴點火，就發現這裡有個應該可以稱為門廳的空間，但還是非常狹窄。天花板當然也很低，給人非常強烈的壓迫感。這棟屋子會不會繼續縮小，直到把自己壓扁？爺爺不禁擔心起這種事。

點了好幾根火柴後，終於明白門廳左右兩邊和最後面的牆壁都有門。推開左手邊的門，裡面是儲藏室；推開右手邊的門，裡面是客廳。謝天謝地，客廳桌上擺了一盞煤油燈。

爺爺點亮煤油燈，在客廳深處找到了暖爐。雖說是深處，但是從進門的方向看過去，其實是靠近這個家正面的地方。繞過果然比標準尺寸還要小的桌子和沙發、來到了暖爐這裡，裡面還殘留著暖意。

就跟那個房間的燈光一樣，這裡的火也才剛熄滅沒多久。

這也是聽到爺爺敲門才趕緊熄掉的吧。換句話說，這個家的人似乎很怕突然上門的不速之客。玄關門肯定也從內側上了鎖，不過因為太過匆忙才沒有鎖緊，這才讓爺爺得以登堂入室。

話說回來，蓋在這種地方的奇怪屋子根本不會有訪客吧，所以也不是不能理解對方的心情。但也絕對不能就此放心。雖然對方害怕自己，自己應該就不會有什麼危險，但依舊無從得知對方是什麼樣的人。

爺爺想在暖爐生火，然後睡在這間客廳裡。最理想的做法其實是睡在門廳，等到天一亮就立刻離開。但想歸想，一旦知道旁邊的房間內有暖爐，就終究抵擋不了想生火取暖的念頭。再加上客廳的位置幾乎是位於房屋靠正面這側的地方，這個發現也減輕了爺爺的罪惡感。

只是有一點很傷腦筋，就是找遍整個客廳都找不到薪柴。這麼一來，暖爐就英雄無用武之地了。

爺爺猶豫半晌，還是決定找找看。既然客廳有暖爐，附近肯定有備用的柴火。

他提著煤油燈回到狹窄的門廳，然後推開玄關門對側的門，前方是一條短短的走廊。天花板很低，走廊也很窄，感覺就像是被關起來了。爺爺突然有一種感覺，自己彷彿是踏進了墳墓裡面。

左右兩邊的牆壁各有一扇門。難不成右側是……爺爺邊想邊打開右邊的門，果然是剛才那間客廳。剛剛可能是因為只有煤油燈的光源，所以沒有發現暖爐的對面還有另一扇門。

開啟走廊左側的門，瞬間就有股味道撲鼻而來。原來這裡是廚房。可是沒有半個人，也沒有最重要的飯菜。但是殘留的氣味無疑就是食物的味道。這就是直到剛才都還有人在這裡煮食的證據。從位置來看，剛才在外面看到亮光的房間應該就是這裡沒錯。

……這裡果然有人住。

這點應該沒錯。而且，對方似乎不想被爺爺發現。這個解讀應該也沒錯。

明明是自己擅自闖進別人家裡……

想到這裡，爺爺不由得感到有些抱歉。但是，那種難受感之所以很淡薄，也是因為無論怎麼想，這棟屋子實在都太奇怪了。要是產生不必要的同情而掉以輕心，可能就會陷入很慘的處境。這樣的恐懼無論如何都無法抹去。

而且，總覺得這個味道也怪怪的。

爺爺飢腸轆轆，可是一點也不覺得這個味道很香。那絕對不是難聞的臭味，確實是食物的氣味沒錯。但如果問他想不想吃的話，爺爺大概會搖著腦袋拒絕。也就是說，廚房裡瀰漫著一股令人生理上感到排斥的空氣。

回到走廊，爺爺便把門關上。他打算走回客廳那邊，無奈想生火取暖的想法依舊很強烈。要是能用暖爐燒火的話，不僅能讓被寒夜冷意刺入骨髓的身體暖和起來，肯定也能緩解精神上的緊張吧。因為明確地體悟到這一點，爺爺更是無法斷絕想拿到薪柴的念頭。

走廊盡頭還有一扇緊閉的房門。從在外面看著屋子側面的感覺來判斷，門後面應該是這個家的後半部。

爺爺把手放在門板上，抱著猶豫不決的態度緩緩打開門。

門一開，夜涼如水，身體頓時發起抖來。爺爺大吃一驚，這裡明明應該是屋子的後半部，結果好像通到外面來了。

用煤油燈照亮腳邊，腳下是往前延伸的石板路。爺爺驚魂未定地東張西望，結果又是嚇了一跳。他在左手邊發現自己找了半天的薪柴堆，這讓爺爺姑且鬆了一口氣，但右手邊竟然有一處中庭，中庭裡甚至還有一座涼亭。此情此景實在太突兀了，讓人有股丈二金剛摸不著頭腦的詭異感。

這個家是蓋在深山裡吧。周遭就是整片的自然環境，放眼望去只有綿延無盡的綠意。換句話說，屋外的一切都等同於這個家的庭院。明明是位處這樣的環境，還特地在家裡打造一個中庭，無論怎麼想都很奇怪吧。

當然，悉心照料的中庭通常都會修剪得很漂亮，看起來賞心悅目，與恣意生長的草木截然不同。然而這個中庭卻完全不是這麼一回事。雖然還不到雜草叢生、慘不忍睹的地步，不過也絕對沒有打理到可供觀賞用的程度。看上去就是一副半吊子的情景。乍看之下似乎很寬敞，但仔細一看，樹木後面就是圍牆。看來就連中庭也跟屋子本身一樣小。還有那座涼亭也是。

爺爺轉身背對中庭和涼亭，開始觀察堆成一座小山的薪柴。小山的下半部被對開門給遮住，至少有上百根，數量多到打開那扇門的話，堆好的薪柴山大概就會崩塌。上面有個延伸出來的天花板，應該是為了擋雨吧。眼前的薪柴都很乾燥就是最好的證明。而且薪柴果然也劈得比一般的尺寸還要小。

就在爺爺正要伸手去拿薪柴時，突然發現石板路通往的前方還有一扇門。那扇門的後面應該就是他從外面看到屋子的側面時，上頭有二樓的那個部分。

趕快帶著柴火回客廳吧。

爺爺訓斥自己，卻又無法不去在意那扇門背後的情況。已經走遍這個家的一半以上，乾脆就全部看完算了。爺爺滿腦子都是這種自我中心的念頭。

話是這麼說，也不是完全沒有恐懼的心情。直到現在都沒有遇到任何人，表示這個家的住戶就住在那扇門後的空間吧。與其說爺爺一點也不想見到他們，毋寧說是很想避開。

既然如此就不該再往前走了。

想是這麼想，不過爺爺就像是被拖過去似地沿著石板路往前走，並且把手擱在門板上。或許是真的被什麼給附身了也說不定。

門裡面是個小廳，右手邊和深處各有一扇門，左邊則是有兩扇門。推開左手邊最靠近自己的門，是洗手間和浴室、隔壁那扇門則是食材庫。食材庫再往後、也就是深處那扇門的左側有一座陡峭的樓梯，感覺應該會通往二樓的區域。打開深處那扇從屋內上鎖的門後，又接到外面了。該說是一般民宅的便門嗎，總之是後門。

外面被黑暗給籠罩，真的很暗，根本什麼也看不見。雨還在淅瀝嘩啦地下著。爺爺立刻想回屋，結果不經意發現地面好像有什麼痕跡。把煤油燈湊近一看，勉強可以看出草地上好像留下了有人經過的痕跡。

這戶人家都從這裡進出嗎？

爺爺的心中浮現出這樣的想法，但隨即重新思考，一般來說都會從玄關進出吧。接著又想到會非常自然地從後門進出的商人。但是在這種深山裡，送貨員根本不會來吧。

既然如此，這會是什麼痕跡？

究竟是什麼人在這個家出入啊？

腦海中掠過許多想像，愈想愈害怕，爺爺慌慌張張地回到屋裡。接著，他打開了剩下的那扇門，裡頭又是一個奇特的房間。到底為什麼要把空間蓋成這樣呢？爺爺完全無法理解。從這層意義來說，就跟這個家是一樣的，不，這個房間的詭異感要比這整個家還更令人毛骨悚然。

煤油燈讓地板發出詭異的光，想仔細看看是怎麼回事，就發現地板竟然鋪著磁磚。房間中央孤零零地擺了一張長方形的桌子。可是卻沒有看到半張椅子，這裡就只有桌子而已。

光是這樣就很奇怪了，但最大的問題還是整個房間的樣子。背對門，正前方與左側居然出現了寬闊的樓梯。而且它們完全都位在這個室內空間裡啊……明明樓梯往上爬到底也只會碰到牆壁……

牆壁往上依舊是繼續延伸的壁面。這還是打從進到這棟屋子裡後，第一次看到這麼高的天花板，肯定是一路挑高到二樓的範圍吧。

這兩座莫名其妙的樓梯占了房間約三分之二的面積。到底為什麼要在房間裡設置樓梯呢？爺爺想破頭也想不明白。姑且先不論樓梯，光是這個房間本身就已經非常讓人難以理解了。而且還飄蕩著奇怪的氣味。雖然完全激起不了食欲，可是在廚房聞到的至少還是食物的味道。然而，被鎖在這個封閉空間裡的氣味卻是會讓人完全喪失食欲的臭味。

之所以覺得封閉，是因為房間裡一扇窗戶也沒有。一路看下來，除了儲藏室和食材倉庫沒有設窗之外，其餘的房間都有窗戶。為什麼只有這個房間沒有呢？

兩條手臂頓時爬滿了雞皮疙瘩，爺爺隨即逃出了這個房間。他也想乾脆就直接從後門衝出去、離開這棟屋子，但是卻做不到。因為爺爺心裡明白，萬一在山中遭遇什麼險境的話，搞不好就無法活著回去了。

只能先去拿薪柴，再回去客廳了。

即使爺爺這麼安慰自己，與此同時也對通往二樓的樓梯充滿好奇。明明剛剛才因為看了那個極其怪異的房間而被嚇得六神無主，卻怎麼也無法忍受這個家裡還有自己尚未親眼看過的區域。怎麼也無法忍住不去確認看看。

爺爺用煤油燈照亮腳邊，開始上樓。天花板很低，樓梯的台階也很窄，抱著極為拘謹的心情，一步一步慎重地往上爬，然後樓梯就轉向了左手邊。感覺轉角前方的陰影處好像藏著什麼東西，於是爺爺先舉起煤油燈、往前方探出去。確定什麼也沒有之後，再繼續往上走。又爬了幾階後，終於看到二樓的地板。

站在侷促的地板上，就看到面前有一扇門。除此之外什麼也沒有。下意識想敲門時，爺爺啞然失笑。都已經擅自闖到這個地方了，還有必要敲門嗎。想到這裡，不禁覺得特別可笑。

開門後，短短的走廊往左右兩側延伸。先檢查左邊的那扇門，裡頭是儲藏室。接著往右邊前進，這次是類似書房的房間。裡面擺放著桌椅和書櫃，全都比標準尺寸再小一點……咦！這時，爺爺驚訝地發現就連書櫃裡的書都縮小了。

這裡該不會是另一個世界吧……

當下，爺爺腦海中第一次出現科幻小說般的情節。他當然沒看過什麼科幻小說，當時就連幻想科學小說之類的名詞都還沒有出現。不過，因為民間故事裡也會出現闖入另一個次元或另一個世界的主角，所以爺爺會這麼想也不奇怪。

自己在山裡面迷路後，是否也碰上了相同的遭遇……一想到這裡，爺爺不禁萌生了前所未有的恐懼。

再怎麼詭異的房子，只要是現實生活中的建築物，總是有辦法可以逃出去。話雖如此，如果是打從一開始就不存在的房子，那又該如何是好呢？進來很簡單，但是要出去可就難了……

膽戰心驚的爺爺連忙隨手從書櫃裡抽出一本書。萬一打開書本、看到裡面的內容全都是完全不認識的文字，就證明這裡不是現實世界的房子。爺爺是這麼想的……

意外的是書本裡的內容好像是童話故事。而且書架上全都是各國的民間故事或傳說相關的書籍。最常被翻開來看的似乎是《佩羅童話集》和《格林童話》，因為封面留下了非常明顯的使用痕跡。

這家人究竟是什麼人？

就在對這家人的好奇與恐懼在內心交織，讓人被囚禁在筆墨難以形容的情緒裡時，爺爺留意到一個很關鍵的問題。

這家人現在躲在哪裡？

從玄關的門廳到二樓的書房，他已經看過所有的房間了，可是卻沒發現任何人。要是有人住在這裡，應該早就見到對方了。因為屋子裡沒有任何可供躲藏的地方……

難道是從後門逃走了嗎？

只能想到這個可能性了。問題是，外面是籠罩在黑暗裡，還下著雨的深山，到底還能跑到哪裡去？更何況對方根本沒有必要逃走啊。爺爺又不是直接硬闖進來的。不僅敲了門，還出聲打過招呼。

不過，還是會保持警戒吧。

爺爺隨即換個角度思考。如果是會隱居在這種深山裡的人，當然不可能歡迎貿然上門的訪客。轉換一下思維後，爺爺隨即又意識到一個重要的事實。

後門鎖著……

這戶人家不可能從那裡出去。證據就在眼前啊。

既然如此，到底跑到哪裡去了……

從外面看到廚房的燈光、在玄關聽見屋內的聲響、客廳熄滅的暖爐還殘留著暖意……種種間接證據都足以證明這裡絕對有人住。不，我猜爺爺應該沒有想到從間接證據這方面去推測，但肯定也產生了幾乎相同的懷疑。

爺爺突然覺得好害怕，趕緊逃離二樓的書房。

衝過短短的走廊、開門來到二樓樓梯口，幾乎是連滾帶爬地衝下狹窄的陡峭樓梯，然後小跑步穿過小廳、一路來到中庭。接觸到外面的空氣後，總算冷靜了一點。

這時他這才回過神來，想起原本的目的，抱著薪柴回到客廳。接著便用自己帶來的報紙專心地在暖爐生火。

薪柴點燃後出現的熊熊火光真是太美好了。不管盯著看上多久都看不膩呢，彷彿可以永遠凝視著火光。無論神經繃得再緊，遲早會平復下來。爐火無疑就擁有這樣的作用。

然而，此時的爺爺卻不是這種心境。明明就待在暖爐旁邊，近得都快要燒到眉毛了，卻還是心慌得不得了。後來感覺背脊發涼，不由得轉身背對暖爐。但現在又不時意識到，這個客廳裡面有很多單靠暖爐明亮的火焰及煤油燈的光仍舊照不到的陰暗處，感覺非常不舒服。明明不想看，卻控制不了自己的視線。

不知不覺間，爺爺內心開始產生一股瘋狂的衝動——真把背縮進暖爐裡。真的已經陷入非常危險的精神狀態了。

就連自己也知道不能再這樣下去，爺爺決定先吃晚飯。腦海中雖然也掠過向這個家的食材倉庫借點東西來用用的想法，但隨即又搖搖腦袋，打消了這個念頭。最後只用背包裡的食物就簡單打發了一餐。

即使如此，爺爺似乎還是打起精神來了。人在飢寒交迫時很容易產生不好的念頭——爺爺的論點或許就是基於這次的經驗。

在暖爐裡放入足夠的薪柴後，爺爺就在暖爐前躺了下來，雙腳朝著客廳門的方向，把自己裹在軍用毛毯裡。在山上吃完晚餐後，接下來就只能睡覺而已。就算場景換到這棟稀奇古怪的屋子也一樣。不如說，爺爺就是因為覺得待的是這麼詭異的家，才更該早點歇息吧

或許是因為儘管肉體已經累到極點，精神卻依舊維持著緊張感，爺爺躺了半天也無法入睡，而且還愈躺愈熱。應該是太靠近暖爐的關係，於是他就稍微離遠一些。為了顧及用火安全，爺爺熄掉了煤油燈，所以光源就只剩下燃燒的柴火。可以的話，爺爺真不想離暖爐太遠。無奈實在太熱了，最後就變成靠近暖爐的左半邊身體感覺都快燒起來了，但右半邊身體卻籠罩在黑暗裡的狀態。身體好像從中間分裂成兩半，這下反而更睡不著。

每次在野外露宿，都會聽見夜行性小動物窸窸窣窣、吱吱喳喳、嘎沙嘎沙……的聲音或風聲，但不至於難以成眠。因為很快就習慣了，幾乎不會放在心上。

相比之下，這裡靜悄悄的，什麼也聽不見。這個家所使用的木建材大概很堅固吧。然而，安靜到近乎恐怖的無聲狀態卻令人心神不寧。即使偶爾會被薪柴燃燒爆裂的聲響嚇到，但這種驚擾反而讓人感到放心。可見爺爺有多麼害怕這個家中的靜謐。

儘管如此，隨著時間一分一秒過去，爺爺也開始打開盹來。果然是累壞了吧，睡魔過沒多久就找上門了。

……嘰。

這時，不知道從哪裡傳來細微的摩擦聲。

那什麼聲音啊……

爺爺一動也不敢動，只是屏住呼吸、豎起耳朵。

……嘰。

緊接著，他發現聲音是從客廳深處傳來的。

門廳前方的走廊還有一扇通往這個房間的門。該不會是有人正要打開那扇門吧。

……嘰。

聲音逐漸變大後，又是一陣鴉雀無聲的死寂。

爺爺依舊動也不動、專注地聽著。即使瞪大雙眼，也什麼都看不見。暖爐附近以外的空間都是黑漆漆的一片。

要是深處那扇門打開，會不會有什麼東西從那裡悄悄地跑進來？接下來，不就會一聲不響地靠近暖爐這裡嗎？光是想像那個畫面，就足以讓爺爺嚇得魂飛魄散了。

萬一真的察覺到有什麼不尋常的氣息，就立刻起身衝向門廳、然後逃出去吧。雖然爺爺終於下定決心，只可惜好像已經太遲了。

不知在什麼時候，有某個東西來到了爺爺的身旁。

那個東西居高臨下地窺探著爺爺。當然，爺爺看不見對方，不過只憑感覺就能確定這件事。

……救命吶。

爺爺不管三七二十一就向神佛祈求。他其實想向山神求救，但是眼下正默默地窺探自己的東西說不定就跟山神大人有關。光是稍微想像到這種可能性，他就不敢求助於山神了。

到底祈禱了多久啊。

感覺枕邊可怕的氣息似乎消失了。提心弔膽地睜開眼睛，但什麼也沒看到。就在爺爺假裝翻身、面向右側時，頓時感到後悔莫及。因為那個東西還在。

客廳靠近正中央的地方有一根直達天花板的細長柱子，直挺挺地立在那裡。

一瞬間還以為是支撐這個房間的頂梁柱，但這裡根本沒有那種東西……意識到這一點時，爺爺全身的寒毛都豎起來了。明明就躺在暖爐旁邊，卻被不寒而慄的感受給侵襲。身體不受控制地發起抖來。

那個像是柱子的東西是不是有眼睛、鼻子和手腳啊。雖然四周太暗了，什麼也看不見，但是仔細凝視，就可以看出那玩意兒正慢悠悠地搖晃著，所以那肯定是生物。不對，是魔物吧。

感覺意識一口氣飄遠，然後又覺得好像突然醒過來了。或許爺爺可能暫時失去意識了也說不定。

再次微微睜開雙眼，望向客廳深處，不過暗到什麼也看不見。仔細地聽了一會兒聲音，判斷這裡什麼也沒有之後，爺爺就點亮煤油燈。

他走到房間深處確認，門關得好好的。可是，這完全不能證明門沒有被打開過。爺爺將耳朵貼在門板上，聽不見半點聲音。試著稍微把門打開，就發出了嘰、嘰……的聲響。果然沒錯，剛才真的有什麼東西從這扇門跑進來吧。

不，等等……爺爺不解地回想。

個子那麼高的東西有辦法從這扇門進來嗎？這麼說來，以那東西的身高來說，要住在這麼小的屋子裡是不是太勉強啦。只有那個空間內設有奇怪樓梯的房間才能容納吧。那個房間挑高到二樓的範圍，跟柱子魔物正好很相襯。

想到這裡，爺爺又害怕起來。因為這時他領悟到，在根本不知道對方是何方神聖的情況下，無論如何絞盡腦汁也是枉然。

客廳的兩扇門都是往內側開，所以爺爺把沙發移到兩扇門的前面後才再次躺下。不過還是怎麼也睡不著。明明都用沙發堵住門口，應該比剛才還安全了，卻絲毫無法感到心安。

那**個東西**要是想進來，怎麼擋也擋不住……

內心不免充斥這樣的念頭。爺爺心裡清楚，堵在門口的沙發根本一點用處也沒有，只是聊勝於無而已。

最後，爺爺幾乎整夜沒睡。時間流動的速度慢得令人不耐，讓人陷入天永遠也不會亮的恐懼。他就這麼輾轉難眠地過了一晚。

客廳的窗子淡淡發光，也聽見了細微的鳥鳴聲，看來天終於亮了。可以的話，應該先好好吃頓早飯再離開，但爺爺已經不想在這棟屋子裡多待一秒鐘了，便急不可待地出發。

可是剛從玄關走到外頭，爺爺就不知所措地停下腳步。因為他不曉得通往山腳的路要怎麼走。幸好天才剛亮，時間還很充裕。但是他也不想再像昨天那樣迷路了。更重要的是，爺爺想快點離開這座山。

思索了半晌，爺爺猛然想起一件事。昨晚從這棟屋子的後門往外看時，曾看到像是有人經過的痕跡。只要沿著那道痕跡走，說不定就能下山了。

正當爺爺匆匆地繞過屋子側面、走向後門的途中，似乎突然感受到了什麼，於是就抬頭往上看。此時，只見二樓的窗口有張烏漆墨黑的臉。那個東西正貼著窗玻璃，一瞬也不瞬地低頭看著爺爺。

爺爺在內心大聲驚呼，同時頭也不回地拔腿就跑。即使沿著那道痕跡走，一路上還是迷路了好幾次，好不容易在中午前抵達山腳，這才讓他放下了心中的大石。

三

——從大學登山社的學長口中聽到這個故事時，我真的嚇了一大跳。因為這跟伯父的親身經歷未免也太像了。不，說是一模一樣也不為過。只是……也有一些不同之處，而且那些不同之處就跟學長說的故事一樣，給人一股不知從何而來的陰森感，聽了就不由得心裡發毛。

已經記不得正確的時間了，因為是伯父的學生時代，所以應該是學長的爺爺親身經歷那件事之後又過了七、八年、或是十年左右的事吧。家父與伯父差了好幾歲，因此硬要說的話，或許伯父的年紀與學長的爺爺比較接近也說不定。

當時伯父去爬的山也是位於留目地區的媚眼岳。不過，這並非是伯父第一次爬那座山，以前也去過。因此他這次並不是要縱走，而是預計要當天來回，也很清楚路線要怎麼走。

即便如此，據說伯父心中仍感到一絲不安。原因就是他選擇的下山路線是當時已經沒有人會使用的山路。以前有個登山伙伴曾告訴他有這麼一條路，所以伯父一直想著如果有機會的話就一定要走走看。

內心不著邊際的不安不幸成真了。伯父在下山途中迷了路。原本計畫是當天來回，所以預定在三點左右就要下山。幸好當時太陽還是高掛天空，時間頗為充裕。但根據過去的經驗來判斷，伯父也很清楚不能小看山。

於是伯父決定先不下山，重新爬到比較高的地方，觀察周圍的樣子。結果不看還好，看了簡直讓他懷疑起自己的眼睛。

因為他看到屋子了。

在這種深山裡，有人蓋了應該不會出現在這裡的屋子。怎麼想都不可能發生的光景居然就出現在眼前。

又不是民間傳說中的那種孤家[9]。

即使伯父心中充滿疑惑，但是眼前的這棟屋子也讓他冷不防聯想到那位登山夥伴曾經告訴過自己的故事。

留目地區的深山裡有個名叫「蟇家」的古怪宅邸，相傳在那裡過夜的話就會被奪魂攝魄……就是這樣的怪談。蟇家又被稱為「蛤蟆宅邸」或「蛤蟆人的住處」，絕非尋常人家。

9 在許多民間傳說中出現在杳無人煙之處的屋子。通常伴隨著旅人上門求助或請求借宿後，因為發生了奇怪的事而揭曉屋子與屋主真面目的離奇發展。

可是眼前看到的屋子只是有點特殊的登山小屋。確實，這個地點固然不太尋常，但也不覺得會是什麼妖怪魔物棲息的地方。

不過……

總覺得哪裡怪怪的呢。愈看愈覺得有什麼地方很古怪……這種感覺愈來愈強烈。但任憑伯父再怎麼細看，也無法掌握那種詭譎的感受從何而來。唯有一股不協調的感覺逐漸蓄積、並且持續膨脹。

伯父開始焦躁起來，同時也感受到恐懼。毋寧說後者的情緒還更加強烈。

那棟屋子好詭異。

所以千萬不能靠近。

應該快點移開視線，回去尋找原本要下山的路。縱使伯父這麼心想，卻遲遲邁不開腳步。

明明是在完全迷失方向的情況下發現那棟屋子的，可以無視它的存在就這麼離開嗎？再怎麼陰森好了，也應該去向屋主問個路吧。至少應該走到旁邊去，確認看看有沒有人住在裡面。

或許自己真的該這麼做。

伯父猶豫了半晌，決定先上前觀察一下情況再說。一旦察覺到任何危險，再轉身逃走就好了。打定主意後，他就走向那棟謎般的屋子。

話說回來，為什麼是「蛤蟆」呢？

青蛙一類的生物給人棲息在水邊的印象，怎麼也不會是山上吧。在那個家的旁邊有河流和沼澤，那裡棲息著大量的蛙類。以上是伯父想像中的蟇家環境，可是剛才所見完全不是如此。所以絕不是在指蛤蟆……

因為，不是還有「蛤蟆人」這個說法嗎？

意識到這一點的伯父，對那個家更是避之唯恐不及了。如果只是「蛤蟆」還能有各種解釋，但如果是「蛤蟆人」的話又是另一回事了。更別說是「蛤蟆人的住處」。

有個長得很像蛤蟆的人住在那個家裡面。

如果要直觀地解釋，大概不外乎是這樣。因為生了這副異常的長相，所以必須要掩人耳目地住在深山裡。應該可以這麼解釋吧。

然而，實際上是不可能有這種事的。世上確實存在著外貌被人稱為異相的人，可是基本上應該沒有人的長相會怪異到被稱為「蛤蟆人」吧。

伯父費盡千辛萬苦順著沒有路、只有樹叢的斜坡往下滑，途中一直在思考這個問題。

那，為什麼是「蛤蟆人」呢？難不成「蛤蟆」這個名詞還有什麼別的意思嗎？

……蛤蟆、蟾蜍、無數的疣、白色的毒液、兩棲類。

進行上述的聯想時，眼前突然豁然開朗，已經走到那戶人家的附近了。等到確實看清楚那棟屋子的時候，伯父總算明白這個家的異常感究竟來自於哪裡了。

……這也太小了。

乍看之下與登山小屋無異，仔細觀察後就發現是西式風格。如果從玄關位於右手邊的建築物側面角度看過去，左側的三分之一範圍有二樓空間。剩下的三分之二範圍就只有一樓，總之整棟屋子都很迷你。

……只有一半吧。

簡直像是把一般的民宅縮小到只剩下一半的體積。這麼奇妙的屋子為什麼會蓋在這種深山裡呢？而且仔細觀察每個細節，可以看出許多腐朽的痕跡。雖然還沒有廢墟化，但是感覺在不久的將來就會變成廢墟了。

伯父繞著那棟屋子走了一圈。窗戶掛著窗簾，所以看不見裡面。但就算沒有窗簾，真的有辦法瞧見裡頭的模樣嗎……

因為繞著這個小小的家走一圈的時候，伯父就被一股難以言喻的厭惡感給困住了。

……有人正目不轉睛地盯著這邊窺看。

不知是從屋子裡，還是屋子本身……

意識到這點的瞬間，脖子立刻冒出雞皮疙瘩，接著又像是有一桶冷水兜頭淋下，一股惡寒順著背脊往下傳導到四肢百骸。

伯父驚慌失措地想要逃走。他已經顧不得有沒有山路了，就是慌不擇路地拔腿就跑，總之能離那棟屋子多遠就離多遠。這個舉動其實非常危險，可見伯父真的嚇壞了。

就結果而言，這個有勇無謀的行為救了伯父一命。過沒多久，伯父就接上原本的下山路線，總算平安無事地下山了。

聽到這裡，您應該能明白我聽到學長爺爺的親身經歷時為什麼會那麼驚訝了。那個奇妙的家在過了七、八年、乃至於十年左右的時間後竟然又縮小了。除了這兩個人以外，還有好多人都曾目睹過那棟古怪的屋子，倘若那些人看到的時期與這兩次親身經歷又隔了幾年，說不定那棟屋子的樣貌可能又會是另一種大小？

也就是說，剛蓋好的時候可能是一棟普通的屋子。隨著歲月流逝，它也逐漸在縮小。

我當然也知道這個想法很荒謬。再說了，到底是誰、又是基於什麼目的，才會把屋子蓋在那種深山之中呢？那裡面住的又是什麼人？這一切都還是未解之謎，所以就算做出上述的解釋也沒有任何意義。

不，說到沒有意義，為何會發生縮小的現象、又是怎麼發生的，要是無法解釋這些謎團，就算能回答其他的問題感覺也毫無意義。

不知道這種詭異的故事能滿足您的期待嗎？

四

瞳星愛站在「怪異民俗學研究室」的門口，望向室內。

這裡的門總是開著呢。

無關緊要的疑問浮上心頭。這是為了不讓自己意識到另一個「總是」，刻意要轉移自己的注意力。

可惜這份努力一點用也沒有。因為這天還是感受到另一個「總是」的氣息了。

……有人在房間裡面。

上次和上上次都感受到一模一樣的感覺。所以兩次都先打了招呼才進去，問題是那兩次的房間內都沒有其他人。

……今天呢？

話雖如此，如果不打招呼就直接闖進去，還是很沒禮貌吧。總覺得這種行為有點失禮。

可是就算出聲打招呼，也得不到任何回應。

即使走到房間最裡面的地方，也沒有半個人。

擔心會第三次遇到那種恐怖的情況，那麼她現在到底該怎麼做才好呢？

順帶一提，無明大學現在正在放暑假，因此圖書館今天也是休館日。不過，還是能從後門進入圖書館的地下室，因此她也不必在意是不是休館日，依舊出現在怪民研的門口。

可是……

回顧過去兩次造訪的經驗，愛不由得裹足不前。

「言耶在嗎？」

有個聲音冷不防從斜後方傳來，讓愛嚇得差點跳起來。

「啊，你是……」

愛反射性地回頭看去，卻一時半刻想不起對方的名字，此舉似乎也深深地傷了對方的自尊心。

「我是副教授，保曾井。」

對方以綿裡藏針的語氣自報家門，而且強調「副教授」的頭銜還更甚於自己的名字，這點喚醒了愛的記憶。

「對了，您是保曾井老師。」

「妳真的記得嗎？」

保曾井對她投以充滿猜忌的眼神，愛在心裡回答「不記得」，接著說道：

「那當然。」

有時候也需要善意的謊言。

「說是這麼說，但妳一次也沒到我的研究室來玩過呢。」

保曾井意有所指的回應令愛悔不當初。遇到這種人，應該要斬釘截鐵地告訴對方「我一點印象也沒有」才對。

「我上次也說過啦，如果是妳——」

發現保曾井又想舊事重提，愛連忙打斷他的話。

「老師人不在。」

完全沒確認過就直接回答了。

說是這麼說，但是她在前幾天收到了刀城言耶的來信，信中早就證明了這一點。他去進行民俗田野調查了，好像暫時沒有要回來的意思。

「哼……老師啊。」

這種瞧不起人的語氣也跟上次一樣，所以愛也同樣在心裡沒好氣地叨唸。

是是是，您是副教授，刀城言耶老師只是特任講師嘛。

只是這次好像不小心表現在臉上了，只見保曾井用宛如爬蟲類的眼神直勾勾地凝視著她。

「……這裡，真的會出現那個嗎？」

情急之下想打圓場，沒想到脫口而出的這句話竟然引起保曾井的劇烈反應。

「妳、妳說什麼……」

保曾井的反應明顯充滿了抗拒。這麼說來，保曾井上次也是站在走廊上、對著人在研究室內的她說話。始終都站在門口，絕對不肯踏進房間半步。難不成他把學生之間流傳的「……那裡，好像有那個出現喔」的傳聞當真了，所以才會打死都不肯踏進這個研究室嗎？

「保曾井老師，這個房間啊……」

愛故意壓低聲線，又比了比怪民研。

「每次進來以前，都會覺得房間裡有人，可是真的踏進來以後，卻發現一個人也沒有……既然如此，老師要不要一起──」

「啊啊啊！那、那個……我還有重要的事要做。」

話才剛說完，保曾井就一溜煙地離開了。

很好，這次也擊退他了。

愛才剛帶著滿意的微笑踏進怪民研，就與一顆從書架的另一邊盯著她的頭對上眼。

「噫！」

「嗚哇！」

愛忍不住發出尖叫。

彷彿與之呼應的大喊幾乎同時迴盪在室內。

「嚇、嚇死人了──你在這裡做什麼？」

替刀城言耶看守研究室的天弓馬人從書架後面冒出來。

「那個老師很難纏呢。」

「負責招呼保曾井老師的應該不是人家，而是天弓先生你吧。不，這個不重要，你剛才為什麼要大叫啊？」

「因為妳嚇到我了……」

「這是人家的台詞吧。」

才見過三次——或許該說是已經見過三次了——卻總是說著一樣的對話。愛突然萌生了這個感覺。

熟稔。

腦海中浮現了這個字眼，不知怎地竟讓愛有些羞怯。但這時天弓已經不見人影，看樣子是早就跑回最深處的桌子前了。

「你到底在做什麼啊，丟著客人不管。」

愛也氣沖沖地走向最裡面的長桌，結果天弓卻一臉正色地問她：

「妳是客人嗎？」

「人家既不是刀城老師的助手，也不是天弓先生的學妹。」

「有道理耶。既然如此，妳來這裡做什麼？」

「……啊。」

天弓說得太不客氣，愛一時無言以對，但隨即氣勢驚人、滔滔不絕起來。

「你說的是什麼話！明明跟人家一點關係也沒有，是因為刀城老師直接拜託人家要把小時候的親身經歷，還有法性大學的杏莉和平學長在中學時代的離奇體驗都告訴天弓先生、然後記錄下來，人家才會特地到這裡來、協助老師蒐集怪談——」

原本想繼續說下去，卻發現被天弓馬人當成馬耳東風，愛簡直要氣壞了。可是就算對他生再大的氣，也只像是一拳打在棉花上，對天弓來說根本不痛不癢。意識到這一點後，愛突然改用低語般的音量說道：

「人家的朋友啊，從別的朋友口中聽到一件事。那個朋友的姊姊是大醫院的護士，某一天值大夜班的時候——」

「等、等等，妳沒頭沒腦地說什麼……」

天弓驚慌失措地想打斷她，但愛才不理他。

「她一個人待在護理站的時候，原子筆掉在地上，於是就蹲下去撿。蹲下去的地方剛好在掛號櫃台的前面。正當她撿起原子筆想站起來，突然感覺到有人的氣息。可是在她蹲下去以前，從護理站放眼望去，整個走廊上都沒有人。而且此時此刻從頭上傳來的氣息也不是只有一兩個人而已。」

天弓撇開頭，鐵了心要對愛視而不見。但又不能堵住耳朵，所以無論如何都還是會聽見她的聲音。

「護士心想絕不能直接站起來。於是保持蹲在地上的姿勢、在掛號櫃台下方往旁邊移動。移動到角落再悄悄地站起來，稍微探出頭去偷看——」

愛一邊重現動作一邊說下去。

「只見有一整排的患者們站在掛號櫃台前。都三更半夜了，當然不可能有這樣的患者出現。所以她不動聲色地低下頭，耐著性子等待去巡房的前輩回來。」

天弓還是老樣子，然後愛躡手躡腳地湊到他身邊。

「沒多久，前輩巡完病房回來了，那位護士便把剛才發生的事告訴前輩——」

「啊，對了，所以呢……刀城老師這次到底有什麼事？」

天弓大聲問道，不由分說地想中斷現在的話題。

「等一下啦，接下來才是這個故事最恐怖的地方。」

因為愛完全不受阻撓、還想接著說下去，天弓終於舉白旗投降了。

「……知道了啦，是我不好，我承認妳對老師很有幫助就是了。」

不過，這種說法實在有點傲慢，甚至可以說是無禮。但是愛也知道這已經是天弓馬人最大的讓步了，所以決定寬大為懷，原諒他剛才的態度。

「你能理解這點實在太好了。」

「然後呢？」

結果一下子就故態復萌了，愛的心裡燃起一把熊熊怒火。

「刀城老師寄來一封厚厚的信。」

「老師為什麼要寄信給妳？」

「誰知道呢。請你去問老師。」

愛冷冷地回答，但不同於冷若冰霜的語氣，就連自己也很清楚臉上難掩略顯得意的心情。

天弓或許也感覺到了，露出不以為然的神情。除了聽到怪談的驚慌無助以外，他很少表現出情緒，但是身為刀城言耶的助手，顯然也會為此感到自豪吧。

天弓無言地伸出手後，愛就取出那封信，嫣然一笑。

「這裡頭是刀城老師蒐集到的故事。不過，信上還寫了一個指示——不只要把這封信交給天弓先生，務必要念給他聽。」

「欸，這什麼意思？」

愛笑容可掬地回應一頭霧水的天弓。

「所以人家雖然也忙得不可開交，還是遵照老師的指示過來了。」

瞳星愛把自己的親身經歷告訴天弓馬人以後，他有什麼反應、做出什麼推理——愛將以上種種告訴自己的外婆、外婆又告訴兜離浦的海部旅館老闆娘，最後老闆娘會鉅細靡遺地轉告刀城言耶。

愛從刀城言耶寄給她的感謝函得知此事。肯定是因為這樣，言耶後來才會請愛安排法性大學的杏莉和平直接向天弓講述自己的親身經歷。言耶期待的是這麼一來，天弓或許會再次發揮推理能力。

老師該不會不知道天弓先生是膽小鬼吧。

愛對這點抱有疑問。但就算知道，刀城言耶恐怕也會繼續蒐集怪談故事寄過來吧……既然如此，愛決定不再思考這個問題。

不過，接下來真是一陣雞飛狗跳。天弓堅持「我晚一點再看」，完全不肯合作。可是愛既然來了，無論如何都想看看他的反應。向刀城言耶報告他有什麼反應其實也是一種樂趣。

「人家是無所謂啦，可是啊……」

這時她故意換上意味深長的語氣。

「可是什麼？」

「可是天弓先生，你要整理老師蒐集的怪談，遲早都是要看的吧。」

愛又看向那封信，然後開口。

「一想到天弓先生要獨自一個人待在這個位於地下樓層的研究室裡，在沒有其他人、靜悄悄的環境，閱讀與怪談無異的故事……」

「麻煩妳務必要念給我聽。」

原本坐在房間深處書桌前的天弓，現在迅速地移到長桌前的椅子重新就定位，愛也興沖沖地在他面前坐下，開始朗讀信裡的內容。

刀城言耶寄來的故事一共有三個。

第一個是小孩連續離奇死亡事件。她很討厭這個故事，覺得很噁心。話說回來，凶手為什麼要剖開被害人的肚子呢？因為一直不明白凶手的動機，導致這個故事變得更加詭異駭人、更令人不舒服。儘管如此，令人意外的是天弓被勾起興趣了。可能是因為第一個被害人的現場屬於一種密室狀態，激起他的好奇心。

第二個故事是經常出現在民間故事的小屋異聞。天弓明顯表現出了恐懼，所以她朗讀得更起勁了。明眼人都看得出來，自己還故意用陰陽怪氣的語氣嚇唬他，但天弓似乎沒有餘力注意到這點。

第三個故事中，出現在第二個故事裡的房子變得更小了。聽完這個難以置信的故事，愛也看得出來天弓似乎有稍微恢復神智。

只有第二個故事嚇到他嗎？

雖然有點無情，但是愛覺得很遺憾，這時天弓突然起身，開始像隻無頭蒼蠅似地在塞滿書架的房間內走來走去。邊走邊隨手拿起放在架子上的裝飾品，然後又抽出幾本書，隨意瀏覽。

不一會兒，他拿著兩本書回到長桌前。分別是《佩羅童話集》和《格林童話》。

「刀城老師恐怕找到了連結，一口氣解開這些謎題了。」

「咦？」

稍微想一下，就知道天弓指的是愛剛才念完的三個故事。她可以理解第二個故事和第三個故事有關，但怎麼想也不覺得這兩個故事與第一個故事之間存在關聯性。再說了，小孩連續離奇死亡事件與縮小屋子的詭異經歷發生在完全不同的地方。更別提屋子會縮小什麼的，那種現象根本無從解釋。絕對是不可能的。

她的困惑肯定表現在臉上了吧。

「不過，這裡需要更加天馬行空的想像力……不對，這種場合必須得用妄想力來形容才對呢。刀城老師當然具備這種能力。而且老師還能再融入卓越的推理能力。」

說到這裡，天弓臉上露出爽朗的笑容，彷彿聽到第二個故事時流露出的那種膽怯表情根本是騙人的。

「看樣子我也具備那種妄想能力呢，這次總算派上用場了。」

五

「可是，天弓先生，小孩的命案與縮小的房子發生在不同的地點吧。要把兩件事連起來思考，怎麼說也太牽強了。」

瞳星愛自認為提出了最關鍵的疑問，但天弓馬人卻一臉若無其事地說：

「既然三個故事是整理好一起送來的，就表示老師是在鄰近的地方連續蒐集到這些故事——首先可以建立這樣的推測。」

「你這麼說倒也沒錯……」

愛就快被說服了，但隨即又像是要反駁似地說：

「可是，也沒有任何證據……」

「小孩的連續離奇死亡事件發生在一個叫芽刺的地方。縮小的家則是在被稱為留目的地方被看到。這個芽刺的『芽』，會不會原本其實是『目』呢[10]——我先想到了這個可能性。」

只見他得意洋洋地指著自己的眼珠。

「不好意思喔，就算要強詞奪理也該有個限度……」

愛則是以看待騙子的眼神回應他。

「就算『芽』原本是『目』，要判斷兩個地方就在附近也太武斷了吧。」

10「芽」跟「目」的日文讀音都可以讀作「め」（me）。

「妳的主修是文學院的國文學系對吧。」

「……對，怎麼了嗎？」

天外飛來一筆的問題令愛感到困惑，沒想到天弓居然知道自己的主修。不知道為什麼，她竟然因此感受到一種特別的愉悅。原本自己就有些難以置信，現在被這樣的情緒給圍繞，令她更加困惑了。

「既然如此——」

但是天弓並沒有理會愛的反應。

「妳聽到芽刺地方的秋波山，還有留目地方的媚眼岳都沒有想到什麼嗎？」

「欸欸……」

愛出聲後便就此打住，後面就接不下去了。

「假如把秋波山和媚眼岳交換順序會怎麼樣呢？」

「媚眼岳和秋波山……啊，媚眼秋波嗎！」

「妳當然知道它的意思吧。」

「形容美人澄澈的目光——啊，這裡也有代表眼睛的『目』。」

「也就是說，秋波山和媚眼岳會不會幾乎就在隔壁呢。以下完全是我的想像，從這兩個地方仰望山岳時，雪形或許就跟『眼睛』一樣。所謂的雪形，就是指遠遠地看過去，殘留在山壁或岩壁上的積雪看起來就像是某種東西的現象。」

「例如白馬岳的馬……」

「沒錯。所以無論是山還是地區才會以此來命名也說不定。芽刺或留目好像都是以前的名稱，但是要查還是查得出來——」

愛連忙搖頭。

「感覺刀城老師肯定只根據蒐集到的故事就解開這些謎團了。」

「所以我也要……比照辦理嗎？」

天弓趕在愛回答前就以一副理所當然的表情說：

「我自然是這個打算，但如果妳不能接受——」

「不會，請繼續吧。」

愛不假思索地回答，但不免還是有些擔心。天弓馬人有那個能耐做出跟刀城言耶一樣的推理嗎？

他確實成功解開了瞳星愛和杏莉和平所經歷的離奇體驗之謎。但這次的事件遠比那兩件事要來得荒唐無稽許多。這樣真的有辦法給予合理的解釋嗎？

愛被一股強烈的不安感給束縛著。

「刀城老師過去就曾漂亮地解決了許多以家為主要舞台的怪異現象。像是看在當事人眼中原本是平房，結果又變成兩層樓建築的『獸家』。還有看在目擊者眼中是出現在同一個地方，但轉瞬又消失無蹤的『迷家』等等。」

或許是察覺到她的想法，天弓舉了幾個具體的實例。

嗯，真不愧是刀城言耶老師。

這是愛發自內心的反應。天弓馬人真能通過類似的考驗嗎？

「首先先看是能三都治的命案——」

然而無視愛那率直的擔憂，他直接進入解謎的過程。

「凶手的條件是可以任意進出處於密室狀態的籠子。就只有這樣而已吧。既然如此，第一個有嫌疑的是他妹妹。她好像很怕受到被害人的報復，而且體型一定比哥哥嬌小。」

「什麼！再怎麼說，這也……」

愛相當吃驚。

「嗯，假設妹妹是凶手的話，後面的連環命案就說不通了。而且她也沒必要剖開哥哥的肚子。」

天弓乾脆地收回自己的推理，此舉惹惱了愛。

「既然如此就不要亂說。」

「我是在模仿刀城老師喔，想到什麼解釋就毫不猶豫地說出來。」

不過他顯然毫無愧色。

「這裡有個重點，那就是凶手需要具備的身體特徵。」

「難不成……你的意思是說……這起連環殺人案的凶手是像那種明明是成年人，卻因為嬌小的身材而活躍於馬戲團的人嗎？」

「也就是說，小孩連續離奇死亡事件的凶手，會不會就是另一個故事中住在縮小屋子裡的人呢。這是我萌生的妄想。」

「欸？」

愛發出難以接受的驚呼，不過天弓還是一副理所當然的態度。

「因為只有身形嬌小的人才能住在縮小的家裡面啊。」

「這、這也太……」

「那棟深山裡的建築物為什麼會被人稱作蟇家呢。」

「……為什麼？」

「想必妳也知道『蟇』這個漢字的讀音是『HIKI』（ひき）吧。」

「知道。就是蟇蛙[11]的『蟇』。」

「以前曾經有過把身高極為矮小的人稱為侏儒、矬、低人的時代。」

他邊說明邊把相對應的漢字寫在桌上的便條紙上。

11 蛤蟆的日文漢字。

「這個『低人』的讀音是『HIKITO』（ひきと），之後只有讀音流傳下來，以訛傳訛、不知不覺間就變成『蟇人』。結果只留下了『蟇』的用法，最後『蟇人』反倒是成了一般的表現方式。因為是那種人住的地方，所以那棟建築物就成了『蟇家』。」

「是誰這麼稱呼的？」

「是能家所在的那個村子，而且是村子裡的一小群人吧。不過，他們頂多也只知道好像有那種屋子的傳聞。因為屋子並不是蓋在秋波山，而是與芽刺相反側的媚眼岳上。」

「……等一下。話說到底是哪裡的誰蓋了那棟屋子？不對，在這個問題之前，蟇家裡住的到底是什麼人？」

愛聽得頭昏腦脹，天弓又開始解釋起各種名詞。

「從某個時期開始，村子裡就流傳著狐鬼棲息在秋波山的傳言。可是就如同那位駐在巡察心中的疑惑，我也沒聽過『狐鬼』之類的怪異奇聞。既然如此，這個『狐』或許原本並不是意味著狐狸的漢字，而是由其他的字變化而來。這次老師的信裡面也有出現類似『狐』的漢字，請問是哪個字呢？」

愛趕緊重看那封信，不過看了也看不出個所以然來。

「在是能家之前，掌握村中權力的是瓜子家喔。」

「啊……『瓜』和『子』合起來就成了『孤獨』的『孤』字。」

「這個『孤』字再變化成獸字旁的『狐』。或者是一開始就覺得獸字旁比較適合，刻意引用了『狐』這個漢字。」

「因為有這樣的印象……」

「當時的瓜子家還很有財力，在遠離村落的媚眼岳蓋了給那種人專用的住家。也是為了遠離村民們好奇的眼光，才讓他掩人耳目地住在山上的屋子裡。」

「可是當事人在那裡過夜的時候，不是有檢查過那個家嗎？他連儲藏室都確認過了，每個地方都沒有人。」

「他以為自己打開了所有的門，還檢查過每一扇門後面的空間，可是唯獨漏了一處。」

「哪裡？」

「中庭那個堆著薪柴的地方啊。因為薪柴堆積如山，所以他以為遮住柴堆下半部的對開門後面肯定也堆滿了薪柴。然而，在那後面有沒有可能存在一個隱密的空間呢——我是這麼想的。一個為了在碰上什麼緊急情況的時候，用來躲開外人的避難場所。」

「當事人半夜在客廳裡看到類似長柱子的東西……」

「蟇家的住戶——姑且就喊他為蟇仙人好了——恐怕長得很矮、為此感到自卑，所以才會以那種方式出現。不曉得是什麼材質，總之就是套在身上的東西。那個東西應該就收在隱密空間裡面吧。之所以要嚇唬入侵者、把人給趕出去，應該也是出自這個原因。」

愛沉默半晌後提出質疑。

「……假設天弓先生的推理沒錯，那個家也不可能縮小吧。」

「那當然。」

「既然如此……」

「肯定是每隔幾年就把屋子重建一次吧。」

「啊？」

「看過的人都說屋子是西式風格，而且外觀還像是登山小屋。換句話說，是蓋成要拆開或重組都不會太困難的形式吧。」

「不不不，重點不在這裡……」

「你想問重建的理由嗎？」

愛點點頭，接著天弓說出了令人難以置信的動機。

「為了讓蟇仙人實際感受到自己的成長。」

「……」

「所以會定期把整棟屋子改得小一點。」

「……」

「至於能不能完全騙過蟇仙人，這我就不清楚了。可是只要持續住在那個縮小的家裡，或許就能產生那樣的幻想。」

「……持續改建屋子的，是蟇仙人的父母嗎？」

「我手邊沒有任何關於瓜子家的資料。可是從父母疼愛孩子的角度出發——雖然是非常扭曲的愛——以這種場合來說，可信度應該很高吧。」

愛火速地重新看了整封信。

「那個家的大小只有一般住家的一半，而且已經逐漸變成廢墟了，這與瓜子家的沒落有關嗎……」

「當然有關。原本供應無虞的糧食配送肯定也開始有一搭、沒一搭的。所以蟇仙人不得不前往瓜子家所在的村落覓食。途中看到籠子，發現籠子裡關了一個小孩。於是他也鑽進籠子，用生鏽的手術刀剖開小孩的肚子。瓜子家自古就是習醫的家族，就算有手術刀也不稀奇。」

「不不，你先暫停一下。」

愛連忙打斷。

「你的推理未免也太跳躍了。」

「會嗎。」

「蟇仙人為何非得剖開小孩的肚子不可？」

「那個縮小的家裡面是不是有個很奇特的房間。」

「……牆壁設有奇怪樓梯的那間嗎？」
「妳知道那是什麼房間嗎？」
愛搖搖頭，於是天弓回答：
「那是階梯教室。」
「……像大學上課用的那種教室嗎？」
「因為是出現在那個家，我猜那個房間大概是模擬解剖學教室蓋的。」
「啊，之前在洋片裡看過。」
「那個階梯教室當然是為了好玩才蓋的。但是當事人有聞到異樣的臭味，所以蟇仙人大概有在那裡解剖過小動物吧。之所以沒有窗戶，想必也是為了避免被人看見。所以蟇仙人對於剖開小孩的肚子沒有絲毫遲疑。」
「話、話是沒錯，但是有必要對關在籠子裡的小孩突然做出那種行為嗎……怎麼想都沒有吧。」
天弓的左右手分別拿起放在桌上的《佩羅童話集》與《格林童話》。
「這兩本書有幾個相同的故事。」
天弓突然岔開話題，令愛大惑不解，但也認為這麼做肯定有他的用意。
「……記得好像有〈仙杜瑞拉〉，沒錯吧。原名是〈灰姑娘〉。」

「嗯，另外還有〈小紅帽〉也是兩本書都有。」

「兩本書對同一個故事有不同的解釋嗎？」

愛打算先下手為強，沒想到反過來被對方將了一軍。

「不，我想說的是共通點。」

「難不成……你是指剖開大野狼的肚子那一幕？」

「咦，妳變聰明了嘛。」

天弓似乎真的很佩服，但剛剛才講過小孩的連續離奇死亡事件，所以愛不覺得他的氣焰會太過囂張。

「意思就是，受到常看的這兩本童話故事和平時解剖小動物的行為影響，讓蟇仙人不覺得剖開小孩的肚子有什麼問題嗎？」

可惜天弓對愛的評價因為這句話而一口氣下降許多。

「喂喂喂，都已經推理到這裡了，妳還沒反應過來嗎？」

「那就不知道了。」

眼見愛面露不滿，天弓無奈地嘆了一口氣，繼續道出令人震驚的動機。

「想也知道是為了吃小孩肚子裡殘留的食物嘛。」

「……」

「出來覓食的蟇仙人認為落入陷阱、關在籠子裡的小孩是自己的獵物。根據解剖小動物的經驗，他知道有時胃裡會有尚未消化的食物。不清楚蟇仙人的性別，姑且先當成男性好了。就這麼湊巧，第一位被害人是能三都治剛吃完午飯。如同字面上的意義，蟇仙人因此食髓知味，襲擊第二位被害人，最後把人搬進籠子裡。這次也幸運地鎖定了剛吃過早飯的小孩。但第三次攻擊就選錯人了。前兩位被害人都是富裕家庭的小孩，但第三位就不是這樣了。因此，胃裡的食物無論分量還是品質，都比前兩個被害人差。他之所以沒有殺死第四位被害人，也是因為襲擊對方後才發現這個孩子跟第三位一樣，都是窮人家的小孩。」

「……」

「蟇仙人恐怕由始至終都沒有『殺人』的概念。剖開孩子們的肚子也只是在模仿童話而已。想必沒有受過正常的教育吧。從這層意義來說，或許他也可以算是受害者。」

天弓馬人的推理太過破天荒了，愛一句話也說不出來。

「嗯?難不成這次——」

但是天弓對她的無語渾然未覺，沉思了半晌之後開口：

「沒有留下任何餘韻詭異、充滿謎團的問題嗎？」

他以半信半疑的口吻說完，這才終於正眼看向愛的臉。

「前提是——假如天弓先生今天的推理正確的話。」

「這妳就不用擔心了。正不正確還在其次，能不能提出合理的解釋才是最重要的喔。」

「如果是這樣的話，天弓先生的說明應該可以說是好好地把那些莫名其妙、光怪陸離的現象全部兜起來了。」

「嗯嗯，我也這麼覺得。」

凝視天弓馬人喜不自勝的表情，愛也不自覺地感到高興。然而，與此同時……也覺得莫名地怒火中燒。

這樣的情緒開始在心中滋長，於是愛突然提起另一個怪談。

「人家朋友的母親小時候聽過一件事——」

「妳、妳想說什麼啦。」

天弓當然表現出強烈的抗拒，但是愛也絕對不會因此就乖乖閉上嘴巴的。

第四話

密室裡的座敷婆

一

倉邊真世之所以想要去讀明和大學，是因為獅子頭東湖是那所學校的國文學系教授。獅子頭的專長是中世文學，同時也是個徹底的妖怪愛好者，在部分群眾之間小有名氣。事實上，他筆下與妖怪有關的著作要比專業的研究書籍還多，其中甚至還有給小孩看的書。

真世起初就是先在小學的圖書館看到了獅子頭的妖怪書籍。借了好幾次、一看再看以後，也開始用存下來的零用錢買下相同的書。書店裡還有很多他寫的妖怪相關著作，為了買下那些書，真世望眼欲穿地等著過年領壓歲錢。

成為中學生後，她開始花時間邊翻著字典邊深入閱讀獅子頭筆下較為正式的妖怪研究書籍。高中時代的真世幾乎已經看完他所有與妖怪相關的作品了。之所以說「幾乎」，是因為獅子頭在他的專業領域，也就是中世文學的研究著作裡也不乏對妖怪的論述。

真世希望能看遍獅子頭東湖所有談及妖怪的文章，但中世文學艱深晦澀，所以真世還處於似懂非懂的階段。那些書不叫「妖怪書」，所以也沒必要一定要看完——她起初也是這麼想的。

然而，就在高中生活到了決定要繼續升學還是就業時，腦海中突然就浮現出獅子頭任教的明和大學。原本因為父母的建議，再加上與感情較好的朋友有過孩子氣的約定，她也理所當然地認為自己要念離家近一點的短期大學，然後在畢業後直接進在地的企業上班。而且自己和他人都認為她是「天塌下來當被蓋」的性格，所以她一直相信這樣的人生道路是最適合自己的。

可是，如果能進大學跟著老師學習的話……

不就能對妖怪有更進一步的認識嗎。如果能接受獅子頭的指導，一定能學到更多東西。

她開始抱有這樣的想法。當然，這個想法被父母反對了，就連朋友們也都很訝異。要說服前者很不容易，後者雖然有段時間關係變得緊張，但是很快便恢復原本的交情。雖然友人打趣地說：「要是好不容易考上大學了，千萬不要變成妖怪女孩喔。」但也都支持她升學。

父母提出「至少要報考短大以防萬一」的條件，才總算同意她去報考明和大學。不過父母的判斷大概是「這孩子考不上」吧。而且遺憾的是，父母現階段的預測還算正確。

和級任老師商量後，老師也毫不留情地斷言，以她現在的成績很難考上明和大學。於是真世開始拚了命地準備考試。自從懂事以來，在此之前這麼認真地去做某件事，就只有中學時期邊翻字典邊看獅子頭的妖怪書而已。

皇天不負苦心人，真世如願考上了明和大學。入學後最讓她感到驚訝的，莫過於學生們自行展開的社團活動多如天上繁星。她也受到各式各樣的邀請，可惜都沒有興趣。就連聽完活動內容說明後最感興趣的文藝社，也覺得那裡對自己而言有點過於高尚。但是像「我喜歡妖怪，請問有這方面的活動嗎？」之類的話也著實問不出口。

走著走著，真世不知在何時脫離了被社團招生擠得水泄不通的廣場，接著盡可能選擇沒有人煙的地方踽踽前行。就在她繞到某棟校舍後方時，看到一間由好幾個並排的房間構成的奇特平房。房間門板上各自掛著寫有「電影社」、「攝影社」、「將棋社」等文化類社團名稱的門牌。而且各社團的門也都有著充滿創意巧思的裝飾。

是社團辦公室嗎。

真世從角落依序看過去，或許會有想要加入的社團也說不定。因為其實也沒有抱太大的期望，所以她就這麼隨興地一路往下走。

就在她走過貌似儲藏室的房間後，在平房最後面的地方看到了令人難以置信的門牌。

妖怪研究會。

簡直是專門為她準備的社辦。

這是在開什麼玩笑嗎？

之所以在第一時間產生這個疑問，是因為比起剛才看到的任何一間社辦，這個房間跟隔壁那間儲藏室還更加相像。

該不會真的是儲藏室吧。

看起來就只像是硬是在儲藏室的門板上面貼了塊「妖怪研究會」的牌子。總之就是某個人的惡作劇。

真世猶豫半天，還是敲門了，這無非是熱愛妖怪的血液在騷動吧。看到這個名稱，再怎麼樣都不可能無動於衷。

……嗚嗚嗚嗚。

這時，室內傳來微弱的呻吟聲。

咦？

真世豎起耳朵，確實有股奇妙的氣息。

……嗚嗚嗚嗚。

感覺寒毛全部立正站好的瞬間，身體也開始不停地發抖。這個房間果然是儲藏室，「妖怪研究會」的牌子也是假的。該不會是什麼陷阱，用來欺騙對學校一無所知的新生吧……

就在真世悄悄地離開門前、正打算躡手躡腳地回到來時路時，背後突然「喀嚓」一聲、響起了門被打開的聲音——

「……不是那邊。」

細如蚊蚋的女性聲音從背後傳來。

噫！

真世想逃，卻當場蹲了下來，在心中發出哀號。

……啪噠、啪噠、啪噠。

接著是逐漸接近的腳步聲，倏地停在她的正後方。

……嘰。

感覺自己被盯著看。真世很清楚自己正被什麼給目不轉睛地凝視著，但完全不知道對方是誰，又或者是什麼東西。

……嗯嗯嗯嗚嗚嗚嗚。

就在耳邊猛然傳來令人膽寒的呢喃時……

……唰！

脖子彷彿被別人的頭髮拂過，噁心至極的感受襲上心頭。

「哇啊啊啊！」

真世大聲尖叫。但還是無法逃跑，大概是因為腰腿都完全不聽使喚了。

噠、噠。

這時，有人輕拍她的肩膀。咦……真世十分疑惑。因為那種輕柔的拍打方式居然給人一股親切的感覺。

戰戰兢兢地回頭看，有個漂亮的大姊姊——感覺是高年級生的女性正滿臉笑意地站在那裡。右手拿著一本單行本，書籤繩從書頁中垂了下來。

剛才覺得像是頭髮的東西原來是書本的書籤繩啊……

恍然大悟的瞬間，就發現包括陰陽怪氣的呻吟聲在內全都是學姊的惡作劇。比起生氣還先覺得心中大石因此放了下來，這或許也是天塌下來當被蓋的真世才會有的反應。

「抱歉，好像做得太過分了。」

這位高年級生是四年級的西條泰加子，也是妖怪研究會的會長。

「我、我想加入。」

得知對方的身分後，真世立刻提出入會申請。沒想到此舉竟然讓泰加子驚訝得瞪大雙眼，隨即笑了出來。

「妳很有膽識呢。」

接著她邊說邊請真世這個新生進房間，不但泡了紅茶，還請她吃餅乾。

「我、我不客氣了。」

真世緊張地道謝，但無論如何也控制不住自己想要往室內的書櫃望去的視線。一直東張西望的，應該很失禮吧。

「妳也喜歡妖怪啊。」

不過，泰加子卻以彷彿看到救世主的眼神望向這位學妹。

「是、是的。我念這所大學也是為了——」

真世簡單地說明了來龍去脈，結果泰加子又不禁莞爾。

「妳真的跟我一模一樣耶。」

「是、是嗎？」

「因為我從一年級的時候就成立了這個根本沒有人要參加的妖怪研究會，在這種與儲藏室無異的房間裡進行活動。」

聽到這裡，真世也很詫異。

「從、從一年級的時候開始……」

「我第一次接觸獅子頭教授的妖怪書籍是在升上中學以後，所以妳的資歷比我還要老呢。」

「沒、沒這回事啦。」

真世連忙搖頭，泰加子則是以溫暖的眼神看著她，但突然皺了皺眉頭。

「妳才剛加入，我實在不想這麼說，但我已經四年級了，只剩一年能參與活動。也就是說，明年就要換妳當會長了。」

「欸！其他社員……不是，其他會、會員呢[12]？」

「唉，如果是派不上用場的會員，倒是有三個左右。」

泰加子輕聲嘆息的下一秒，門突然開了，有個微胖的男學生走了進來。

「啊！我肚子好餓。泰加子學姊，上次的泡麵還有嗎？」

而且一進門就以撒嬌的聲音討食物，令真世手足無措，感覺自己好像不小心闖入了新婚夫婦的新居。

「蟻馬同學，這裡不是學生餐廳，我已經說過好幾次了吧。」

不過泰加子的反應十分冷淡。正因為外表是清新的美人，所以現在這種口吻就連身為局外人的真世都要倒抽一口涼氣。

「怎麼這樣。唯有這裡的泡麵是我胃袋的支柱啊。」

可是本人毫不在意，繼續以哭訴的語氣說道。他還自顧自地從感覺不應該出現在這個房間裡的餐具櫃中拿出袋裝泡麵和碗公，然後又拿出露營用的小水壺和酒精燈開始燒水。

這種袋裝的「小雞拉麵」是日清食品在兩年前推出的即食品。把製成乾燥塊狀的麵體放進碗公，注入熱水，只要等三分鐘就能大快朵頤，可以說是劃時代的商品。只不過，當時的物價水準是鯛魚燒八圓、彈珠汽水十圓、紅豆麵包十二圓、金蝙蝠香菸三十圓、蕎麥麵或蕎麥湯麵三十至三十五圓，可是這種拉麵居然要價三十五圓，因此起初好像都賣不出去。

就在蟻馬分秒不差地等足三分鐘、正要開始吃泡麵時，門突然又「啪！」地一聲開了，這次進來一個高頭大馬的男學生。光從外表來判斷，感覺是體育社團而不是文化社團的社員。

「喂，蟻馬，你又擅自吃學姊買的泡麵了。」

「要我幫你泡一碗嗎？郡上。」

蟻馬回得牛頭不對馬嘴，郡上面露苦澀，但態度隨即一變，轉過去對泰加子親暱地說：

12 日本的學校社團活動，會依據成員數、顧問老師的有無等條件，分為正式的社團以及在各層面較為受限的同好會、愛好會等等。

「對了學姊，妳看了那本《惡德的榮光》[13]嗎？」
「不是說過了嗎，我沒有興趣。」
泰加子的反應就跟面對蟻馬的時候一樣冷淡。
郡上口中的《惡德的榮光》是法國大革命時代的貴族作家薩德侯爵的代表作。那本書去年由澀澤龍彥翻譯、現代思潮社出版。還有一本名叫《惡德的榮光 續》的續集。然而，因為書中充滿性方面的描寫，導致《惡德的榮光》成為禁書。
從郡上的話聽來，他似乎還沒看過那本遭禁的《惡德的榮光》，但是他本人應該是個文學青年沒錯。因此他不僅很關心那場騷動要怎麼收場，也想跟泰加子討論那本書，這點小心機就連真世也看得出來。
既然如此，蟻馬去參加「烹飪社」、郡上去參加「文藝社」，大家各自活動不就好了嗎，為什麼還要加入妖怪研究會呢？
就在真世感到疑惑的時候，房間門第三次打開了。有個身材修長的俊秀男學生走進來。
「哦，大家都在啊。」
他跟大家打招呼的同時也注意到真世的存在，表情瞬間亮了起來。
「雖然我覺得應該不太可能，妳該不會是新會員吧？」
「我說小山內同學，你說『不太可能』是什麼意思？」

泰加子抗議後，小山內裝模作樣地行了一禮。

「是我失禮了，會長。既然後繼有人，妳是不是終於可以了無遺憾地引退啦。」

「我會在研究會一直待到畢業喔。」

聽到這句話，真世才後知後覺地察覺到一件事。

其他社團幾乎都是由二年級或三年級出來招募新生入社。真世一直覺得很不可思議，心想為什麼沒有四年級出馬呢，原來是因為四年級已經開始準備就業活動了[14]。據說升上大四的同時就退出社團的學生也不在少數。

然而，妖怪研究會真正的會員其實就只有西條泰加子一個人，其他三個人全都是非戰力會員。也就是說，她一旦引退的話，妖怪研究會就自然消滅了。話雖如此，明明都已經四年級了卻還留在社團裡，不管怎麼想，似乎也有點本末倒置。

等等，這不重要，重點是我怎麼會是繼承人啊……

真世開始慌亂起來，小山內這時也嬉皮笑臉地對她說：

「會長的老家是寺院，將來一定要討贅婿來繼承家業才行。所以會長向父母討價還價，拿就讀本校來當成繼承家業的交換條件。會長她之所以選擇讀這裡，是因為想上獅子頭教授這位

---

13 原題為《Histoire de Juliette, ou les Prospérités du vice》，後面提及的作品原題為《Justine, ou Les Malheurs de la Vertu》，本處中譯採用澀澤龍彥翻譯版的標題。由於內容出現性描寫的部分，身為本書譯者的知名作家澀澤龍彥以及現代思潮社社長石井恭二因而被起訴，被世人稱為「惡德的榮光事件」。

14 日本有些公司企業會針對學生生涯最後一年的學生進行招聘活動，取得內定資格的學生可在畢業後直接到職。

妖怪研究第一把交椅的課。然後在入學的同時也成立了妖怪研究會。多虧有獅子頭教授向大學及學生自治會那邊爭取，才能分到這棟社辦小屋的其中一間儲藏室來當成活動據點。教授也只是掛名的顧問，基本上什麼也沒涉入。雖然會長在校內很活躍，但是畢業後就必須繼續去佛教體系的大學進修，學習繼承寺院的事務。因為不必像其他四年級那樣汲汲營營地找工作，才有辦法照看這個研究會直到畢業。所以啊，妳也要利用這一整年好好接受會長的薰陶。我這樣說明後，你應該多少可以安心了吧。」

首先讓真世感到訝異的，是小山內立刻察覺了自己心中的疑問，並給予明確的說明。而且甚至還想消除她內心的不安，真是太驚人了。

與泰加子戲劇性地相遇後，雖然真世立刻提出入會申請，但是在知道還有蟻馬和郡上這種會員後，其實內心是有點後悔的。所幸隨著小山內的登場，那抹後悔很快就消失得無影無蹤。

「所以今晚要為新會員開個歡迎會對吧。」

早就吃完泡麵的蟻馬顯然又嗅到新的食物味道，臉上浮現了滿滿的笑意。

「既然會員增加了，我之前提過的讀書會也能辦了。」

讓郡上高興的則是另一件事。這兩個人真的喜歡妖怪嗎？真世內心存疑。

和其他兩人相比，小山內感覺就正經多了。話雖如此，真世也很快就發現，這並不代表他是對妖怪感興趣。不用想也知道，蟻馬和郡上就更不關心了。

順帶一提，蟻馬和郡上是二年級，小山內則是三年級的學生。也就是說，既然妖怪研究會是泰加子在三年前成立的，就表示前前後後竟然只增加了三名會員。即使曾經也有其他學生加入，但不分男女都待不久。

……這是為什麼呢？

真世打從一開始就對這個妖怪研究會萌生一種很難用言語說明的奇怪感受。就算是這種情況也還能繼續活動，顯然是因為泰加子這個人的存在。不只同為熱愛妖怪的同志，作為同校的學姊也很值得尊敬，而且還受到她許多的照顧。不過，就算沒有妖怪研究會，真世也熱切地希望能與泰加子繼續保持良好的關係。

加入妖怪研究會後過了兩個月左右，真世終於知道那種奇怪感受的根源了。之所以會拖這麼久才發現，大概是因為她還太單純了吧。如果是對此稍有經驗的學生，肯定早就發現了。

西條泰加子與那三個男學生是四角關係。

領悟到這個事實的瞬間，真世才終於恍然大悟。甚至覺得沒能早點發現的自己真是有夠丟臉的。

明明對妖怪沒興趣，他們卻一直留在妖怪研究會，無非是因為泰加子會長。即使有其他學生加入，恐怕也會因為察覺到這種扭曲的關係而紛紛求去吧。如果是男學生的話，或許也跟那三個人一樣，加入的動機都是為了泰加子。只是在意識到自己無法插足這種四角關係後，就垂頭喪氣地離開了。換成女學生的場合，要是發現他們的眼中就只有會長，大概也待不下去。蟻馬和郡上姑且不論，小山內看起來就很受歡迎。既然如此，應該也有女生是衝著他才加入研究會吧。可惜她們的單戀永遠得不到回報。

三個人的關係可說是處於互相牽制的狀態。硬是要區分的話，蟻馬和郡上自成一組，孤立小山內。或許是因為不管怎麼看，三人之中就屬小山內最為搶眼吧。

順帶一提，他們三個對泰加子的心意也各有各的特徵。從蟻馬總是以撒嬌的語氣喊她「泰加子學姊」就看得出來，他在泰加子身上追求的是母性。郡上只喊泰加子「學姊」，大概是因為喜歡年紀比自己大的女生。與蟻馬最大的差別在於他並非是在泰加子身上尋求庇護，反而有強大的控制欲，也很善妒。而且他的目標可不只泰加子一個人，聽說還會追求其他的學姊。小山內喜怒不形於色，所以很難推敲，但是從「會長」這聲尊稱來看，或許對於泰加子的情感是以敬愛之情為主。

問題在於泰加子本人是怎麼想的呢？

用四角關係來形容其實並不正確。因為雖然三個男生的箭頭全都指向泰加子，但感覺她並沒有特別重視誰，而是一視同仁地面對所有人。與其說是平等，或許該說是保持距離吧。

「因為他們每個人都對妖怪一竅不通嘛。」

不知道是不是意識到真世似乎已經察覺會員之間那種奇妙的人際關係，泰加子一臉苦惱地說道。

「我並沒有要隱瞞的意思，只是要特地說明也很奇怪對吧。坦白說，我甚至希望他們全部退社算了。可是……只要妖怪研究會有機會升格為社團，無論如何我都得替大局著想。」

如果想正式獲得校方的認可、晉升成「妖怪研究社」，至少要有五名以上的社員。所以就算是派不上用場的非戰力成員，泰加子也不能輕易就要那三個人退社。說穿了就是為了充人頭湊數。

「小山內同學有問我。多虧有妳加入，讓我們好不容易湊齊五個人了，那為什麼不提出成為正式社團的申請。」

「為什麼呢？」

真世也忍不住問她，只見泰加子露出夾雜著寂寞與苦澀的表情。

「是可以成立社團沒錯，可是我一畢業，那三個人也會跟著退社吧。這麼一來，就會只剩下倉邊同學一個人而已。不僅如此，『妖怪研究社』也會再次變回『妖怪研究會』。我不想讓妳經歷那種事。」

可以的話，真世也想拍胸脯保證：「我會在會長畢業前招募到四個會員。」但是自己的臉皮有多薄，真世比誰都更清楚。現在回想起來，就連敲敲這扇掛著「妖怪研究會」牌子的門，對她而言都是難以置信的創舉。

妖怪研究會的活動基本上都在「星期二」舉行。但是除了週末假日，泰加子幾乎每個平日的傍晚都會待在這裡。有時候上午或下午就來了。大四的課比較少，又不用進行原本應該列為要務的求職活動，因此她似乎每天都在閱讀。想也知道大部分的讀物都跟妖怪有關。

泰加子說她從大一的時候就開始在這個房間裡看書。除了獅子頭捐給圖書館的井上圓了的《妖怪學講義》以外，她還在這裡讀完《妖怪玄談》、《妖怪百談》、《續妖怪百談》、《靈魂不滅論》、《天狗論》、《迷信解》、《化物的真面目》、《迷信與宗教》、《真怪》、《妖怪學》等書籍，聽聞此事也讓真世感到一陣頭暈目眩。因為她在高中時期就看過《妖怪學講義》，可是只翻了幾十頁就因為跟不上而放棄。

只不過，泰加子不怎麼欣賞被世人譽為「妖怪博士」的井上圓了。大概是因為井上基本上不承認妖怪的存在吧。

由於會長總是待在這個社辦裡，不管是蟻馬、郡上還是小山內都經常來露臉。雖然不是真正的「社團」，但是大家都簡稱這裡為社辦。儘管還是大一生的真世有很多必修課程，不過還是一有空就往社辦跑。所以，即使不擅長與人相處，短時間內不只是泰加子，她也跟另外三個男生混熟了。

因此，當泰加子籌劃要在暑假舉行「妖怪體驗旅行」時，真世簡直是高興極了，沒有感受到絲毫不安……

二

「……座敷婆？」

真世在腦海中將泰加子說出口的妖怪名稱轉換成這些漢字。

「像座敷童子那樣嗎？」

真世不假思索地反問，結果好像真的是類似的存在。

「雖然還是有小朋友跟老婆婆這種差異性，但是居住在地方世家的家裡，然後頻頻在那個家中特定的房間裡出現、為那戶人家帶來繁榮。從這點來看倒是相去不遠喔。」

聽了泰加子的說明而感到雀躍的，想也知道就只有真世一人。

「那個老婆婆妖怪出現的地區會有什麼美味的食物嗎？」

「為什麼要變成小孩或老人啊？我覺得座敷美女比較好吧。」

蟻馬和郡上立刻口出風馬牛不相及的感想。

「我記得座敷童子出沒的旅館是在岩手的金田一溫泉。」

只有小山內認真回話，泰加子和真世當然也知道那間名叫「綠風莊」的旅館。

「那裡有很特別的蕎麥麵，蟻馬同學可以去吃燈無蕎麥麵[15]。郡上同學可以看看會不會在哪邊的宅邸被青女房[16]引誘、或是去海邊等著被磯女[17]襲擊、不然就是在路上遇見夜行遊女[18]

15 於江戶時代開始流傳的本所（現今的東京都墨田區）七大不可思議之一。描述一個總是神祕地出現、無論怎麼等都遇不到老闆的蕎麥麵攤。傳說攤子的行燈總是不亮，若是點亮它便會在回家後遭遇不幸。

之類的。至於小山內同學，我很想稱讚你『懂得還不少』，可是身為妖怪研究會的會員，這是理所當然的知識，請繼續努力學習吧。」

泰加子一一對三位男士的發言給予迎頭痛擊，然後目光慢慢地鎖定在真世身上。

「聽到座敷婆，倉邊同學會想到什麼呢？」

「第一時間會想到角落婆婆。」

「哦，不愧是倉邊同學。」

泰加子聞言，臉上立刻浮現出笑意。

「又是老婆婆啊。」

郡上明顯表現出不滿的樣子，蟻馬則是毫無反應。

「那也是屬於座敷童子類型的妖怪嗎？」

明明沒多大興趣，小山內還是參與討論了，不過真世對著他搖搖頭。

「角落婆婆可以說是一種降靈術。」

「哦？」

聽到這裡，小山內似乎多了幾分好奇。但蟻馬卻露出抗拒的表情，大概是因為他是三個男生裡膽子最小的人。

「請妳以這三個人也聽得懂的方式稍微說明一下。」

在泰加子的催促下，真世娓娓道來。

「米澤藩的藩主上杉鷹山隱居時，擔綱御台所頭的是藩士吉田綱富，他在晚年寫了一本名叫《童子百物語》的書——」

「欸欸……」

「真不愧是會長的繼承人。」

沒想到換來了郡上驚愕、小山內佩服的反應。至於蟻馬依舊一聲不吭。

「倉邊同學，只要解釋角落婆婆的部分就好了。」

「不、不好意思。」

被泰加子溫柔地提醒，真世不禁面紅耳赤。之所以還能繼續說下去，無非是因為要說明的內容與妖怪有關。

「那本書裡有一段〈關於角落婆婆〉的記述。簡單來說，有四個人在半夜造訪闃寂無聲的寺院，四個人分別站在漆黑房間內的四個角落，然後以爬行的方式往房間的正中央前進。不久後，四人在房間的中央會合，但是當然完全看不見彼此的身影。他們就在這種情況下一個接著一個報數。『一隅婆婆』、『二隅婆婆』、『三隅婆婆』、『四隅婆婆』，同時輕拍隔壁的頭。

16 這個名字原本是指日本古代宮廷或貴族之家中年紀較輕、身分地位或官位較低階的女官。在繪畫中的妖怪形象也是女官的打扮。

17 於日本九州各地流傳的妖怪。據說有著一頭長髮，上半身是人類女性的模樣，下半身則有龍身、蛇身、朦朧不清等說法。會在海邊出現，襲擊路過的人或是海上的船隻。

18 姑獲鳥。源自於中國傳說，有奪人子的習性。相傳會在小孩或小孩的衣物上以血為記號，奪走孩童的魂魄。

結果，理應只有四個人的房間裡居然出現了第五顆頭……」

「別、別、別再說了。」

蟻馬突然驚聲尖叫，嚇了其他人一大跳。

「絕對不可以玩那種降靈術。」

「你都聽到哪裡去了呀。」

雖然泰加子的語氣好像很生氣，但並不是認真的。因為她肯定早就知道蟻馬對妖怪一無所知，也很清楚他很怕聽到這方面的故事。

「咦？所以剛剛不是在說，今年夏天的旅行要一起玩角落婆婆、把靈給叫出來嗎……」

「你真是一點長進也沒有耶。」

泰加子不理睬出言嘲諷的郡上、也不管大呼小叫的蟻馬，一臉喜孜孜地說道：

「有一種類似角落婆婆的怪異，叫膝摩對吧。」

雖然她的雙眼凝視著真世，可惜真世不知道這種妖怪。

「我還是第一次聽說呢。」

「欸，虧妳還是個妖怪少女。」

被郡上這麼揶揄，泰加子冷冷地說：

「如果倉邊同學是妖怪少女，那我是什麼呢？」

「妖怪大姊姊囉。」

面對這個認真回答問題，而且喜歡大姊姊的學弟，泰加子選擇直接無視。

「泉鏡花在《一寸怪》介紹的怪談中就有這種名叫膝摩的妖怪。丑時三刻，四個人聚集在沒有壁龕、只有八疊大小的房間裡，吹熄燭火，然後在伸手不見五指的黑暗環境之中，各自走向房間的四個角落，再從四個角落同時走向房間的正中央，四人到齊之後就坐下。接下來，由其中一人呼喚另一個人的名字，並且把自己的手放在那個人的膝蓋上。」

「不好意思，打斷妳一下──」

甚少在別人說話時打岔的小山內，現在就像小學生那樣舉起一隻手。

「那麼黑的環境，是要怎麼判斷要喊的人是坐在哪裡？」

「其實我也有相同的疑問──」

即使講到一半被打斷，泰加子仍不見慍色地回答。

「大概是記得從自己的位置看出去，右手邊的角落是誰、左手邊的角落是誰、對面的角落又是誰吧。所以應該有辦法叫出自己右手邊那個人的名字，把手放在對方的膝蓋上。」

「哦，原來如此。這樣我懂了。」

小山內輕輕點了個頭後，泰加子又接著說下去。

「當自己的名字被叫到、然後有人把手放在自己的膝蓋上時，那個人一定要回答。第二個人、第三個人、第四個人都以相同的方式重複上述的動作，結果過程中開始出現一聲都不吭的人……」

不只蟻馬，郡上也是、小山內也是，就連真世都一句話也說不出來。

「也就是說，在一片漆黑的房間裡不曉得什麼時候多出了第五個人。」

「……真的是降靈術耶。」

聽到小山內的感想，蟻馬用怯懦的聲音求饒：

「別、別、別做那種事啦。」

他好像又誤會了，但泰加子還沒有要喊停的意思。

「跟這兩個傳說很像的故事，還有柳田國男蒐集的〈貿然現身〉[19]——」

「我、我不行了。」

因為蟻馬擺出用雙手摀住耳朵的動作，泰加子苦笑著安撫他：

「放心啦，這是個笑話。」

接著她說了一個類似落語的故事，這下蟻馬總算安心了，露出鬆了一口氣的表情。

只不過，他還是太天真了……真世心想。因為泰加子根本還沒有說到最重要的「座敷婆」話題。果不其然，現在會長臉上帶著不懷好意的笑容，開始切入重點了。

「我雖然要小山內同學『請繼續努力學習』，但是他能想到那家旅館，基本上是還算正確的切入點。因為座敷婆也會為自己待的那個家帶來幸福，這點跟座敷童子是很相似的。」

小山內此時的臉上浮現出欣喜的神色。這對於喜怒不形於色的他來說是非常稀奇的反應。而且泰加子說的話根本沒帶什麼特別的情緒，這也令人覺得他的反應更加耐人尋味。

與小山內互為對照，郡上和蟻馬都一臉興致缺缺的表情。這兩個人的心情實在太好懂了，真世有時候還會忍不住笑出來，但不知為何，這次總覺得惴惴不安。明明是細枝末節的小事，卻令她耿耿於懷。

渾然不知學妹正懷抱著難以理解的預感，眉開眼笑的泰加子繼續她的說明。

「不過也跟座敷童子一樣，座敷婆也可能會為那個家帶來災禍。」

「我記得座敷童子一旦離開的話，那個家就會家道中落對吧。」

這對妖怪迷來說也是基本知識，但出自小山內之口，還是令真世有些吃驚。

「小山內同學今天似乎有備而來呢。」

泰加子似乎也有同感，態度要比平常來得溫柔幾分。想也知道，郡上和蟻馬的表情更不愉快了。

「話說回來，倉邊同學，妳知道座敷童子有幾個人嗎？」

「……不是只有一個嗎？一群平常總是玩在一起的小孩，在玩耍的時候，不知不覺多出一個人。可是輪流打量每個人的臉，又都是熟悉的人，沒有不認識的孩子。儘管如此，卻明顯就

19 原題為〈ニョキニョキ〉，表示有人或什麼東西突然冒出來的狀態。

是比平常多了一個人。第一次在書上看到這個故事時，我嚇得冷汗直流呢。」

「這是最典型的座敷童子現身範例，但是根據不同的傳說，有時一戶人家會出現兩個座敷童子，有時也有兩個座敷童子其實是同一個人的情況。」

「啊，這麼說來……我好像曾經讀過。有人看見年幼的孩子手牽手從某戶人家走出來，就心想這戶人家有這樣的小孩嗎？結果那戶人家後來不是發生火災、整個家付之一炬，就是全家人都因為食物中毒而死。總之發生了非常悲慘的不幸……就是類似這樣的故事。」

泰加子露出滿意的微笑。

「聽說要是獨自睡在座敷婆會出現的房間裡，半夜就會遭受來自四面八方的捉弄。所以，也有說法認為座敷婆一共有四個人，這樣就跟出現兩個座敷童子的故事很類似呢。」

「四個角落的婆婆，人數也是四個呢。」

真世還來不及回答，蟻馬就若無其事地冒出這句話。從他的話也聽得出來，這傢伙完全沒有在聽別人講的內容。泰加子都傻住了。

「那是利用四個角落進行角落婆婆儀式的參與人數，出現的就只有一個婆婆而已喔。」

「咦……是這樣嗎？」

而且他完全不覺得自己有什麼問題，泰加子不由得嘆氣。

「一個妖怪同時有好幾個分身的案例並不常見吧。」

小山內這麼一問，真世便回答：

「手長足長[20]就是，但也能分成手長和足長來檢視。真是的，明明共用一個名稱，卻有好幾個的話……」

真世說到這裡，突然「啊！」了一聲。

「目目連[21]呢？」

真世轉向泰加子問道，但換來對方的苦笑。

「目目連確實有一堆眼睛，但我認為那應該全部視為一個整體。」

「……說的也是。」

真世覺得很不好意思，但隨即重新打起精神來。

「話說座敷婆的惡作劇是什麼樣的情況呢？」

「大多數情況跟反枕[22]很像。如果是來自四面八方的惡作劇，頭的朝向可能會一整晚把東西南北全都睡過一遍，剛好轉一圈。」

「如果只是聽聽的話還挺有趣的……」

20 流傳於日本北陸、東北地區等地域的巨人傳說，「手腳特別長的巨人」是各地共同的特徵。但每個地方的傳說間存在著細微的差異，有的地方是一個手腳很長的巨人、有的地方則是腳特別長的丈夫和手特別長的妻子，或是兄弟組合。

21 相傳會在紙門上浮現大量眼睛的妖怪。

22 相傳會在夜裡來到熟睡的人枕邊，把枕頭上下翻面，或者是移動枕頭朝向（意即人的頭腳方向也因此改變）的妖怪。

「實際上真的發生的話，肯定會嚇死吧。」

不同於真世的反應，蟻馬顯得非常害怕。

泰加子馬上安慰他：「別擔心，我絕不會讓你睡在那個房間裡。這麼難得的事哪輪得到你呀。」

「會長打算在那個房間過夜嗎？」

小山內問道，想必只是隨口問問，但是看到泰加子不假思索地點頭後，臉上的表情便蒙上一層淡淡的陰影。

「小山內同學，你不相信妖怪什麼的，沒錯吧。」

泰加子對於學弟當下那意外的表情隨即有了反應。

「對。只是……一個地方會流傳不好的傳承或可怕的傳聞，多半都會有什麼相應的現實原因吧，我覺得沒必要主動靠近。話說，座敷婆會帶來什麼災禍呢？」

「隨著惡作劇的人數從四人減少到三人、從三人減少到兩人，據說被惡作劇的人得到的幸福也會逐漸變小。可想而知，當最後連一個座敷婆都沒有出現的時候，就不會再有任何庇佑了……不過，這樣反而應該得心存感謝也說不定。」

「……比起只出現一個人的情況嗎？」

小山內順著她的說明問道，泰加子面無表情地回答：

「傳說中……如果只出現一個座敷婆，而且還勒住睡在那個房間裡的人的脖子，那個人會在不久的將來死掉。」

聽到這裡，不光是蟻馬，就連郡上和小山內都露出錯愕的表情，真世也受到不小的衝擊。因為遇到某種妖怪，讓當事人的生命陷入險境。這種例子確實不勝枚舉，但很少有這麼直接的威脅。光是想到這點，就不免讓人擔心起泰加子的安危。

即便如此，「妖怪體驗旅行」還是在泰加子的登高一呼之下拍板定案了。再說了，成立妖怪研究會的人是她，會長也是她，這一年就是她最後的活動了。學弟妹們沒有人能反對她的決定。而且就算所有人都反對，泰加子也會自己去吧。

討論出具體的旅行日期排程後……

「我們的任務是負責監視會長不要做傻事，所以大家可別覺得麻煩喔。」

小山內之所以會在解散以前預先聲明，肯定也是覺得這麼做總比讓她一個人前往要好。這點真世比誰都清楚。

原本預定七月下旬出發，可是詢問了要造訪的大數見莊之後，才知道他們要住的房間已經有人預約了。

「還有其他愛湊熱鬧的人呢。」

雖然泰加子說得事不關己，但似乎也對還有其他好事之人而感到意外。結果，只剩下盂蘭盆節前還有空房間。因為大家都要回家過節，經過一番調整後，總算排除萬難成行了。

如此這般，妖怪研究會一行人便在八月中旬前往婆喰地地方的老夜溫泉。從訂旅館到電車要怎麼轉乘皆由泰加子一手包辦。原本就不敢指望蟻馬和郡上能派上什麼用場，但是就連小山內和真世自告奮勇想幫忙，也都被泰加子以「我自己來比較快」拒絕了。

雖然中午在路途中吃的鐵路便當很好吃，但是沒完沒了的轉車也導致真世在抵達目的地的老夜站時，就已經累得疲憊不堪。再加上那是個位於偏僻鄉村的車站，聽說還得再走上個二十多分鐘。

「泰加子學姊，還沒到嗎？」

最先開始發難的是蟻馬。或許是在車上吃太多零食、喝太多果汁，現在開始想找廁所了。

「其他女生都沒有下車呢。」

郡上在車上與好幾群女生混得很熟，但沒有一個人在這站下車，這點似乎讓他覺得很沒意思。

不過泰加子沒有搭理他們，目不轉睛地與地圖大眼瞪小眼。本來非常可靠的身影，現在竟讓真世萌生了些許不安。

泰加子學姊該不會是路痴吧……

或許是在認識她以後的這四個月間，逐漸產生這樣的疑問所致。沒有明確的證據，只是有過幾次一同出遊的機會，才讓真世懷疑這個可能性。

就在這抹不安於真世內心膨脹到極限的時候……

「啊，到了！」

泰加子喜形於色地大聲嚷嚷。

眼前是頂著柿葺[23]屋頂的腕木門[24]，門牌確實寫著「大數見」。門後面還能看見頗有歲月痕跡的大宅，看樣子終於到了，所有人都鬆了一口氣。

讓真世訝異的是，泰加子以罕見的興高采烈態度在這棟宅邸前拍照留念。而且她還和學弟妹們逐一並肩而立，拍下相當親暱的照片。

順帶一提，相機是小山內帶來的。會長和男生們的照片是由真世拍攝，而真世和泰加子的合照則是小山內拍的。

意料之外的美事讓所有的人大喜過望。

「你們是學生吧。」

突然有個不高不矮、不胖不瘦，看上去極其平凡的男人對他們說話。看來這個人早就出來迎接他們了，但還是耐心地等到真世一行人拍完照才開口。

「是的，我們是明和大學的學生。」

「哦，是那個叫妖怪研究會的團體啊，妳就是預約的會長吧。」

23 以薄木板堆疊屋頂的古老傳統工法。

24 將腕木插進兩根本柱裡，架上出桁、搭上屋頂的門。

「您是和我通電話的大數見勇二先生嗎？」

男人點頭，然後指著小山內手中的相機。

「我來幫你們拍大合照吧。」

泰加子向他道謝，小山內就將相機交給勇二，但接下來才是問題。就在他們立刻決定要在門底下拍攝後，一群人也為了要怎麼站而吵成一團。讓誰站在會長旁邊，這可是個大問題。

「妳是年紀最小的嗎？」

勇二突然指著真世問道。

「是、是的。我是一年級。」

「既然如此，妳跟會長兩個女生坐在前面，三個男生站在後面。年紀最大的站中間。如果大家的年紀都一樣就猜拳決定吧。」

不一會兒就解決了站位的問題，順利拍完大合照。真世也因此對他改觀了。居然覺得對方一副寒酸樣，真是太失禮了……

然而，改觀也只持續到勇二說出後面這句話為止。

「你們的興趣還真特別啊。」

「您是指——要在那個房間過夜嗎？」

沒想到會被旅館的人這麼說……泰加子似乎也感到意外，但還是坦率回應。

「不，不是那個問題，我是指你們在我家大門口拍照這件事。」

「啊？」

「客人們一般都是在大數見莊前面拍照吧。」

「咦……」

看樣子，泰加子果真是路痴沒錯。

三

原來，大數見莊與大數見家剛好是背靠背相鄰而建。只不過，要是你走一般的路過來就得繞上一大圈。從大數見莊與大數見家的地址不同這點，也能看出兩者的大門分別坐落在完全不同的地方。

也就是說，泰加子完全搞錯路了。但即使是這樣也還是找到了大數見家，可見她的運氣真的很不錯吧。

「可是啊，在我們家門口拍照或許才是正確的決定。」

勇二領著真世他們穿過大數見家的用地、朝著隔壁的大數見莊走去時，突然冒出這麼一句感覺很奇特且意味深長的話。

「怎麼說呢？」

泰加子不一會兒就從自己的失敗中重新振作起來，以憂心忡忡的眼神問道。

「很快就知道了。」

勇二言盡於此，露出看好戲的表情。

「欸……」

「這就是……大數見莊。」

下一秒，當眾人看到目的地的旅館時，泰加子和真世都忍不住喃喃低語。

「座敷婆不是應該……跟座敷童子差不多嗎？」

小山內好像也感到困惑。

「怎麼覺得跟想像中……」

「嗯，完全不一樣呢。」

就連蟻馬和郡上也都一臉期待落空的表情。

因為大數見莊是一棟木造平房，感覺就像是長屋[25]那樣的建築物。雖然同樣都是木造建築，但相較於大數見家充滿了能感受到悠久歷史的渾厚感，這裡一看就是工法粗糙的房子。

「果然，同學們也都這麼認為吧。」

勇二以嘟囔般的口吻說道。

「別看這副德性，旅館的生意還挺興隆的，所以我一直苦勸我哥哥勇一，如果不大刀闊斧把本館改建得更氣派一點，再大力推廣溫泉作為賣點，以此吸引更多觀光客的話，恐怕在今後的時代就很難生存，說得口水都乾了，可是他一個字也聽不進去呢。」

「您口中的本館……」

泰加子戒慎恐懼地指著那棟怎麼看都只像是長屋的建築物。

「沒錯，就是這裡。」

勇二笑著點了點頭。

「要是座敷婆的保佑真有其事，旅館應該要更氣派。各位也這麼想吧。」

他說到這裡，或許終於意識到真世一行人也是客人，連忙以滿是藉口的說詞自圓其說。

「欸，對了，這麼說來，最近才剛把榻榻米全部換新，我也幫著大掃除，所以知道每個房間都打掃得很乾淨整齊。你們來的時間剛剛好啊。」

可惜為時已晚。至少三個男生皆以狐疑的眼神看著勇二。

倒是泰加子似乎這才想起原本的目的，對著勇二說：

「我們想住的是座敷婆會出現的房間。所以與旅館的外觀或內部裝潢一點關係也沒有。」

25 日本傳統的長形建築，在江戶時代多為都市型的集合式居所。大致可分為面向道路的表長屋和坐落在巷弄的裏長屋。表長屋大多是兩層樓的住商混合建物，裏長屋則是形形色色職種與庶民的住處，但同樣也有兩層式、並且將一樓作為工作區域的例子。

但仔細想想，或許這句話其實相當失禮。
「那就沒問題了。」
勇二似乎絲毫沒放在心上，反而還用一副覺得很有趣的態度為真世他們導覽本館。
眾人見到了坐在大數見莊櫃台的勇一，他的身材比弟弟挺拔，長相也很福相，散發出的氛圍就像是獨占了座敷婆所帶來的幸運。問題是，沉默寡言就算了，態度也很差，可惜了那副討人喜歡的外表。勇一的方言口音也很重，光是要聽懂他在講什麼就很辛苦。如果把這點當成鄉下人的木訥或許還可說是特色，但如果從適不適合從事服務業的角度來看，那就是缺點了。雖然不關自己的事，但真世依舊感到憂心。
「你們的房間在最裡面的地方。」
與兄長互為對照，勇二給人的第一印象雖然不怎麼樣，但其實很熱心照顧人。他走在前頭，帶著大家過去。
順著宛如長屋的本館走廊走到底，打開走廊盡頭的門，一條連接兩棟建築物的長廊映入了眼簾，長廊的另一頭就是別館。若是光看小而美的木造兩層樓建築物本身，應該只會讓人覺得是普通的民宅吧。
「因為這裡是原本的大數見家。」
聽完勇二的說明，泰加子立刻追問：

「起初只有這個家而已，然後在座敷婆的庇蔭之下興建了大數見莊，開始經營旅館業，後來才蓋了現在的大數見家——是這樣的嗎？」

「死去的祖父母，還有家父家母、家兄都相信是這樣沒錯。」

「您的想法呢？」

「妳不覺得倘若真有座敷婆的庇蔭，這家旅館應該會更稱頭一點嗎。」

回頭看了看背後的本館，勇二露出了苦笑。

「啊，瞧我這張嘴，你們是為了座敷婆才來的，我不應該這麼說吧。」

勇二搔搔頭，推開別館的玄關門，招呼真世他們進去。

「最裡面的奧座敷就是座敷婆的房間。但你們有三個男生、兩個女生，所以前面的房間……我們都稱那間是中座敷，也給你們用吧。」

順著走廊往前走，左手邊可以看到庭園，走廊盡頭的右手邊就是那個房間。背對著相當於位處北方的庭園，眾人打開障子門，走進房間。面積約有八疊大，東側是壁龕和壁櫥、南側有一片偌大的窗戶。窗外就是廊台。西側有一扇拉門，打開後就可以看見隔壁的中座敷，面積同樣也是八疊。

「哇，充滿榻榻米的味道呢。」

比起昏暗的奧座敷散發出的異樣氣氛，真世先注意到的是全新藺草的香味。

「是沒錯，但妳不覺得有點陰森嗎？」
「不管天色多亮，感覺卻像是殘留些微的昏暗。」
蟻馬和郡上似乎都覺得有些不舒服。
「這不是很棒嗎。」
不用說也知道，泰加子可是樂不可支。只見她鉅細靡遺地在這個沒什麼特別可看的奧座敷裡檢查了每一個角落。
「會長要一個人睡在這裡嗎？」
小山內的語氣像是要再確認一遍。
「我不會睡喔。我要坐在房間的正中央念誦般若心經……想是這麼想，不過這麼一來，座敷婆可能不方便出來，所以還是冥想就好了。」
泰加子正經八百地回答後……
「關於今晚的分配——」
隨即換上了宛如要發表重大消息的表情。
「各位對於讓我一個人在這個房間裡待一晚，應該沒有意見吧。」
「只要別讓我落單，我沒有任何意見。」
膽小的蟻馬率先附議。

「如果要我陪妳的話，我也會欣然從命喔。」

接著是充滿郡上風格的回答，想也知道，泰加子無視了他們兩個。

「就算反對，會長也聽不進去吧。」

「嗯，我會駁回。」

「不過，我想拜託各位一件事。」

泰加子不假思索地回應小山內的再次確認，接著提出一個令人跌破眼鏡的要求。

「什麼事？」

「希望各位在我待在這裡的時候守著這個房間的三個出入口。」

大家都能理解她是指後奧座敷面向北側走廊的障子門，以及通往西側中座敷的拉門、鄰接南側廊台的窗戶。話雖如此，只有小山內立刻意識到其中的原因。

「這是為了如果真的發生了什麼怪異現象，就能證明並非來自外力的涉入嗎？」

「你真厲害。為了徹底排除來自外部的干擾，我想在進入房間後立刻封住障子門、拉門、還有窗戶的邊界。」

「再怎麼說，這樣也太過火了……」

不只小山內，就連蟻馬和郡上也露出十分困惑的表情。但真世只覺得這麼做還滿有意思的。或許泰加子也感染到這份心情了，對她微微一笑。

「而且通風也是個問題。」

小山內望向三個出入口。

「聽說這一帶到了晚上，即使是夏天也很涼爽。但全都關起來的話，不會覺得悶悶的嗎？」

「要是能遇見座敷婆，這麼一點困難根本算不了什麼。」

「還有，真要封起來的話，障子門的框和拉門的邊緣都會留下痕跡吧。」

雖然泰加子原本完全不覺得有什麼問題，但小山內現在的提醒終於讓她換上了傷腦筋的表情。

「話說要怎麼封起來啊？」

蟻馬問道。

「我有帶已經剪成短冊狀的紙條。我是打算用漿糊把它們貼在障子門等處的縫隙，這樣就能確定從我關在房間裡直到離開房間的這段期間都沒有任何人進出……」

泰加子解釋的同時，眼神也悄悄地瞄向勇二，大概是擔心會被拒絕。

「嗯，我是無所謂喔。」

沒想到勇二竟然爽快地同意了，大家都感到很意外。

「可、可是萬一留下殘膠的話……」

小山內很擔心，但勇二則是面露苦笑。

「就像你們看到的這樣，雖然換了新的榻榻米，可是障子門和拉門都還是老東西，非常舊了。下次如果有機會的話就會全部換新，所以留下一點殘膠也沒什麼大不了的。」

「真是感激不盡。」

泰加子馬上鞠躬致謝，又立刻推進了剛剛的話題。

「那麼，我們要分別監視哪個地方呢？」

「通風的問題要怎麼解決？」

小山內鍥而不捨地追問，泰加子嘆了一口氣。

「障子門、拉門、窗戶，每個地方都先打開一點縫隙，然後再貼上紙條。這麼一來，空氣也能流通吧。」

「……有道理。」

小山內不得不妥協，泰加子隨即將視線從他身上移到蟻馬和郡上那邊。

「話說，你們可不要從縫隙偷看喔。」

「泰加子學姊好無情喔。」

「學姊今晚要穿什麼睡覺呢。」

蟻馬大聲抗議，而且郡上也不否認偷窺的可能性，讓真世聽得目瞪口呆。

「啊，欸，請等一下。」

這時蟻馬突然慌張起來。

「三個人守著三個地方的話，不就表示不管負責哪裡，我都是一個人嗎？」

「對呀，就是這樣。」

即使泰加子一臉理所當然的樣子，但蟻馬顯然非常抗拒。不過，過了一會兒便自作主張地決定：

「啊，對了，還有倉邊同學嘛。她就跟我一起負責同一個地方吧。」

這次換成真世慌了。倘若真要共度一宿，比起蟻馬和郡上，毫無疑問，她比較想跟小山內一組。

「嗯，這個嘛……」

說不定泰加子也曾想過要讓真世一起進去奧座敷。可是這麼一來就遇不到座敷婆了。

「抱歉。」

之所以沒頭沒腦地向真世道歉，或許也是因為內心的矛盾所致。

「那個，我……」

我想跟小山內一組——正當真世想直說時，勇二提出了出人意表的建議。

「要不要去二樓啊？」

「如果睡在奧座敷的二樓，應該也能稍微知道樓下的動靜。而且也有監視的效果。」

「二樓的房間也可以給我們用嗎？」

「別告訴家兄就好。」

坦白說，因為勇二是這麼回答泰加子的，所以讓真世有點不安。她很擔心會不會因此不慎被捲入兄弟鬩牆的紛爭。

沒想到，平常極為慎重的泰加子居然喜上眉梢地說：

「那麼就麻煩倉邊同學睡在奧座敷的二樓。蟻馬同學比較膽小，那就不要走廊或廊台，去隔壁的中座敷。郡上同學就守著走廊，小山內同學去廊台那邊。這樣可以嗎？」

「負責監視的場所，條件是不是愈來愈差啊。」

小山內說的沒錯，隔壁的中座敷還有榻榻米，走廊雖然只鋪著木板，但至少還在室內，可是廊台就完全是室外了。監視環境存在著相當明顯的落差。不過他的語氣之中並沒有流露出不滿，反而像是有幾分敬佩泰加子分配的方式。

吃完晚餐也洗過澡以後，全部的人都先小睡片刻。郡上覺得很失望，因為泰加子還是穿著原本的衣服。畢竟要熬夜，換上浴衣有點不太合適。女生在奧座敷、男生在中座敷各自鋪好棉被就躺下歇息。明明待會兒還要守夜，卻遲遲沒有睡意，真世傷透了腦筋。或許自己的情緒還是很興奮吧，只是當下並沒有這種自覺。

遇見座敷婆的體驗例子多半發生在半夜兩點至三點之間，因此所有人都在十二點前起來了。接下來，只有泰加子繼續留在奧座敷，然後從內側把出入口的縫隙封起來。這時他們爭執的重點在於障子門和拉門要留下多寬的空間。泰加子認為留下一公分左右的縫隙就夠了，小山內則是堅持至少要留下五公分。

「縫隙太大的話，不就失去我獨自留在房間裡的意義了嗎？」

「這不是什麼問題，反正室內只有會長一個人。不過，靠走廊的障子門和中座敷這一側的拉門要是留下太大的縫隙可能會有所影響。但是窗戶就算全開——幸好還有紗窗——其實也無所謂吧。」

「因為窗外已經算是戶外了嗎？」

泰加子望著點頭回應的小山內，又繼續往下說。

「換句話說，奧座敷和走廊、以及奧座敷和中座敷都屬於屋內，所以如果打開障子門或拉門，恐怕就會失去兩個空間的界線。而且這種情況下，若是走廊和隔壁房間有其他人在場，就算確實只有我待在奧座敷，也不能算是我獨自一人，因此座敷婆可能就不會出現。但窗戶是屋內與屋外的界線，所以不用擔心這個問題。你是這個意思對吧。」

「會長的腦筋轉得真快。」

小山內露出滿意的表情，但泰加子則是一臉拿他沒辦法的樣子。

「你明明不相信妖怪，可是不知不覺間就掌握了座敷婆出現的條件，真是可怕的傢伙。」

兩人完全進入自己的世界，把另外三個人排除在外。真世其實對此有點樂見其成，但蟻馬和郡上的感受當然不一樣。可惜他們沒有聰明到有辦法插進那兩個人的對話。

他們或許很相配呢……

多管閒事的真世在腦海中幫他們配對，無奈兩位當事人又開始為了到底要留下多寬的縫隙而吵得不可開交，完全感受不到甜蜜的氣氛。真世不由得苦笑。

「來，這個招待你們的。」

這時，勇二端著咖啡現身了。大概是考慮到需要熬夜，所以勇二瞞著勇一，送來原本應該要付費的咖啡。

眾人千恩萬謝地享用後，那兩個人又繼續爭辯起縫隙的問題。

「三公分就夠了吧。」

勇二聽了一下他們的對話後，只用了一句話就拍板定案。

泰加子進入奧座敷，在小山內的見證下留下三公分的縫隙，封住走廊側的障子門和靠中座敷的拉門。她從內側用漿糊在上述的縫隙處貼上紙條。但其實也只貼了上、中、下三個地方，所以縫隙反而還比較明顯。因此就算是小山內也沒有再提出異議了。

光是這樣其實只封住了障子門和拉門各自的中間兩扇，左右各一扇都還可以動，所以泰加子又把紙條貼在它們與柱子的交界處。

窗戶不能從中間打開，因此就在從室內看過去的左側留下縫隙。接下來只要再封住窗框和柱子之間的縫隙即可。與障子門和拉門的差別，應該就是左側縫隙的外側是緊閉的紗窗吧。右側的窗戶也是關起來的，但同樣在它跟柱子之間的交界處貼上紙條。

當奧座敷的準備一切就緒後，小山內等人便各就各位。每個人各自背對泰加子所在的奧座敷，然後坐下。

勇二帶著真世爬到奧座敷的二樓。他還想幫真世鋪床，真世趕緊拒絕。學長姊都要徹夜不眠，自己怎麼可以睡覺呢。

「有道理。對了，我就睡在這棟別館裡前面的房間，有什麼事隨時都可以叫醒我。」

勇二的好意令真世心中一凜。因為她這才後知後覺地反應過來，萬一今晚的實驗出了什麼差錯的話，這個人也得負起責任來。

剩下自己一個人後，真世突然覺得房裡冷颼颼的。格局與一樓的奧座敷略有不同，北側是壁龕和壁櫥。壁龕那邊有個看起來沉甸甸的漆黑老舊保險箱，顯得格外詭異。厚重的門板上有著數字鎖和鑰匙孔，以及大大的把手。

現在還有在用嗎？

真世坐在房間正中央的坐墊上，百無聊賴地望向保險箱。因為實在沒有其他的事可做，所以她也感到無可奈何。

並不是無事可做吧。

真世點醒自己，但一時之間又想不到究竟有什麼事可以做。

把耳朵貼在榻榻米上？

如果想探聽一樓的狀況，這是唯一的方法。雖然她立刻試了一下，但什麼也聽不見，還沒有任何動靜。

這也難怪，因為泰加子還在冥想。

但只要繼續側耳傾聽，一旦樓下出現異狀，自己肯定能在第一時間知道。真世心想，繼續把一隻耳朵貼在榻榻米上，但不知不覺也開始昏昏欲睡。

誰叫我剛才沒有小睡片刻……

想歸想，真世仍告誡自己不可以睡著，然而最後好像還是不小心墜入夢鄉了。

直到有人邊搖晃身體還邊喊她，真世才迷迷糊糊地睜開眼睛。認出眼前的人是蟻馬時，真世嚇了一跳，同時也猛然感受到一股不知該如何形容的異常感。

……咦？

真世還沒搞清楚那種感覺從何而來，蟻馬就說出令人難以置信的事情。

「泰、泰加子學姊被、被座敷婆勒住脖子了……」

四

真世連忙下到一樓，就發現泰加子躺在中座敷那邊。但是沒有鋪被子，而是直接拿坐墊代替枕頭。小山內和郡上分別坐在她的左右兩邊，憂心忡忡地看著她。

「怎麼了？已經結束了嗎？」

這時勇二出現了。樓梯就在玄關附近——位於前面那個房間的側邊——因此大概是被他們跑上跑下的腳步聲給吵醒的。

「會長說……有人勒住她的脖子。」

小山內支支吾吾地回答，勇二不禁露出一頭霧水的表情。

「請看一下這裡。」

就在小山內指著泰加子的脖子後，勇二一看便臉色大變。因為那裡留下了清晰的紅色痕跡。當真世看到之後，也嚇得背脊發涼。

「……這、這、這下事情嚴重了！」

話還沒說完，勇二已然衝出房間。

到底發生了什麼事？

真世很想問，但眼下的氣氛實在是讓人開不了口。光是看到小山內悲傷的表情就覺得心情非常沉重。

沒過多久，勇二就帶著醫生和駐在所的員警回來。順帶一提，現在的時間剛過凌晨三點十分，因此這兩個人肯定是從睡夢中被叫醒的。

醫生檢查泰加子的脖子後，就在紅色的傷痕抹藥，並纏上繃帶。完成這些治療後，就換駐在所的員警向大家問案。由小山內代表回答，簡單整理如下。

完成封住奧座敷出入口的作業後，小山內等人各就各位的時間是午夜十二點半左右。緊接著真世也進入二樓的房間。

小山內坐在廊台上，沒多久就感到無聊極了。沒有蚊子可說是萬幸，雖說是監視嘛，其實也只要待在窗邊就好。就算想看書，也完全沒有燈光，想看看房間裡的樣子，但窗簾又拉上了。

因為實在太過無聊了，小山內開始從窗戶的這頭檢查到那頭，結果發現與封住的窗框反方向的那一側，窗簾露出了一點點縫隙。

要是被會長發現的話，肯定會挨罵的。

雖然心中這麼想，但小山內還是忍不住偷看了。隱約可以看到泰加子那幾乎坐在房間正中央的身影。由於是背對著中座敷，因此泰加子的眼前就只有壁龕和壁櫥而已，但她肯定閉著雙眼。房裡完全沒有光源，就連燈泡也沒點亮。之所以還能勉強認出泰加子的身影，是因為小山內的眼睛已經習慣黑暗了。此外，由蟻馬守著的中座敷也沒有開燈。雖然蟻馬本人抵死不從，但泰加子也是半步不讓。走廊那邊當然也不例外。

小山內第二次窺探是在淩晨一點半前，第三次則是兩點左右。這時就看見泰加子的頭垂向前方。剛好他也正在跟睡意搏鬥，所以覺得泰加子會打瞌睡也是很合理的。

第四次的確認是在兩點四十五分左右。這次已經看不到泰加子正襟危坐的身影。心想泰加子終於抵擋不了睡魔了……但又覺得很不自然。屋裡一片漆黑，沒辦法看得很清楚，可是泰加子的姿勢看起來就像是先站起來，再軟綿綿地倒在地上。

再說了，以會長的個性……

特地把自己關在相傳中會有座敷婆出現的房間裡，有可能像這樣睡得不省人事嗎……想到這裡，激烈的騷動感襲向了小山內的內心。

即便如此，小山內也不敢從窗戶闖進去，因為他擔心這麼做會辜負泰加子特地貼上封條的苦心。

所以他先離開廊台，繞過別館的東側，然後敲打北側的玻璃門。郡上就坐在對面的走廊上，搖搖晃晃地打盹。持續敲了好幾下玻璃，郡上這才抬起頭來。

「……怎麼了？」

郡上開了上鎖的玻璃門，睡眼惺忪地問道。小山內沒回答，逕自打開走廊上的燈，然後仔細檢查障子門縫隙的紙條。

「你也來幫忙檢查。」

小山內要郡上比照辦理，示意他跟上，然後從走廊進入中座敷，把燈打開。

不出所料，蟻馬坐在鄰接奧座敷的拉門前，睡得頻頻點頭。就連被天花板的電燈燈光照到，也完全沒有要清醒的感覺。

「這傢伙根本一點用處也沒有用嘛。」

郡上事不關己似地批判。小山內催著他一起確認這個房間的縫隙處，這時蟻馬的身體動了一下，總算是醒來了。

「別、別、別嚇我呀……」

「你先找個適當的地方盯著這個房間的拉門和走廊側的障子門，等我們回來，可以嗎。」

蟻馬一臉莫名其妙地點頭，小山內又帶著郡上回到南邊的廊台，要學弟檢查窗戶的縫隙。

「……學姊是不是睡著啦。」

在小山內的催促下，郡上頻頻從窗簾的縫隙窺探奧座敷，似乎終於察覺到異狀了。

「回去找蟻馬。」

小山內沒有回答這個問題，只是催促郡上。

「沒發生什麼事情吧？」

詢問站在中座敷與走廊交界處的蟻馬後，小山內把兩個學弟叫到拉門前面。

「會長看起來好像睡著了，但她的樣子實在很奇怪。所以我打算撕掉拉門的紙條進去看看。」

蟻馬和郡上正要發難，就被小山內冷冷地瞪了一眼，幾乎同時閉口不言。

「我來撕開上面的紙條，郡上撕中間那條，蟻馬撕下面那條。但是請留下用漿糊黏貼的部分，盡可能從紙的中央撕開。」

小山內邊說邊示範，只用右手手指就靈巧地撕破最上面的紙條給他們看。

接著郡上也以同樣的方式撕開正中央的紙條，但蟻馬卻把下面那張撕得亂七八糟。要是泰加子看到了，可能會錯愕地對他說：「你也太笨手笨腳了。」

一打開拉門，小山內便迅速地環顧整個室內。可想而知，除了泰加子以外，這裡並沒有其他人。小山內走向以非常不自然的姿勢側躺在地上的泰加子，然後輕輕把手放在她的肩膀上、喊了聲「會長」。因為毫無反應，只好又用力搖了泰加子一下，但是她始終處於不省人事的狀態。

小山內沒有理會在身後大呼小叫的那兩個人，用雙手抱起泰加子，將她抱到中座敷裡。等到讓她枕著坐墊躺下時，這才發現脖子上的紅色傷痕，讓他嚇了一跳。

「你們看這裡。」

兩人似乎是直到小山內指出來才終於注意到。蟻馬「噫！」了一聲，倒抽一口涼氣。「唔嗯。」至於郡上則是在嘴裡嘟囔著。

就在這個時候，泰加子緩緩地睜開雙眼。

「會長，妳還好嗎？有哪裡不舒服嗎？發生什麼事了？」

小山內體貼地問她，但泰加子茫然了一段時間，就突然露出怯懦的表情。

「……坐著坐著……突然……打起瞌睡來……然後……脖、脖子就被勒住了……」

「從後面嗎？」

「……我、我也不知道。不、不對……肯定是從後面沒錯……是很粗的繩子……還是比較細的繩索呢……從脖子後面……用力地交叉拉緊……一口氣往上……往上拉……類、類似這種感覺……」

「犯人站在妳的正後方嗎？」

或許是喉嚨不舒服，只見泰加子虛弱地點了頭。

「我明白了。接下來請不要再說話喔。」

小山內連忙阻止她繼續開口，然後請蟻馬去二樓叫真世下來。

聽完以上的來龍去脈後，員警和醫生一起檢查了奧座敷。可是拉門和窗戶那邊的紙條都完好無缺，室內也沒有特別不對勁的地方。別說座敷婆了，根本沒有其他人進來過的痕跡。

結果，小山內等人被迫回答了無數次關於拉門紙條的問題。不過，他們也只能一再地強調同一件事——他們檢查的時候，那三張紙條都沒有任何損傷，然後是由三個人各自撕破一張。

泰加子大概是因為脖子被勒住的關係，才會一時失去意識。

醫生這麼診斷後，便要求她必須要安靜歇息一段時間，所以駐在所員警只好先停止問案。真世他們也才因此得以休息。

所有人都像是昏迷似地睡到當天上午的十點過後。幸好泰加子的喉嚨舒服多了，所以跟大家一起在本館吃了有些晚的早餐。但是，眾人也被勇一訓斥了一頓。他的方言基本上有聽沒有懂，但言下之意想必是「我可沒答應你們可以玩這種類似試膽大會的遊戲」。

看樣子，在真世他們起床以前，勇二就向哥哥報告了這起「事件」。勇一是大數見莊的經營者，再加上醫生和員警都在這裡出入了，就算想瞞也瞞不住。

氣氛險惡到就算馬上被趕出去也不奇怪，但勇二還是努力居中調解。話是這麼說，但勇二也算是共犯，所以勇一的怒氣立刻轉移到弟弟頭上。這時剛好醫生和駐在所的員警來了，總算才暫時平息風波。

醫生為泰加子做檢查，說她恢復得很快。真世感到如釋重負，但不知怎地，單獨被員警叫出去後，就突然陷入不安的情緒。她被帶到別館內的前面那個房間，這時泰加子等人也同時回到奧座敷和中座敷。

「不好意思，有點事想請教妳。」

當她發現這位駐在所員警想問的是泰加子與男生們的關係時，真世也在心裡「啊！」地驚呼了一聲。

來自都會的五個大學生裡，擔任會長的女生被勒住脖子。而三個男生就守在案發現場的奧座敷外面。剩下的女生則是待在二樓，可以先排除嫌疑。而且這個女生才一年級，人際關係與學長姊們相比還是比較淡薄的。反而是另外三個男生顯然都很在意會長。雖然確實還有紙條的問題，但是從上述的狀況來看，犯人應該就在這三個男學生裡面。

——駐在所員警的想法原封不動地進入到真世的腦海之中。不對，應該說是她自己陷入了這樣的感覺裡。

因此真世反而不曉得該怎麼回答。萬一回答得不好，小山內他們鐵定會立刻受到懷疑。真世想打馬虎眼，但哪裡是警察的對手。回過神來，她已經全盤托出他們之間奇妙的四角關係了。

「可、可是……學長們都沒有進到奧座敷裡。」

真世趕緊強調這點，員警抓了抓頭後說道：

「嗯，問題就出在這裡。」

「他們三個人一起檢查中座敷的紙條。走廊和窗戶也是兩個人一起檢查的。」

「如果是共犯關係……」

「您是指小山內學長和郡上學長嗎？我認為這是最不可能的組合。小山內學長獨來獨往，打從一開始就不可能跟任何人合作。如果是郡上學長和蟻馬學長倒是還有可能……也不對，學長們都喜歡會長，而且是一直都對她有意思，真要說的話根本都沒有動機。」

「關於這點啊……」

駐在所員警露出老成持重的表情。

「妳還年輕啦，不明白男女關係的幽微之處……」

「啊？」

覺得自己被當成不經世故的小孩，真世不禁怒火中燒。

「您覺得他們是共犯關係，但是駐在先生也檢查過走廊和窗戶那邊的紙條，有發現什麼可疑之處嗎？」

「不，那倒是沒有。」

「既然如此，情況就會變成三位學長都是共犯，一起撕破中座敷那裡的紙條，再攻擊會長。如果真是這樣的話，他們說的謊應該會更高明一點吧。」

「推到座敷婆……」

「——的身上嗎？就算是當地人，應該也不會擬定這種計畫吧。」

明明是怕生的性格，而且對方還是警察，竟然能據理力爭到這個地步——真世自己都覺得很訝異。大概是為了維護妖怪研究會成員的名聲吧。

不過……

犯人就在這三個人裡面——眼下這種狀況也只能這麼想了。只是在還不確定犯案手法的情況下，駐在所員警也無計可施。

犯人肯定是學長中的某個人。

可是，真世不希望任何人被捕。

當真世飽受這種矛盾心情的折磨時，原本默默陷入長考的員警開口了。

「嗯，一個個輪番問話的話，說不定就會露出馬腳了。」

這句話在真世心裡敲響了警鐘。

該不會是要逼迫他們自白吧……

話雖如此，無論從好還是壞的角度判斷，對方都只是「鄉下的一介駐在所員警」，小山內和郡上應該不會在嘴上攻防輸給對方。就連蟻馬恐怕也不用太過擔心。

接下來彷彿與真世換班似地，小山內、郡上、蟻馬輪流被叫到前面的房間裡，接受員警的問案。但是就如同她的猜測，沒有人坦承，所以員警也一臉束手無策的表情。

再加上泰加子也要求「不想把事情鬧大」，所以整件事轉眼之間就這麼告一段落了。

「可以確定是被某種繩索狀的物體勒住脖子。不確定是否帶有殺意，但很明顯是傷害事件。」這是醫生做出的客觀判斷。

駐在所員警則是含糊其詞地表示：「不確定犯人是用什麼方法進出奧座敷的，但嫌犯的範圍是可被限定的，不能就這麼不了了之。」依舊認定這是一起事件。

勇一還是用那口方言表達立場，言下之意就是「千萬不要推到座敷婆的身上。請務必抓住真正的犯案者，好證明與我們無關」。

至於勇二則是站在真世一行人這邊。他說：「既然是發生在學生之間的事，而且被害人都表示『不想追究』了，沒有必要把事情搞大吧。」結果被兄長瞪了一眼，只好乖乖閉嘴。

「我非常理解會長的心情……」

小山內之所以這麼說，大概是察覺到泰加子擔心犯人就在他們之中吧。

「但是就如同駐在先生所說的，不能當作什麼事都沒發生過——」

「嗯，確實不能就這樣算了，所以妖怪研究會就此解散。從此以後，我跟各位就不再往來了。」

聽到泰加子的決定，四個人都遭受了強烈的衝擊。

……連我也是嗎？

不只學長們，會長也打算跟我斷絕往來嗎——真世最擔心的就是這一點。她很討厭這樣的自己，但也無可奈何。由此也可以看出她受到了多麼重大的打擊。

正當眾人你一言、我一語鬧得不可開交，眼看就要進入無法收拾的狀態時，有個男性客人英姿颯爽地造訪了大數見莊。

這個宛如一陣風、來去無蹤的男人，竟然破解了籠罩著這起事件的謎霧。

五

瞳星愛在儼然已經變成自家後院的「怪異民俗學研究室」裡朗讀完「座敷婆的封閉密室事件」後，天弓馬人立刻忍不住佩服地讚嘆：

「那個男性客人就是刀城言耶老師吧。」

不過並不是因為言耶解決事件的本事，而是因為言耶碰上這種事件的機率之高，才讓他不禁感嘆吧。

季節已經來到秋天，但夏日的蒸騰暑氣還是沒有完全消散。不過，在這間位於圖書館地下室的「怪民研」內，卻依舊能感受到奇妙的涼意。

「沒有特別寫出來，但應該八九不離十吧。」

「老師肯定是向所有的相關人士問話，接著包括奧座敷在內，把整個別館都看了一圈，再從倉邊真世這個人的視角出發，將這起事件寫成小說。」

「讓自己在最後登場是……」

「這就是老師調皮的地方了。」

天弓說到這裡，突然像是想起什麼似地說：

「除了那份原稿以外，還有其他的附件嗎？像是出自老師之手，相當於事件解決篇的信。」

「如果是類似那樣的東西，也算是有啦……」

愛拿出一個薄薄的信封。信封上寫著「請在天弓同學推理後開封」的但書。

「感覺裡面只有一張信箋，以解決篇來說未免也太薄了。」

「或許真相用一句話就能說明……吧。」

看樣子，天弓似乎不能接受愛的解釋。

「話說回來，老師是不是完全忘記當初的目的──拜託我整理、分類他在民俗田野調查時蒐集到的怪談啦。」

「如今看來就只是為了讓天弓先生解謎，才一直把那些能作為推理素材的事件詳情寄過來呢。」

「而且還是特地寄給妳──」

他好像又要抱怨愛的參與了。

「在這個密室裡勒住會長脖子的，會是座敷婆嗎？」

愛趕緊想辦法提起能勾起天弓興趣的話題。

「想也知道不可能吧。」

「可是三個能進出奧座敷的地方都從內側貼上紙條，總之就是完完全全的密室。」

果不其然，他立刻就上勾了，所以愛刻意再強調了一次現場的密室程度。

「說是封起來了，但也不像卡特．狄克森那本《He Wouldn't Kill Patience》裡的爬蟲類館密室那種從內側封住所有縫隙的狀態。分別位於三邊的障子門、拉門還有窗戶都還留有三公分的縫隙，所以並不是密不透風、而是『準』密室狀態喔。」

「是這樣沒錯，不過人類是不可能通過的。」

「如果是作為凶器的繩索，就能不費吹灰之力地通過吧。」

「那犯人是誰？又是怎麼辦到的？」

面對愛氣勢洶湧的追問，天弓的語氣則顯得相當淡然。

「泰加子處於跪坐著打瞌睡的狀態，所以頭部必然是一點一點地往前傾。假設犯人用結實的繩子製作了經常在西部片裡看到的那種繩圈，拿在手上，再將手腕從拉門的縫隙伸進去，把繩圈扔向她、套住她的脖子。由於被害人處於前傾的姿勢，所以只要拉緊繩索，就能勒住她的脖子——像是這樣的情況。」

「也就是說，犯人是蟻馬同學嗎？」

「根據泰加子的證詞，她是被人從後面勒住脖子的，負責在正後方的中座敷裡守夜的蟻馬確實最可疑。」

「可是，要怎麼把繩圈從泰加子同學的脖子上拿開呢？」

天弓冷冷地回答愛這個再簡單不過的問題。

「嗯，沒辦法拿開吧。」

「啊？」

「要套住她的脖子很簡單，但是要在那種情況下移除卻難如登天。更何況，泰加子的證詞有提到繩索在脖子的後面交叉，然後用力地往上拉緊……但如果是用繩圈套住她的脖子，應該是先勒住脖子前面再往後拉。而且我也不覺得那個膽小如鼠的蟻馬敢做出這種犯行。」

天弓面不改色地推翻自己剛剛才說出口的推理，愛真的很想抱怨，但還是忍了下來。

「也就是說，犯人就得先在繩索中央繞出一個圈，套住泰加子同學的脖子時，繩索的交叉點就會落在脖子的後面。接下來，再把繩子兩端往左右兩邊拉，勒住她的脖子。情況會是這樣嗎？」

「大概是吧。」

「意思就是，犯人站的位置是在泰加子同學的正後方……」

「——這倒不一定。雖說是『準』的狀態，但奧座敷依然算是密室。」

「既然如此，到底是怎麼辦到的？」

「為了在這種情況下勒住被害人的脖子，必須把繞著脖子一圈的繩子往左右兩邊拉。在案發當時的奧座敷內，她坐的地方恰好在左右兩邊都有通往外部的空隙。」

「靠走廊的障子門和廊台那一側的窗戶……」

「從相對位置來思考，繩子剛好斜斜地通過房間，泰加子就坐在那中間，所以要勒住她的脖子並非毫無可能。」

「那要怎麼製作繩圈，並且把繩圈套在泰加子同學的脖子上呢？」

「這倒是辦不到。」

「欸？」

愛呆若木雞地看著大放厥詞的天弓。

「而且在那之前，要把繩子從北拉到南也太困難了。」

這個人竟然還毫無愧色地接著說下去。

「而且根據倉邊真世的證詞，小山內與郡上絕對不會是共犯。」

「既然如此，就不要做出這樣的推理。」

愛氣鼓鼓地說完，隨即陷入了不安。

「如果三個有嫌疑的男生都不可能犯案……難不成真的是座敷婆做的……」

「不，有個真相能夠一口氣解開被紙條封閉的密室之謎。」

「到底是什麼……」

「這一切都是西條泰加子的自導自演。」

「怎麼會……她為什麼要這麼做？」

「那三個男生明明對最重要的妖怪一點興趣也沒有，加入研究會的理由就只是想要纏著自己。在倉邊真世加入之後，泰加子再次領悟到這種情況有多麼異常。為了一口氣斬斷與他們之間的關係，她才擬定了這次的計畫。假裝自己受到攻擊，然後讓嫌疑落在那三個人頭上。但也不能真的讓他們蒙上不白之冤。所以不僅要製造出讓那三個人怎麼看就怎麼可疑的情況，同時也要打造出三個人都不可能犯案的狀態。所以，她選擇大數見莊的奧屋敷作為事件的舞台，打算利用座敷婆的怪談。」

「泰加子同學是自己勒住自己的脖子……」

「把當成凶器的繩子之類的東西捲起來，要藏在衣服底下或哪裡都可以。」

「再來只要解散妖怪研究會，就能切斷和那三個人的關係。」

「──聽起來很合理，但是這裡有個問題。單從倉邊真世的角度出發、觀察她對西條泰加子這個人的描寫，我不認為泰加子是會擬定這種計畫的人。」

「啊啊？」

愛忍不住發出帶有責備的喊聲，可是天弓不以為意地站起來，突然就在屋裡走來走去。

……啊，很熟悉的行為。

在此之前，每當推理踏入死胡同的時候，天弓馬人都會像這樣開始在研究室內繞著圈子。等他回到座位的時候，一定都已經看穿了事件的真相。

愛也很清楚這點，所以早就忘了自己前一刻還在生氣，內心充滿期待……

「卡特．狄克森的《猶大之窗》。」

他抽出了一本推理小說，拿過來遞到愛的面前。

「呃……記得這好像是法性大學的杏莉和平學長看的第一本卡爾的作品。」

愛邊說邊回想杏莉的親身經歷。

「在二樓睡著的真世被蟻馬叫醒時，曾經感覺到一股說不上來的不對勁吧。妳知道那種感覺是從哪裡來的嗎？」

天弓突然言歸正傳，愛一時半刻反應不過來。

「你、你突然問這個……」

「曾經有出現在泰加子說過的話裡喔。」

「欸，到底是什麼？」

「反枕啊。」

「……什麼？你是說那個妖怪的作為？而且真世同學也遇到了……」

「不是妖怪所為，但是她確實被移動了。」

「到底是誰幹的？目的是什麼？」

「真世想必是在二樓房間裡接近正中央的位置打瞌睡吧。所以勇二先把她移開，然後掀開正中間部分的榻榻米，再掀起從二樓來看是地板、從一樓仰望是天花板的木板。先前換榻榻米時他也在場，所以才會臨時想到這個辦法。因為當時也順便打掃過了，所以不用擔心會有落塵的問題。接著，他把繩子的一頭綁在保險箱的把手上，於繩子的中段做出個繩圈，再用漿糊黏住繩子交叉疊合的部分。之後把繩子垂到一樓，套到正在打瞌睡的泰加子脖子上，接著他再移動到保險箱的對側，拉緊繩子。由於是在二樓動手，泰加子才會覺得繩子有往上拉。確定泰加子昏迷之後，再把手中這頭的繩子扔到一樓，然後解開綁在保險箱把手上的這一頭，開始回收繩子。由於繩圈交叉的部分只用了漿糊固定，所以勒住她的時候就會鬆開了，可以輕易地回收。真世和泰加子之所以都睡著了，是因為勇二給她們喝的咖啡裡放了安眠藥。男生當然也都喝了摻有安眠藥的咖啡，不過給兩個女生的劑量肯定比較重。這是為了讓真世製造現場的不在場證明——至少不能讓人聯想到從二樓犯案的可能性。至於讓泰加子喝下安眠藥，則是為了萬一勒住脖子卻沒有使她昏迷的話，還是能讓她睡著。簡而言之，勇二的目的是為了製造出不管怎麼看，泰加子都是被座敷婆勒住脖子的假象。」

「……動、動機呢？」

「座敷婆或許是很可怕的存在——為了讓兄長產生這樣的疑念，以便讓大數見莊這個漸漸無法仰賴的觀光旅館能夠重生。也可能是想利用座敷婆的傳聞讓大數見莊的風評一落千丈，逼著兄長考慮賣掉旅館。總之，勇二太過希望讓現在的大數見莊有所改變了。」

「他並沒有要勒死泰加子同學的意思吧。」

「只要能引起跟座敷婆有關的騷動就行了。學生們單純只是客人，與勇二一點關聯也沒有。所以不用擔心會懷疑到自己頭上。他之所以會表現得那麼親切，也是因為別有用心。」

天弓此時突然像是被關掉開關似地沉默下來。他望向那個放在桌上、尚未開封的薄信封。

「要打開來看看嗎？」

愛問天弓，後者默默頷首。於是愛從信封裡抽出了一張信箋，然後看了上頭寫的內容……

「老師說了什麼？」

愛的視線始終落在便箋上，所以天弓耐不住性子地問她。

「天弓先生的推理恐怕是對的。」

「妳是從信裡面的內容判斷的嗎？」

「對。不過，整封信只有一行字，除此之外看不出任何詳情。這種說明也太不充足了……」

「無所謂，妳照念就是了。」

愛的視線再次落在便箋上，然後念出了那行字。

「事件的真相揭曉後，勇二在奧座敷裡自縊身亡。」

第五話

佇立的口食女

一

儘管早晨的空氣十分清新，自稱市井民俗學者的東季賀才卻因為一股不祥的預感襲上心頭而停下腳步。這裡是通往竹迫村的山路途中，路旁佇立著全身長滿青苔的石佛。

昨天也是，今天又來了……

賀才提高警覺，提防著是不是會遇到什麼驚天動地的怪事。聞到些許異樣的臭味時，身體不自覺地抖了一下。

……野外火化嗎。

以前只要去到鄉下地方，土葬的例子還是比較常見的。到了最近，火葬已經成為主流。而且以前是直接把遺體運到野外燒掉，如今不只出現了用耐火磚打造的小屋，還有重油鍋爐式的火葬爐。這麼一來，各地自然都希望能興建正式的火葬場。

即便如此，雖然數量減少了，但還是存在維持土葬習俗的村落。火葬在那些地方並不是主角，而是配角，因此通常沒有任何像樣的設備。換句話說，如果有火葬的必要，就只能採用傳統式的野外火化。

對於在日本各地進行民俗田野調查的賀才而言，能遇到野外火化的機會彌足珍貴。因此儘管有些猶豫，雙腳仍不聽使喚地走向發出嫌惡臭味的源頭。這也是民俗學者的天性吧。

之所以依舊被不祥的預感給籠罩，是因為還有個更根本的問題。

這麼早就開始野外火化，再怎麼說都太奇怪了。

就算因為某些原因拖到傍晚才出殯，也不會把棺木裡的遺體放到第二天早上。應該當晚就直接火化才對。至少他從未聽過在清晨進行野外火化這種事。

內心被難以形容的騷動給折騰的賀才離開了山路，走進宛如獸道的羊腸小徑，撥開鬱鬱蒼蒼的草叢往下走。剛好與翻過山口後的下山方向大致相同。既然如此，照常順著山路轉進岔路絕對會比較輕鬆，可是誰也不敢保證能再聞到臭味，反而是就此迷失方向的可能性還大一點。可以的話，他不想去問村民地點在哪裡，因為對方也不會想說吧。就算要問，也得先建立起一定程度的信賴關係才行。賀才立即做出的判斷與行動都是建立在這樣的經驗上。

然而，走了半天卻始終走不出草叢。不僅如此，獸道還轉了個彎，感覺離目的地的村落愈來愈遠。話說回來，野外火化的地點幾乎都選在村外一段距離的地方。從這個角度來說，方向應該沒錯，可是當周圍都是比人還高的草木時，還是不免感到惶惶不安。

冷不防，昨晚的恐懼彷彿又要捲土重來。腦海中浮現出**那個**緊跟在自己背後、追著自己跑的妄想。當然，那不過就是自己的想像罷了。可是在山中踽踽獨行時，人類的想像力很容易失控，而這時的他也不例外。明知危險，但還是忍不住拔腿就跑。而且一旦拔足狂奔，就再也停不下來了。

幸好他在跌得鼻青臉腫前就停下腳步，這無非是因為察覺到前方出現了某種氣息。所以他很快就反應到這樣很危險，要是再繼續大手大腳、窸窸窣窣地撥開草叢前進，等於是在告訴對方自己的存在。

於是他改為躡手躡腳、一步一步地慢慢前進，接著就隔著草叢看到一處狹窄的草地。要是在沒有任何異狀的情況下看到眼前的風景，或許會覺得那是田園的飛地。然而並未看到穀物或蔬菜的蹤影，所以看在對於野外火化一無所知的人眼中，大概只會覺得是個莫名其妙、令人感到不太舒服的謎樣空間吧。

木柴以井字形的方式堆在那片草地的正中央，看起來好像是剛砍下、尚未乾燥化的生木，應該是為了調整火勢，以免溫度過度上升。仔細觀察，木柴底下還鋪了木炭。木柴上方則是安放著座棺。座棺呈圓桶狀，裡頭的遺體不是盤腿坐或跪坐，就是曲膝而坐的姿勢。這其實是土葬用的棺木，具有下葬時比寢棺還更不占空間的優點。只不過，要是用於火葬就不是這麼回事了，會變得非常難處理。

有個上了年紀的男人好像在進行最後的檢查，繞著堆起來的木柴四周走了一圈，從他嚴峻的表情也可以看出野外火化的難度。或許男人原本就是外人不容易親近的性格，只是剛好表現在臉上而已。但是他之所以露出一張啞巴吃黃蓮的苦瓜臉，還是因為看到了安置在木柴上方的座棺吧。

這個男人想必就是負責火葬的人。這個任務在某些村子是輪流的，就連女性也不能拒絕。草地一隅放著裝了水的水桶和勺子、大張的草蓆、比草蓆更大的網子、幾根木樁等等。可以理解水桶和勺子、草蓆的用途，但網子和木樁到底是做什麼用的呢？無論賀才怎麼想也想不明白。

說到想不明白……

木柴還沒點火。也就是說，不可能會發出臭味。可是，他卻在半山腰就聞到些許異味，難道那是已經滲進這片草地的屍臭味嗎？不管是或不是，都不是讓人愉悅的味道。

男人檢查完木柴後，就為鋪在地面的木炭點火。原本像是處於悶燒狀態的火，沒過多久就突然一口氣熊熊燃燒。大概是木柴與木柴之間還塞滿了稻草和樹枝吧。火焰直竄到木柴的頂端，轉眼便吞噬了座棺。既然是木頭材質，這也是可想而知的結果。棺木不一會兒便付之一炬。

這時從裡頭出現一具應為女性的跪坐遺體。火舌剛舔舐到雪白的壽衣，下一瞬間就燒上女人的短髮。接下來，四周圍開始瀰漫著一股人肉被燒焦的特殊臭味。

確認遺體開始燃燒後，男人從桶裡舀出大量的水淋在草蓆上，再將草蓆蓋在如今已變成一團火球的遺體上。這麼做的原理與使用生木的道理是一樣的，都是為了減弱火勢、防止溫度過高，以免遺骨受到破壞，也就是用悶燒的方式火化遺體。這麼一來就能在脊椎骨保持完整的情況下漂亮地撿取遺骨。

即使對這些民俗學方面的知識已有充分理解，親眼見證火葬的過程在現今這個時代仍是極為貴重的經驗。所以賀才對此也感到欣喜，但隨即也掉進後悔的深淵。因為風向變了，異臭撲鼻而來。

賀才忍不住逃出草叢，但也沒忘記應有的禮數，立刻親切地向男人問好。

對方雖然沒有嚇得尖叫，但臉上也浮現出驚愕的表情，一副想直接轉身逃跑的樣子。這也不能怪他，誰會想到遺體才剛剛正式開始火化，竟然會有個陌生人突然從眼前的草叢裡冒出來呢。

「……你、你、你誰啊？」

即使如此，男人依舊奮力留在原地不動。負責火葬的人不能丟下燒到一半的遺體逃走。

「啊，我不是什麼可疑人物。」

賀才說出在這種情況下最不恰當的台詞。男人原本恐懼的臉上又多了幾分狐疑的表情就是最好的證明。

「我是——」

賀才簡潔地告訴對方自己任教的大學名稱和系名，以及他正在走訪附近的各個村落進行民俗田野調查這件事，並且遞出大學幫他印好的名片給對方。

只不過，光靠這樣還是無法完全消除男人的戒心。過去的經驗告訴賀才，這時最有效的做法莫過於說些自己在當地遇到的事，盡可能拉近彼此的距離。

「貿然打擾，真是不好意思。我想請教這個地方——啊，請問你叫什麼名字？」

「……地、地郎。」

「實不相瞞，我昨晚碰上了奇怪的事情，想請教地郎先生的意見。」

賀才沒頭沒腦地打開話匣子，地郎一臉莫名其妙，但也表現出願聞其詳的態度。顯然是被他的霸王硬上弓搞得不知該如何拒絕才好。

「事情發生在我正要從山口下山、從前面再前面的村子前往鄰村的時候。原本想要早點出發，結果我因為聽村中耆老說故事，不知不覺聽得入迷了，延後了出發的時間。不過，其實我私底下還有另一個目的——」

以下是東季賀才告訴地郎的內容摘要。

賀才從這個地區的某村移動到另一個村子時，偶然聽到一個令他有點在意的傳說。相傳，如果在太陽下山後翻越山口，可能就會遭遇到可怕的怪事。

諸如此類的怪談本身一點也不稀奇。而且山口本來就是「境界」。有人覺得那意味著村與村的界線、也有人認為是橫亙於現世與異界間的一條看不見的界線。而且太陽下山後正是魑魅魍魎大肆出沒的時間。當這兩個要素融合在一起，出現任何怪事也沒什麼不可思議的。

奇怪的是，再怎麼詢問一開始告訴他這件事的老人，對於最關鍵的內容，老人始終堅持「我什麼都不知道」。與其他村民聊天，只要提起關於山口的怪異現象也都是一樣的結果。就算有人不小心表現出知情的模樣，任憑他再怎麼打破砂鍋問到底，也沒有人願意鬆口。

不是不知道，而是不想提起……

他無法不這麼想。順帶一提，所謂的「山口」並非意指哪個特定的場所，而是泛指那一帶的山路。

也許是因為他刻意拖延離開村子的時間，當他站在那座低矮山頭的山腳下時，太陽已經快下山了。標高雖然不高，但是在越過山頭之前就有很多稱之為難關也不為過的關卡，像是溪流沿岸的山路、左彎右拐的坡道、路況非常差的石子路等等。加上月光照不進這座山裡，要是沒有頭燈的話，根本什麼也看不見。因此起初還有餘力提防怪事發生，但一路上實在花了太多時間，多到賀才已經沒有心思顧及這些了。

好不容易抵達山口時，他已經筋疲力盡了。長年遭受風吹雨打的道祖神[26]破敗地佇立在山路的右手邊，看起來就像在迎接不辭辛勞、遠道而來的自己。

正當他像是要靠著道祖神坐下時，有某種東西隱約進入了視野範圍。

下意識看過去，山路左手邊濃密草叢的另一頭，可以看到一片草地。草地上有一座古老的佛堂，大小跟小木屋差不多，暫借佛堂的屋簷下應該就能讓自己充分休息，比直接坐在地上要好多了。因此他向道祖神行了一禮，走向佛堂。

先坐在木頭台階上，稍微調整一下呼吸。然後再用水壺裡的水潤潤喉，總算感覺活了過來。

雖說是低矮山頭的山頂，但或許是因為長了很多高聳的常綠樹，所以月光照不過來，讓周圍顯得一片漆黑。幸好還有微微的月光灑落在草叢通到山路的地方。話說，之所以感受不到光亮，是因為月光帶著些許紅褐色。

……真是令人不舒服的顏色啊。

明明只是單純的自然現象，卻因為是在這種時間、這種山上看到，所以無法坦然說服自己那其實再自然不過了。反而還覺得這或許就是那些老人家們絕口不提的怪事前兆。

我在想什麼呀。

趕緊繼續走吧。

就在賀才激勵自己，正要站起來的時候，突然就發現一件事。

紅褐色的幽微月光下有個隱隱發光的東西。那絕不是手電筒的光線。感覺比手電筒的光更微弱、更靠不住。儘管如此，卻讓人覺得那是邪惡的光芒，到底是為什麼呢？

「光」本來應該要為精神帶來安定的作用吧。更何況他現在置身於夜晚的深山裡，若是看到亮光，不是要覺得如釋重負才對嗎？

當他意識到詭異且真相不明的光倏地消失，就發現有個人影站在原本發出光亮的地方。

26 供奉在路旁的神明，通常位於村子邊境或岔路、山腳等處，被視為守護聚落、帶來豐饒、庇佑居民免受外來邪氣或疫病侵害的守護神。因為所處位置等關係，也被認為是能保佑旅行和交通平安的神明。外觀有雕像型、浮雕型、碑文型、塔型、原石型等不同的樣式，但大多為石頭材質。

賀才悚然一驚，但還是目不轉睛地盯著看，感覺是個女的。而且好像是個很年輕的女人。她在這種地方做什麼……定睛一看後，頸項的寒毛頓時全部站了起來，雞皮疙瘩也瞬間爬滿了兩條手臂。

那個女人的嘴巴裂到耳邊。

從嘴角一路裂開到兩邊的耳根。彷彿被有如鐮刀般銳利的上弦月劃破，正張開血盆大口嗤笑著。

他愣在當場，動彈不得，此時月光突然隱沒，四周陷入一片黑暗。大概是被雲遮住了吧。

萬一朝著我走來……

但也拜其所賜，不用再看見那個女人恐怖的模樣了。可是也不能就此放心。

在這麼暗的情況下，除非對方已經靠得非常近了，不然自己絕對是沒辦法察覺的吧。意識到這點，他慌亂得魂都快飛了。但就算想逃，那個女人就站在山路那邊，擋住他的去路。佛堂後面則是深邃的森林，實在是讓人不太敢踏進去。

就在他嚇得魂不附體，處於整個身體都僵住的狀態時，月光再度灑落周遭。淡紅色的月亮從雲隙間悄悄地探出臉來。

……不見了。

嘴巴裂到耳邊的女人消失了。賀才戰戰兢兢地回到草叢裡，偷偷望向山路的左右兩邊，什麼也沒看見。雖然天色太暗，無法非常篤定，但至少沒有躲在附近的樣子。

感到安心的同時，雙腳卻開始不聽使喚地發抖。他踩著虛浮的腳步再次走向佛堂，在台階上坐下，這才終於緩過一口氣來。

稍微休息一下就馬上出發吧……等等……他頓時陷入長考。

要是繼續通過山口，沿著山路下山的話，豈不是又會在哪個地方和那個女人狹路相逢嗎。因為她是出現在自己的來時路上。那個異樣的女人說不定和他走的是同一個方向。如果真是這樣的話，那她理應會一直走在自己的前面。萬一中途停下腳步，自己就會撞見她了。

今晚在這裡露宿吧。

像他這種經常走訪日本各地的人，有時難免也會碰上得在野外過夜的情況，算是家常便飯了。因為已經有過好幾次經驗，所以賀才不怎麼猶豫。光是能睡在佛堂的屋簷下，就已經要謝天謝地了。

話雖如此，也無法換來一夜好眠。明明是到處都可以安睡的體質，唯有今晚跟平常不同。

……那個裂嘴女知道。

知道他在山口的佛堂這裡……

該不會突然心血來潮就跑回來吧。再說了，假如那個女的就住在這座山上……或許整夜都會在夜晚的山路上徘徊。不管怎樣，總覺得她再次出現在山口的可能性絕對不低。

一旦產生這樣的想法，就再也無法入睡了。賀才在狹窄的屋簷下空間輾轉反側，徹夜難眠。

第二天一早，或許是周圍的樹木太高了，旭日的光沒能籠罩這一帶，但他還是在相當嘈雜的野鳥鳴叫聲中醒來。根本沒有睡飽，但也不能繼續睡回籠覺。

他放棄睡眠、坐起身來，接著用隨身攜帶的麵包與水壺裡的水簡單填飽肚子，之後終於越過山口。然後，賀才就在沿著山路往下走到一半的地方時，聞到了那股異臭。

二

——賀才把自己從昨晚到今天早上所經歷過的一切告訴地郎，不料對方卻說出一個他沒聽過的字眼。

「……KUCHIBAONNA（くちばおんな）。」

賀才問那是什麼，地郎說是在這個地方出沒的魔物。漢字則是寫成「口食女」。

「類似傳說中的『二口女[27]』嗎。」

「嗯？那是什麼？」

地郎好奇地問道，賀才便告訴他那個民間傳說。結果地郎樂得像個孩子，起初給人那種難以接近的印象彷彿是假的一樣，臉上浮現了笑容。

在途中的村落裡聽到的「山口的怪異」，該不會就是這個口食女吧。然而當他進一步追問，地郎突然噤口不言。在賀才仔細地說明自己昨夜的體驗後，地郎顯然對自己放下戒心，才會告訴自己口食女的存在。所以，當自己告訴他二口女的傳說後，兩人的關係無疑比先前要更加融洽了。

既然如此，為什麼只是想更進一步地詢問，他就突然不肯再說下去了呢？

「你接下來——」

地郎以探詢的眼神看著他。

「會為了你那個大學的什麼學問，繼續去向村子裡的人打聽吧。」

「沒錯。那叫做民俗學。」

「我是可以現在就告訴你，但作為交換條件，請你不要向村子裡的人打聽口食女的事，可以嗎？」

「山口的怪異也不行嗎？」

「那倒無妨，如果對方自己談起口食女的話題就說個沒完，當然也沒關係。」

看樣子，口食女對於竹迫村的居民而言果然是禁忌般的話題。所以眼前這個男人知道他們什麼都不會說。也因此如果讓村民們知道他說出來了，肯定會吃不完兜著走。

27 傳說中在後腦勺也長了一張嘴的人型妖怪，會以後面的嘴來進食。

賀才的好奇心受到強烈的刺激，但仍然強裝鎮靜、答應了地郎的要求。

「這附近一帶啊，從以前就有一種其他地方沒有、很可怕的風土病。」

那種病叫「畜這病」，從名稱就可以感受到是非常可怕的疾病。當地郎告訴他這種病的漢字要怎麼寫的時候，他也立即萌生了嫌惡感。

「得了這種病會發高燒，因而陷入精神錯亂的狀態，然後像頭野獸一樣滿地亂爬。」

病如其名，果然是非常駭人的症狀。

「治得好嗎？」

地郎有氣無力地搖頭。

「要是能及早治療，或許還能撿回一條命，但是就連醫生也很難診斷出來，所以不容易盡早察覺。通常都要等到人開始在地上到處爬才會知道，但是到了那時候就已經太遲了。」

「因畜這病而身故的人，就會變成口食女嗎？」

賀才問道。因為他第一時間就聯想到「口食」是把「畜這」倒過來念[28]，地郎默默點頭。

「也就是說，只有女性會得病嗎？」

但這次地郎搖頭了，賀才相當困惑。

「我遇到的好像是口食女，所以也有口食男嗎？」

「那倒沒有。」

地郎先是露出感到荒謬的表情，但隨即回歸嚴肅。

「得畜這病的幾乎都是男人。」

「……欸？」

「傳染給女人之後，她們會四處亂爬，死於非命，最後才變成口食女。」

「那一開始就是女性患病的案例……」

「據我所知是沒有。」

「男人會傳染給男人嗎？」

「也不會。」

「男性傳染給女性的原因是……」

「就是你想的那樣。」

也就是說，那種可怕的病是透過男女間的性行為傳染的。而且還是男性單方面傳染給女性。

……嗯，難怪會變成魔物啊。

地郎似乎也察覺到賀才領悟了什麼。臉上同時露出尷尬的表情，或許是因為彼此都是男性，而且男性還是加害者。

「不知道罹患畜這病的原因嗎？」

28口食的日文發音是「くちば」（kuchiba），畜這則是「ちくば」（chikuba）

「幾年前，縣裡派保健所的人來做了各式各樣的調查，警告我們那個不許做、這個也不行、哪裡不能去、什麼不能吃以後，病例便減少了許多，好像還曾經一度絕跡呢。」

地郎的言下之意，顯然是並未完全被撲滅。

風土病是發生在某個特定區域的病，其原因可以分成兩大要因，一是氣候、土地或生態系統等自然環境；二是居民們代代相傳的風俗習慣等生活環境。前者很容易擬定對策，但如果是後者的場合，礙於村民們根深蒂固的風俗習慣，通常要花上很長的時間才能解決。

從地郎的口氣聽來，賀才推測應該是後者。既然如此就不方便再追問下去了。就算已經消除對方的疑慮，這個男人依舊是竹迫村的人。再怎麼樣應該也不想讓外地人知道自己村子特有的風俗習慣吧。尤其那種風俗習慣說是村裡的陰暗面也不為過。

「這一帶還是以土葬為主流嗎？」

或許是因為賀才突然轉移話題，地郎露出如釋重負的表情。

「近幾年來，周圍的村子開始時興火葬。大概是認為比起還要先挖墓穴再埋起來的土葬，火葬要來得輕鬆多了吧。但那也是因為他們住的地方附近就有火葬場。像我們村子只能野外火化，所以不能一概而論。」

「在竹迫村這裡，要土葬還是火葬是由家屬做決定的對吧。」

「挖墓穴可以由家族裡的男性搞定，如果要野外火化的話就會交給我。」

地郎嘆了一口大氣，可見他並不是自願一肩挑起這個村子的火葬任務。

「可是你處理得很好，我想家屬們肯定也很感謝你。」

「應該吧。」

地郎隨口附和後，突然像是想起什麼似地開口。

「這位往生者的家屬就不是這樣。」

「怎麼說呢？」

「往生者嫁入的古茂田家——是幾年前嫁進去的啊——是這個村子裡第二大的有錢人家，對媳婦是出了名的苛刻。」

「該不會人都死了還不放過她吧。」

賀才難以置信地問道，地郎則是一臉沉痛。

「身為妻子，理所當然要照顧丈夫到最後一刻，怎麼可以比丈夫先死呢——這是古茂田家極其不合情理的想法。所以火葬的時候誰也沒來。」

「……我在別的地方也聽過類似的思維。」

賀才忍不住回話，但隨即正色說道：

「可是我從來沒聽說過就連葬禮的場合都還這麼過分的。」

「幸好她的妹妹從老家翻過兩座山來送她最後一程，否則往生者一定死不瞑目吧。」

「最後的一點救贖嗎。」

「姊姊嫁人後，家裡的人都說長髮會妨礙做家事，逼她剪去引以為傲的長髮，不過妹妹也跟以前的姊姊一樣，留著一頭烏黑亮麗的長髮。而且姊妹倆可都是美人呢。」

畜這病的傳染特性、口食女的傳說、夫家的嚴酷對待——光是想到這裡，就覺得女性在這個村子裡的命運也太悲慘了，就連身為男性的賀才也為她們感到心痛。

與此同時，地郎拿出了半月形的黃楊木髮梳，目不轉睛地端詳、輕柔地撫摸著。應該是往生者的妹妹來訪時不小心遺落的。而且從地郎的樣子來看，他顯然沒有要還給對方的意思。

或許是察覺到賀才的眼神，地郎急忙藏起黃楊木髮梳。

「你這個人也真奇怪——」

然後顧左右而言他，轉移了話題。

「竟然像這樣特地跑來看野外火化，肯定也喜歡葬禮吧。」

「啊，嗯，沒錯。」

從這句話聽來，他肯定誤會了什麼，但賀才仍點頭承認。

「今天的黃昏時分啊，過去曾經是本村最大地主的大生田家預計要出殯。」

「葬禮接二連三呢。這次走的是哪一位？」

「隱居的老爺爺還沒走，當家的兒子突然就過世了。」

「可是像我這種外地人可以厚著臉皮跑去觀摩嗎？」

「又沒有要你闖進送葬隊伍，只是安安靜靜地待在旁邊看，應該沒關係吧。」

向地郎問了大生田家的地點後，賀才又問他有沒有哪個村民會願意協助民俗田野調查。

這時，原本口若懸河的地郎突然閉上嘴巴。他的樣子明顯很困惑，並非是要刻意吊自己胃口，而是陷入不知該不該告訴自己的掙扎困境。

「像我這種外地人突然闖進村子裡，肯定沒有人願意告訴我吧。」

賀才表示理解，地郎總算用微弱的聲音說道：

「如果是田無家的婆婆……」

「可以告訴她是你介紹我去找她的嗎？」

地郎無精打采地點點頭，賀才向他道謝，又問了田無家的位置。

「非常感謝你的幫忙。」

賀才再三向他道謝，地郎的態度卻不知怎地突然變得愛理不理。活像是事到如今，才對把事情都告訴賀才而感到後悔。即便如此，他口中還是低語著「有緣再見吧」，應該足以證明他其實並不討厭跟賀才聊天吧。

賀才走向竹迫村，先拜訪了田無家。田無家只有老婆婆與她念中學的孫子相依為命。由於和地郎聊得太投入，等他抵達田無家時，孫子老早就去上學了，家裡面只剩下老婆婆。

賀才先為自己的冒昧登門造訪道歉，說明自己的身分與目的後，再表示是地郎介紹他來的。原本應該在一開始就先抬出介紹者的大名才合乎禮數，這次是基於賀才當下的判斷。

他的判斷似乎沒錯，老婆婆雖然被突然上門的旅人嚇了一跳，但立刻親切地表示歡迎。知道這是大學學者進行的調查後，更是立刻表現出合作的態度。然而，問題卻出在得知這是地郎的介紹以後，雖然只有一瞬間，但她臉色垮了下來。

……果然沒錯。

賀才終於明白了。地郎之所以毫不遲疑地就把可說是竹迫村難言之隱的陰暗面告訴他這個初次見面的外地人，想必是因為地郎本身就是個被村民們視為麻煩的人物。

至於這位田無婆婆，肯定是少數能心無芥蒂地與他往來的村民。

賀才的推測似乎沒錯。

「這樣啊，是他介紹你來的呀，那我一定盡力幫忙你。」

老婆婆隨即笑容可掬地招呼他進屋。

托這位老婆婆的福，接下來的事情都進行得很順利。透過一個介紹一個的方式，賀才得以訪問許多村民。只不過，一旦談到關於口食女的傳說，就算再怎麼拐彎抹角地打聽，也沒有人願意回答。頂多只能問到「以前山口好像出現過魔物」之類的民間傳聞。而且再怎麼拜託他們介紹那個當事人給自己認識，大家也都一口咬定不知道是誰。這麼一來，賀才也沒有勇氣繼續詢問跟畜這病有關的事情了，灰頭土臉地返回田無家。

因為老婆婆好心邀約「在我們家吃午飯吧」，賀才便滿懷感激地接受了。飽餐一頓後，他心想「這個人或許會願意聊聊」，於是就試著問了口食女的事。

「你竟然知道這個啊。」

老婆婆似乎相當驚訝，但隨即就想到應該是地郎告訴他的，臉上浮現出非常困擾的表情。

「我會告訴你，但你絕對不能跟其他人家提起喔。」

不過老婆婆還是先要他答應之後，就一五一十地告訴他了。但她說的都是已經從地郎口中得知的情報，沒有任何新的訊息，從她的敘述也絲毫感受不到類似地郎的那種積極度。

「除此之外，你還知道些什麼嗎？」

這次換她反過來問賀才了，可想而知是為了試探地郎透露了多少。

賀才對這位老婆婆很有好感，地郎大概也是同樣的心情吧。話雖如此，這時最好裝傻，才能明哲保身。賀才這麼思考後，就裝成自己只知道口食女是一則怪談異聞。

因為老婆婆問他下午有什麼行程，他就提起自己打算繼續循線在村子裡蒐集情報，然後在傍晚去觀摩大生田家的出殯過程。就在這個時候，老婆婆突然臉色大變。

「盡量不要和那戶人家的葬禮扯上關係比較好喔。」

「為什麼呢？」

「就算你是了不起的學者老師，我也不建議你輕易涉入別人家出殯的事。」

這其中顯然有什麼內幕，不過老婆婆卻是用大道理勸退他。這麼一來，他也無法有什麼回應了。到最後，這個話題就這麼不了了之……

三

賀才在下午也精力充沛地走訪村落裡的各戶人家，但是隨著時間愈來愈靠近傍晚，他開始感到坐立難安了。他不想辜負田無老婆婆的好心忠告，但是如果聽她的勸，就等於是浪費了地郎提供的情報。無論選擇哪一邊，都會陷入對另一邊感到過意不去的窘境。

儘管遲遲下定不了決心，兩條腿仍不聽使喚地向著大生田家走去。想必是因為身為民俗學者的血液在體內湧動吧。

這天從一大早就是幽暗的陰天，當他來到可以看見又大又氣派的長屋門[29]的地方時，天空突然烏雲密布，隨時下起雨來都不奇怪。就算是為了學術研究，要在這種天候下的黃昏時分尾隨送葬隊伍，還是令人提不起勁來。好奇心依舊強烈，但他已經沒有興高采烈地跑去觀摩出殯過程的心情了。

明明是千載難逢的機會，怎麼可以半途而廢呢。

賀才為自己加油打氣後，往長屋門的四周看了一圈，頓時開始煩惱起來。因為周圍完全沒有可以藏身的場所。但也不能因此就像根柱子似地杵在這種毫無遮蔽的地方。刻意在家屬的視野範圍內等待，然後就跟著同行，再怎麼說都太過失禮了。

那麼，該怎麼辦才好？

賀才按兵不動，重新望向長屋門，開始思考，接著便想起了最重要的事。

不同於大都市，鄉下地區的葬禮通常不會從大門出發。如果是這麼氣派的大宅邸，安放棺木的房間大概也會面對中庭或後院。通常應該會先暫時把棺木放在那裡，再從後門出發。

自己真是粗心大意。

賀才自嘲，繞到大生田家的後面，果不其然，眼前正是如他所料的光景。送葬隊伍剛好從後門抬著座棺出來。不過……賀才感到不解，這種出殯的規模未免也太小了。

明明是過去的首席地主，而且宅邸這麼豪華……

在正常的情況下，送葬隊伍至少會形成一條人龍，在那之後還會有村民跟在後面才對。但親屬的人數少到令人覺得異常。幾乎所有人都穿著唯有往生者的近親才能穿、與往生者相同的白裝束，足以證明自己的猜測沒錯。換言之，這支送葬隊伍的成員幾乎都是死者的近親。

田無婆婆的忠告……

29 江戶時代，有一定層級的武家屋敷多會設置這種大型門。此外庄屋、富裕的農家也會設置。門左右兩側建築體的內部空間可作為警備室、倉庫等空間來運用。

說不定在這之中潛藏著非常恐怖的含義，所以她才會試圖阻止自己靠近大生田家的送葬隊伍。

躲進後門附近的雜木林以後，賀才想到了這個可能性。就在他胡思亂想之際，送葬隊伍已然到齊，終於要出殯了。

……果然很不對勁。

正常的出殯路線應該要繞村內一圈，而村民們也會陸續加入才對。可是這支送葬隊伍卻頭也不回地往村子的反方向前進。

賀才坐也不是、站也不對，結果不由自主地跟在後頭。如此低調的出殯儀式，要是能更靠近一點的話，說不定會有什麼發現。賀才無論如何都想掌握一點這支隊伍如此異常的理由。

走了一會兒後，前方出現了竹林。送葬隊伍似乎要進入那片竹林。問題是路看起來非常小條，還滿地都是落葉，要是一起跟進去的話，肯定會被人發現的。就在意識到老婆婆的忠告確實其來有自後，賀才便想盡力避免暴露行蹤。

穿過竹林的前方是……

放眼望去，小徑往內彎曲，形成稍微往自己這邊折返的路線。途中恰好有一棵高聳的松樹。

只要爬到那棟樹上……

就能從正上方俯瞰整個送葬隊伍。從頭到尾，一覽無遺。

賀才連忙穿過田埂，繞到小徑前方，趕在送葬隊伍穿過竹林前靈巧地爬到粗壯的松樹上。爬得太高就看不到送葬隊伍了，但如果不夠高的話又會被人發現。賀才左右為難，幸好樹枝在恰到好處的高度分岔，剛好可以坐在上面，真是謝天謝地。而且松葉生得十分茂密，無疑是極為理想的藏身處。

他高興得都要飛上天了，但隨即又感到不安。因為已經過了一段時間，卻遲遲不見送葬隊伍出現。

……難不成還有岔路嗎？

說不定送葬隊伍根本沒有穿過竹林，途中就彎進別條路。如果是這樣的話，事到如今可能已經追不上了。

賀才從粗壯的樹枝上探出身子，凝視不可能會看見的竹林內部。結果，送葬隊伍這時就突然冒了出來。賀才連忙躲到松葉後面，隔著葉子觀察送葬隊伍，除了人數少得不太正常以外，並沒有任何特別顯眼、令人在意的地方。即便如此，賀才依舊感到一絲詭異的氣息，究竟是為什麼呢？因為這是出殯，所以出現那種感覺好像也很自然，但總覺得似乎還有其他的內幕。

隨著送葬隊伍在被厚重陰霾所籠罩的天空下逐漸靠近，那股異樣的感覺也愈來愈強烈。就連坐在松樹上的他都能感受到。

沒多久，送葬隊伍抵達松樹下方。可以從正上方觀察明明是一件值得竊喜的事，但賀才已經高興不起來了。他發現自己現在只希望送葬隊伍能趕快離開。

然而，不知道為什麼，送葬隊伍卻在松樹下停下了腳步。

接著，更令人難以理解的事情發生了。穿著白裝束的家屬竟然將座棺放到地上，就這麼留下最重要的棺木，開始往回走。

……咦？

賀才完全不明就理。這輩子還沒聽說過在出殯過程中於某處放下棺木，然後送葬隊伍就這麼逕自離去的風俗習慣。

是這個地方特有的習俗嗎？

還是大生田家的規矩？

不對，再怎麼想都太不尋常了。再說了，這棵松樹絕非與什麼特殊的送葬儀式相關的樹木。如果真的有關，應該會受到大家供奉才對吧。可是樹下連一座祠堂也沒有，這也太奇怪了。而且這棵松樹不過就是偶然長在這條鄉間小路上而已。

……到底怎麼回事？

就在賀才從樹上低頭看著被留在原地的座棺時，小時候聽祖母說過的一個故事頓時在腦海中甦醒。細節已經記不清了，印象中大概是像下面這樣。

某位山伏[30]從一棵長得又高又壯的樹下經過時，有隻小狐狸在那邊睡午覺。山伏起了惡作劇的念頭，吹響法螺，結果嚇得小狐狸從夢中驚醒，慌張地逃走了。山伏大笑，坐在樹下休息。

坐了一會兒後，山路的另一頭出現一支送葬隊伍，而且正朝著他這邊走來。山伏覺得很不吉利，就爬到樹上，靜待送葬隊伍經過。

沒想到，送葬隊伍居然停在樹下，然後只把棺桶留下就走了。

山伏才剛覺得晦氣，棺桶的蓋子就突然打開了，從裡面……

——印象中應該是這樣的故事。這一切都是那隻小狐狸變的把戲，目的是要報復打擾牠睡午覺的山伏。

如果故事只到這裡就好了，不料死者居然從放在樹下的棺桶裡爬出來，然後攀著樹幹往上爬，而樹上的男人無處可逃……這種千鈞一髮的狀況也讓當時年紀還小的他聽得渾身顫抖。

難不成……

如今正要發生的，就是跟那個民間故事一樣的狀況吧。

不不不，怎麼可能有這種事呢。

賀才懷抱著近似哭笑不得的心情，從樹上俯視底下的座棺。

……哦。

總覺得棺木的蓋子似乎稍微移開了一點。

眼花了吧……

30 走訪各處靈山、於山中進行修行的修驗道修行者。

賀才用雙手揉揉眼睛，再次定睛細看。

……嘰、嘰嘰。

棺木的蓋子確實正在一點一點地往旁邊滑開。

……嘰嘰、嘰咿咿咿。

正當他感覺棺蓋移動的速度變快的瞬間……

……喀啦、喀啦。

棺木的蓋子落在地上，發出乾澀的聲響。

……咻。

只見死者以彷彿高呼萬歲的姿勢從座棺裡舉起雙手。看上去就像是棺蓋是被他自己推開的。

……窸窸窣窣。

死者慢條斯理地從座棺裡爬出來。額頭綁著白色的三角巾，身上穿著壽衣，正準備要離開棺木。

即使親眼看到如此駭人的光景，也完全無法相信這是現在正在樹底下發生的事實。

……不可能。

然而，不管他是信還是不信，死者現在真的從座棺裡爬出來了。而且，接下來還四肢著地、趴在松樹的正下方，頭也不抬、像是在側耳傾聽，一動也不動地固守在原地。

……咻嚕。

賀才的一隻腳滑了一下，險些從樹上掉下去。或許是因為發現了他的存在，死者突然動了起來。

……啪噠、啪噠。

死者的雙手拍在樹幹上的沉悶聲響在樹下迴盪著。

……啪噠、啪噠。

死者開始爬上這棵松樹。

……啪噠、啪噠、啪噠。

不一會兒就爬到一半的高度，距離賀才所在的樹枝只剩幾步之遙。

賀才下意識抬頭看，似乎還可以繼續往上爬。不過，已經到達極限了。再往上的樹枝感覺會承受不住。到時候自己還能往哪邊逃呢？

但以上的憂心就只是轉瞬之間的事，賀才隨即往上爬。當駭人的恐怖正從正下方步步進逼，身體就會率先採取行動。

爬到只剩兩根樹枝的高度時，他躲在松葉後面。已經沒辦法繼續往上了，硬要爬上去的話，樹枝可能會斷掉。明知躲起來也沒用，但這是出自於本能的行動。自己不想看到那個靠近自己的模樣。心裡很清楚這只是一種逃避的行為，但除此之外根本就無計可施。

……嘎沙嘎沙嘎沙。

松葉被撥開，死者的臉冷不防出現在眼前。

完全無法遏止這種駭人的想像。可以的話，他甚至想閉上眼睛，但什麼都看不見的狀態也很可怕。問題是如果睜開雙眼的話，又得面對那個東西。

……嘎沙嘎沙。

察覺到大難臨頭了，他反射性地往後仰。肯定是想要盡可能遠離那個東西的心情令他下意識地採取這個行動吧。

沒想到這時松葉中突然出現一隻鳥。就算看到他，也依然處變不驚地歪著可愛的小腦袋。

這麼說來……

不知從什麼時候開始，已經聽不見攀爬松樹所發出的詭異聲音了。等到那隻鳥飛走後，賀才偷偷隔著松葉往下窺看，已經不見死者的身影。

……我在做白日夢嗎？

此刻是陰天的黃昏時分，不太可能是做白日夢，但是除此之外也沒有更合理的解釋了。

然而，就在他望向樹根那邊之後，立刻倒抽了一口涼氣。

——座棺還在。

這一切果然都是現實嗎？可是，如果是真的，那個死者究竟上哪兒去了？到底是怎麼消失的？

賀才在樹上繼續待了一陣子，等到應該不必再擔心死者出現後，他便小心翼翼地從松樹上下來。原本還以為說不定連棺木也會跟著消失，可是當他站到地面以後，那具座棺依舊放在樹根旁邊。

看了看座棺裡面，空空如也。只不過有某種異味撲鼻而來。賀才不知道是什麼味道，但也不想刻意去聞個水落石出，於是頭也不回地離開那裡。

賀才想了一下，最後決定回去田無家。他想把剛才那段離奇的體驗說給老婆婆聽。但是礙於讀中學的孫子已經回來了，所以只好作罷。當天晚上在老婆婆的請求下，賀才把自己在各地遭遇的見聞都說給她的孫子聽。

第二天早上，孫子出門上學的同時，賀才也跟著離開田無家。原本想告訴老婆婆自己昨天傍晚的體驗，並且詢問她的意見，但一覺醒來，老婆婆事先警告自己「最好不要扯上關係」的好意便沉甸甸地壓在心頭，讓他實在開不了口。

結束包含竹迫村在內的該地域民俗田野調查後又過了兩個月，賀才收到了地郎的來信。信是先寄到大學，再由大學轉寄到他最新的考察駐點。

那封信所寫的內容如下所述。

古茂田家與大生田家舉行完葬禮後，各自在自家的佛堂裡祭拜媳婦和家主，直到迎來頭七。倒也沒有做什麼特別的事，就只是簡單地供上菊花或龍膽之類的佛花、麻糬或水果等供品、水和佛飯、蠟燭和線香等五供。

然而，到了每天早上都會出現異狀。只過了一個晚上，花就枯萎了，麻糬或水果都被吃得一片狼藉。水倒了、飯也消失了，蠟燭和線香還會折斷……一定會發生類似的怪事。而且兩家的狀況都一樣，這種巧合令人心裡發寒。

原本還以為是小孩子在惡作劇，逼問之下，才發現似乎不是他們做的。另外也想過會不會是小動物幹的好事，但如果是這樣的話，又沒辦法說明花為什麼會枯萎、蠟燭和線香為什麼會折斷。而且，花只經過一個晚上就枯萎的現象究竟要怎麼解釋呢？

兩家人都感到束手無策，但也都決定要隱瞞這些異象。可惜不只瞞不住對方，沒過多久就讓傳聞遍及整個村內。

……是作祟啦。

……出現業障了。

……肯定是被詛咒了。

聽到這些傳言，兩家的遺族無不感到心驚膽寒，但就算是這樣也不能停止供養。他們還是每天持續擺上供品，可是只要到了隔天早上，都還是會變得亂七八糟。簡直就像是死者無法成佛……

不知道來龍去脈，但大生田家的分家青年開始不眠不休地在大生田家守夜。獨自一人在唯有佛壇燭光照明的佛堂裡待到天亮。

這個消息傳到古茂田家後，他們也想派人進行守夜，無奈誰也不願意接下這個差事，只好打消念頭。

大生田家準備了酒菜給青年享用，儘管青年不太能喝，仍一杯接一杯地猛灌，無非是因為害怕吧。因為他的座位正前方就是會發生怪事的佛壇。雖然要負責監視，但也不是會讓人想目不轉睛盯著看的東西，反而令人避之唯恐不及。為了排遣不安的心情，就得仰賴酒了。不知不覺間，他開始對自己所處的狀況感到恐懼，於是便一杯接著一杯喝。拜酒精所賜，隨著更深露重，青年開始打起瞌睡來。

每當自己頻頻點頭打盹，又會突然驚醒，然後確認佛壇的狀態。而事情就發生在他重複著以上的行為、不知道是第幾次醒過來的時候。

有隻白色的手從佛壇右邊的黑暗之中渺無聲息地伸出來，然後抓住供品、一溜煙地縮了回去。

青年發出驚呼，同時以坐著的狀態往後退，這時又有個黑鴉鴉的東西從佛壇後面冒出來，接著直接竄出了佛堂。青年想也不想就追出去。事後回想起這件事，就連本人都難以置信，或許當下是借了醉意的勢頭吧。

那個烏漆墨黑的東西像隻猴子似地跑出大生田家，衝向村子外頭。青年也拚命地追上去。不過就算追上了，也不清楚到底該拿它怎麼辦。他什麼也沒想，就只是憑著一腔熱血緊追不捨。追著追著，那個黑漆漆的東西猛然消失在墓地裡。

青年立刻停下腳步，猶豫是否要繼續追過去。總覺得那東西正等著他自投羅網。但話又說回來，都已經追到墓地了卻沒有繼續追下去，這件事要是被本家的人知道了，不曉得會怎麼說他。考慮到身為分家的父母立場，也不能在這裡功虧一簣。

青年下定決心。幸好還有星光，只要巡視墓地一圈，自己就算有去搜尋過那東西了吧。

就在青年慢慢地邁著步伐，穿梭在墓石之間時……

有個一聲不響地站在某塊低矮墓石後方、嘴巴裂開的女人進入了視野。張著咧到耳根的大口，口食女無聲地訕笑。嘴巴張得大大的，彷彿隨時就要吞下他……

由於逃回村子的青年掀起軒然大波，「大生田家被詛咒了」這個可怕的傳聞沒過多久就在村子裡扎根。發生相同現象的古茂田家也受到同樣的待遇。而且過沒多久，這兩家就發生了光用傳聞二字無法收拾的駭人事件。

在四十九天的圓滿法事儀式過程中，古茂田家的餐會發生了食物中毒的悲劇，出席者有半數因此死亡。第二天，大生田家的餐會也發生了相同的中毒事件，死了三分之一的出席者。除了死去的人以外，兩家都有多名重症者，即使是輕症者也在精神上受到了極大的打擊，幾乎都成了行屍走肉。感覺這兩個家族得要花上很長一段時間才能重新振作起來。

古茂田家和大生田家就到此為止了……這種充滿惡意的傳聞沒過多久就傳遍了整個村子。

地郎的來信，就在這裡唐突地畫下句點。

四

季節更迭，來到了冬天。再過不久就是天弓馬人的生日了。

「好討厭啊。」

瞳星愛佇足在圖書館一樓通往地下樓層的樓梯前喃喃自語，身體反射性地發起抖來。她討厭的並不是寒冷季節的到來，也不是天弓的生日近在眼前。更何況她只是無意間得知他是射手座，根本就不知道他的出生年月日。

圖書館的地下室就連盛夏時節也很涼爽，特別是「怪民研」所在的房間。不過，如果要問舒適與否，她恐怕無法苟同。總覺得好像有什麼說不上來的東西存在，所以背脊總是涼颼颼的。因為是這種惡寒所帶來的涼感，實在稱不上舒服。而且還要再加上現在這股冬天的寒氣。地下的樓層本來就是比較陰涼的場所了，更何況那個「怪民研」的房間還更勝一籌，讓她真的很想打退堂鼓。

「真討厭啊。」

即便如此，第二次自言自語後，愛仍舊走下了樓梯，這當然是因為外出中的刀城言耶又寄來了熟悉的信件。

快步穿過杳無人煙的地下室走廊，頸項馬上感受到一股寒意。就像有人用冰冷的指尖飛快地撫過她的頸項。猛一回頭，一個人也沒有。就只有在白天都顯得昏暗的走廊往前一路延伸。

愛不自覺地解開髮夾，讓頭髮蓋住脖子。冬天放下頭髮比較溫暖，但精力充沛的她還是以綁起頭髮為多。不過此一時也、彼一時也，她現在只想保護自己的脖子。

然後她小跑步穿過了走廊，來到那塊「怪異民俗學研究室」的房間名牌前面。明明是寒氣逼人的冬季，門依舊敞開著。雖說這麼一來她在心態上也比較容易踏進去，但是反過來說，也無法不覺得自己是被誘導了。

「打擾了。」

愛從門口朝室內打招呼，與往常無異，沒有任何回應。問題是沒反應也不表示天弓馬人不在，這才是最麻煩的地方。事實上，她今天也覺得裡面有人。但那個人是不是他、甚至是不是人類都很難判斷，這就是這個房間的可怕之處。

這種時候，最不該有的態度就是猶豫不決。

愛從經驗學到教訓，毫無顧慮地走進室內。繞過好幾個書架後，就發現天弓馬人坐在深處牆邊書桌前的背影。感覺他正聚精會神地面對稿紙，專注在寫作上。

愛躡手躡腳地走到他背後的長桌。

「午安。」

「哇！」

明明是再普通不過的問候，天弓卻嚇得快要跳起來了。

「……什麼啊、是妳呀。」

「這個打招呼的方式還真糟糕呢。」

「妳才是，應該先打招呼再進來吧。」

「有啊，是天弓先生沒有聽見。」

「……」

愛心滿意足地看著被堵得說不出話來的天弓。

「你在寫小說嗎？」

愛興致盎然地望向桌上，天弓趕緊收起稿紙，以有些不耐煩的口吻說：

「老師又寫信給妳啦。」

「除此之外就沒有別的事能讓人家到這裡來了吧。」

「真受不了。」

天弓嘆了口氣，愛不依不饒地說：

「都特地送來給你了，你也稍微感恩一下。」

「憑什麼要我……」

「啊，不過這次的謎團可能會難倒你喔。」

本來應該用「怪異」來形容的事，愛卻刻意換成「謎團」。因為如果不這麼說的話，天弓馬人是不會上勾的。

「怎樣的謎團啊？」

不出所料，立刻就有所反應了。於是愛跟先前一樣，開始讀起信裡的內容。

讀信的過程中，最有趣的莫過於天弓的表情變化。愛最喜歡他直截了當地表現出驚懼反應的那一瞬間。看到這樣的反應，她的朗讀也會更加帶勁。盡可能著重在營造出臨場感，卯足全力想辦法嚇唬他。

這次也得到令人滿意的成果。就在愛對此感到心醉神迷的時候，天弓突然天外飛來一筆震撼的發言。

「信裡這個當事人東季賀才，就是老師本人吧。」

「……咦？」

「妳該不會沒注意到吧。」

天弓瞥向她的視線滿是輕蔑，愛氣得臉都綠了。但是她也不願意說謊，只好曖昧地點頭。

「妳知道老師的筆名吧。」

「嗯嗯……東城雅哉對吧。雖然真要說的話，刀城言耶這個名字還比較像是筆名。」

天弓無視了她後半句的感想。

「把東城雅哉的漢字逐一換成別的念法，就成了『TOUKI GASAI[31]』。」

「啊，真的耶……」

「還有別的線索。」

「什麼線索？」

「一開始的自我介紹明明是『自稱市井民俗學者』，可是遇到負責火葬的地郎時卻遞出了大學的名片，這不是很矛盾嗎。」

「有、有道理……」

她確實完全沒發現，這是不爭的事實。可是看到天弓那副得意洋洋的表情，就不禁感到一肚子火。

「這次的信跟先前不太一樣呢。」

31 とうきがさい。東季賀才的日文讀音。

或許是從愛的語氣裡感受到某種威脅，天弓明顯露出了提高警覺的表情。

「所以是哪裡不同？」

「就是，老師遇到真正的怪異了……」

「怎麼可能有那種事。」

天弓想也不想地否定，臉卻轉向極為不自然的方向。

「可是，如果那不是真正的怪異，老師人還在竹迫村的期間就會把謎團給解開了，你不這麼認為嗎？」

「唔，嗯，這倒是……」

「可是老師卻寄來這種內容的信。」

「不像之前那樣還附了別的附件嗎？」

「沒有。就只有這封信。換句話說，這次純粹是怪異的相關報告。所以啊，這次天弓先生必須得自己待在這個涼颼颼、陰森森，還沒有其他人的寂寥研究室裡將兩則口食女的案例以及死者從棺材裡爬出來的奇聞給栩栩如生地記錄下來。」

「別、別用那種方式說話。」

「可是仔細想想，把老師蒐集後提出的民俗學怪談異聞給記錄下來，原本就應該是天弓先生的任務吧。」

「這還用說嗎。可是自從妳來了以後——」

「喔，打擾您了。那人家把老師的信放在這裡，接下來就請天弓先生一個人留在這個孤寂且又暗又冷的房間裡，孤零零地坐在最裡面的那張桌子前記錄這些怪事吧。」

「我剛說了，別把話說得那麼恐怖。」

天弓像個孩子似地氣得直跳腳，但好像也隨即領悟到再這樣下去就等於中了愛的計。

「話說回來，這也不一定是怪異。」

「可是就連老師都沒有解開謎團喔。」

那個瞬間，天弓臉上浮現了窘迫的表情。

「我認為剛才的矛盾是老師要給我們的訊息。」

「怎麼說呢？」

「這次的報告就是完完全全以小說去表現——就是這個訊息。」

「上次也是這樣不是嗎。」

「上次那也是小說的形式，不過終究是從客觀的角度去執筆。那是因為老師是站在第三者的立場。可是，這次老師成了當事人。因此東季賀才的心理描寫其實也是老師的心路歷程。從這點來思考的話，是不是有點太害怕了？老師擁有孩子般的感性，所以遇見怪異時當然也會打從心底感到畏懼。話雖如此，總覺得這次害怕得有點太過頭了。」

「你認為那些部分的描寫是老師的創作嗎？」

見天弓點點頭，愛正想問老師這麼做的目的是什麼，但隨即打消念頭。不用多說，想也知道是為了嚇唬天弓馬人。

……老師，你這麼做很過分耶。

愛在心裡向刀城言耶抱怨，但天弓渾然不覺地說：

「老師肯定早就已經解開謎團了。所以我也——」

話都還沒說完，他又開始在房間裡走過來、繞過去。

看到天弓馬人走來走去的模樣，瞳星愛感覺十分矛盾。一方面很高興看到他為了推理而陷入長考、另一方面也因為他這次沒有先嘗試解謎就開始沉思而感到憂心。

在此之前，當兩人面對面坐在長桌的兩邊時，天弓都會先說出自己的推理。接著發現自己的推理有誤，才會站起來，開始在室內徘徊。等到他重新回到座位上的時候，通常已經推理出正確答案了。因為那些都沒有經過證明，所以也無法確定到底是不是真相，但至少愛是這麼認為的。

然而，天弓這次沒做出任何的推理，就已經開始在室內走來走去了。這種不同以往的特殊狀況到底是吉是凶呢？愛對此感到憂心忡忡。

口食女以及從棺木裡爬出來的死者，除了怪異之外，沒有別的可能。

對愛的擔憂渾然未覺，天弓接著又在書架之間踱步。感覺他這次走來走去的時間似乎比前幾次都還要久，這也讓愛更加擔心了。

最後，天弓終於拿著一枝髮簪回來了。那枝髮簪極盡奢華，就像是祇園的舞妓插在頭髮上的飾品。這個研究室裡為什麼會有那樣的髮簪呢？光是思考這個問題就不禁覺得頭皮發麻，大概因為這裡是「怪異民俗學研究室」吧。

而且不知怎地，手裡拿著髮簪的天弓，正一瞬也不瞬地直盯著愛看。看得愛的雙頰都要熱起來了。

這個，很適合你喔。

天弓的口中彷彿就要說出這樣的台詞，愛的心臟簡直快要跳出來了。就在她實在坐立難安、忍不住就要站起來時……

「嗯，是口食女。」

「什麼？」

「口食女就在我面前。」

「……你是說人家嗎？」

她的臉因為另一個原因開始發熱。不對，說是整個腦袋都要沸騰了還比較貼切吧。

「聽好了——」

天弓還想接著說下去，愛卻伸出一隻手來制止他。

「等一下，讓人家來推理吧。」

「啊？」

已經冷靜下來的愛對著一臉驚訝的天弓說道：

「你每次在推理的沙盤推演走入死胡同之後，就會開始在這裡房間裡走來走去，最後總是能發掘出真相。那是因為看到這裡收藏的書籍或擺設，從中發現了解謎的提示對吧。」

「推理的沙盤推演……該不會是在一語雙關地指我坐在這張長桌前的樣子吧。」

愛得意洋洋地點頭，天弓立刻噗哧一笑。

「所以妳打算模仿我嗎？」

接著又以非常桀驁不馴的態度、語帶挑釁地反擊。

「對，人家想試試看。」

「那就讓我見識一下妳的本事吧。」

天弓原本還一臉遊刃有餘的模樣，但是看到愛站起來，從房間裡的各個角落拿來黑色的面具、角兵衛獅子的小玩偶、《佩羅童話集》和《格林童話》、卡特．狄克森的《猶大之窗》，然後將它們都放到桌上後，也逐漸換上饒富興味的表情。

「首先是亡者的事件，天弓先生看到這個黑色的面具後，就聯想到頭顱。無頭女的事件是從角兵衛獅子的玩偶聯想到演出時的倒立動作。狐鬼的獵奇殺人事件是從收錄於《佩羅童話集》跟《格林童話》的〈小紅帽〉中剖開大野狼肚子的場景獲得提示。卡特．狄克森的《猶大之窗》裡有立體的隔間圖，你從那個沒有屋頂的外觀注意到一樓的天花板上方、也就是二樓的存在，才解開座敷婆的殺人未遂事件，沒錯吧？」

「哦，居然被妳看穿了。」

聽得出來天弓是真的打從心底覺得佩服。但是現在高興還太早──雖然愛感到志得意滿，但也隨即繃緊神經。

「卡特．狄克森的《He Wouldn't Kill Patience》明明就有提到從內側封住的完美密室，為什麼你偏偏選擇《猶大之窗》呢？人家覺得很好奇，所以去書店的時候就找了那本書來看，然後看到了那張隔間圖。意識到自己已經從中理解天弓先生推理的脈絡後，人家又重新回頭梳理截至目前的事件，於是就想起這些為你帶來提示的擺設或書本。」

「真了不起。」

天弓拍手叫好，愛也裝模作樣地朝他行了一禮。

「那麼，這次妳打算做出什麼樣的推理呢？」

由於立刻被天弓追問，愛經過一番慎重思考後回答：

「這次天弓先生拿著髮簪回來，然後一直盯著人家的臉看。」

「是啊。」

「當然也可能是因為人家可愛的臉蛋而看到入迷了。」

「少、少臭美了……」

「但不確定你是事到如今才發現這點，還是很早之前就已經意識到了，只是不好意思盯著人家看，現在剛好趁這個機會看個過癮——」

「別、別說傻話了，快點說妳的推理啦。」

天弓語氣激動地發起脾氣，不過很顯然是在害羞，所以愛拚命忍住笑意。

「假使還有其他的可能性，又會是什麼？如果是因為人家的樣子跟先前不同的話——原因就出在這裡吧。」

「哦？」

「如果是這樣的話，原因應該就出在頭髮。因為人家今天把頭髮放下來了。從髮簪聯想到女性的頭髮是極其自然的結果。」

「原來如此。然後呢，要怎麼把這兩件事連結起來？」

「嫁到古茂田家的女性去世火化時，她的妹妹有趕來送她最後一程，當時不小心遺落了半月形的黃楊木髮梳，最後被地郎撿走。髮簪和黃楊木髮梳都是髮飾。」

說到這裡，愛伸出雙手，攏了攏自己放下來的髮梢。就在感覺她突然要有什麼動作的時候……

「像這樣把頭髮放下來，感覺就像要蓋住整張臉，然後再從中間梳開，往兩邊的耳朵集中，各自編成三股辮。將兩條辮子拉到臉的前面，再將髮梢纏繞在梳子上，之後用嘴含住梳子。若是在夜深人靜、除了月光就沒有其他光源的山中，或是同樣只剩點點星光的墓地裡看到這副模樣，黃楊木髮梳的半圓形部分搭配從髮梳往兩邊延伸的兩條三股辮，看上去就會讓人覺得活像一張咧開血盆大口的臉。這想必就是口食女的真面目吧。」

「那麼，她的真面目到底是誰？」

「那個被火化往生者的妹妹。」

「嗯，因為黃楊木髮梳是她掉的嘛。可是她為什麼要扮成口食女？」

「刀城老師是從隔壁再隔壁的村子前往竹迫村。妹妹也是翻越兩座山趕來參加姊姊的葬禮。也就是說，他們兩個是從同一個村子出發。所以才會在故事裡的那個山口碰個正著。只是老師比較早到，妹妹後面才來。時間是夜晚，地點是人生地不熟的深山裡，而且在那個非經過不可的山口，附近的佛堂裡還有個陌生男子。妹妹應該是為了在這種情況下保護自己，才會假扮成口食女的。」

「這恐怕不是她的主意。」

「什麼意思？」

「肯定不是她自己當場急中生智所想到的點子，而是祖母或母親為了以防萬一，從小就教導她在危急的情況下就這麼做。」

「啊，原來是這樣啊。」

「就算知道出現在山口的口食女是誰，那古茂田家跟大生田家佛壇上的供品被弄得亂七八糟又是誰幹的好事？」

「犯人當然也是那個妹妹。那時她大概是住在古茂田家吧，多的是弄亂佛壇的機會。大生田家也是鄉下人家，對於鎖門應該沒有那麼嚴謹吧。」

「這樣只能解釋供品消失或被吃掉的狀況，花枯萎的現象又該怎麼解釋呢？」

「供奉用的花不外乎菊花那幾種花吧。只要去趟墓地，拿一些擺了好幾天、已經枯萎的花回來換掉佛壇上新鮮的花就好了。」

「妹妹這麼做的動機？」

「恐怕是為了找古茂田家和大生田家的麻煩吧。其實她應該是想為姊姊報仇，只是以她的立場根本無能為力。從這個角度來說真的很可憐。」

跟對妹妹寄予同情的愛互為對照，天弓好像只在乎解謎。

「再說得具體一點。」

「她想報復嚴酷對待姊姊的古茂田家，至於針對大生田家的動機則基於更大膽的想像。在古茂田家受盡欺凌的姊姊，因緣際會之下與大生田家的家主發生了婚外情。或許是在對方身上得到了丈夫絕對不會給予的情感吧。無奈命運實在太捉弄人了，對方不只罹患了畜這病，而且還傳染給她。因此兩個人的葬禮才會近似一前一後地進行——以上的推理如何？」

「明明是以土葬為主的村落，她的遺體卻是野外火化，就是因為這個原因吧。即使是在土葬的時代，也是只有因為傳染病而死去的人必須在氏神的後山等地進行火葬。」

天弓邊說邊再次為她鼓掌。感覺比剛才還更真心一點，所以愛也不禁笑逐顏開。

「表現到這裡都還不錯——」

但是他突然開始潑起冷水。

「妳要怎麼說明死者從棺木裡爬出來的現象呢？」

「如果只有那篇故事，沒有其他資訊的話，肯定會對那種或許只能認為是民間傳說的內容感到束手無策。但是只要能推理出口食女的真面目與佛壇被弄亂的真相，接下來就簡單了。」

「願聞其詳。」

「大生田家在過去曾經是村子裡最大的地主。從刀城老師的記述可以看出，就家主的出殯儀式而言，陣容未免也太寒酸了。而且送葬隊伍似乎等到黃昏才出發。恐怕是為了迴避村人的視線吧。這是因為家主的死因令人忌諱……這些都能作為推理的間接證據。」

「妳剛才的推理也是建立在這些基礎上。」

「同樣的論點也可以用在古茂田家。姊姊的遺體之所以在一大早就進行野外火化，大概也是因為出殯的時間是在前一天的傍晚吧。」

「如果是一般的火葬，應該會接著在當晚徹夜進行吧。不過因畜這病而死可說是最令人忌諱的死因，所以負責火葬的人肯定也不敢獨自在半夜火化死於畜這病的往生者遺體。」

天弓在這時換上了試探的眼神。

「那個野外火化的地點為什麼會有網子和木樁？」

「這麼說來……呃……為了蓋住火化的遺骨嗎？啊，對了。火葬雖然在中午前就結束了，但家屬卻不想在天還亮的時候撿骨。而且為了避開村人的目光，也必須等到太陽下山才能進行。但如果放著不管的話，就會產生被小動物破壞的風險。所以才要用網子蓋住遺骨，然後釘上木樁。」

「正確答案。」

「而且大生田家送葬隊伍的目的地，其實也是野外火化的地點。當然，大生田家也想盡可能神不知、鬼不覺地處理掉這件事。誰知道刀城老師竟然會毫不在意地跟在後面……」

「他大概自以為不會被發現，問題是這時候的老師通常都對周遭的一切視若無睹。」

天弓大大地嘆出一口氣，愛也接著附和：

「大生田家的人發現有個來歷不明的外地人一路尾隨，進入竹林的時候突然心生一計。幸好這個可疑人物先繞到前面，爬上了松樹。於是大生田家的人便利用這段時間要年輕人拿來新的座棺，再讓家屬中的某個人進去，運到松樹下，藉此嚇唬可疑人物，阻止他繼續跟上來。因為幾乎所有的人都穿著與死者身上一樣的白裝束，所以很容易調包——人家是這麼推理的，你怎麼看？」

愛的心中浮現一絲不安，於是詢問天弓的意見。

「刀城老師窺探停放在松樹下的座棺內部，可是什麼也沒看見。倘若真的是安置家主遺體的棺木，應該會有佛經及念珠、六文錢[32]、飯糰及糕餅等物品。就算不能散放在裡面，肯定也會收進頭陀袋，讓往生者帶走。」

「也就是說，棺木被調包了……」

「就是這樣。」

天弓斬釘截鐵地說完這句話後，很罕見地反過來徵求愛的意見。

「妳認為四十九日圓滿法事的餐會，兩家人都發生了食物中毒的事件，甚至還鬧出人命，那也是那個妹妹的犯行嗎？」

愛不假思索地搖頭。

「不，假如她想採取這麼激烈的手段來復仇，一開始就不會只做出弄亂佛壇那種惡作劇般的行動了。」

32 放入棺木中的陪葬物之一。在日本的佛教傳承中，相傳往生之人在度過三途之川時必須要支付六文錢的渡船費。

「說的也是。」

「這麼一來……」

不就是口食女在作祟嗎——就在愛說出口之前……

「很好，這次的事件也圓滿解決了。」

天弓便迅速地宣布「結案」。想必是為了阻止對話往恐怖故事的方向發展吧。

然而，這時明明只有他們兩個人的室內卻突然傳來耳語般的聲音。不只天弓，就連愛也不禁膽戰心驚……

五

剎那間的戰慄後，瞳星愛立刻意識到那是誰的聲音，迅速走向怪民研門口。

「哎，果然是這樣。」

副教授保曾井站在走廊上，戰戰兢兢地往室內窺探。看到愛之後立刻鬆了一口氣，隨即換上一臉不悅的表情。

「什麼『果然是這樣』啊。既然聽到我的聲音，還不趕快來應門。」

「咦？可是我什麼都沒聽見……」

「怎麼可能。我不是問了『言耶在嗎』？」

他們待在房間的最裡面，怎麼可能聽得見嘛——想歸想，但是愛沒有說出口，接著反問保曾井：

「為什麼要這麼小聲呢？」

「……因為平常總是安靜得連一根針掉在地上都聽得見的怪民研裡傳來竊竊私語的聲音，不管是誰都會降低音量吧。」

有講等於沒講的說明，簡單一句話就是害怕嘛。肯定是因為這樣，才會下意識地輕聲說出自己常喊的那句「言耶在嗎」。

「所以呢，那傢伙在嗎？」

或許因為眼前的人是愛，保曾井表現出傲慢的態度。此時愛故意露出陰鬱的表情，以怯生生的語氣說：

「……好、好奇怪。」

「怎麼了？」

「因為怪民研現在只有我一個人而已……」

「……」

「我本來在看書，不知不覺打起瞌睡來……可是，好像聽見竊竊私語的聲音……突然覺得好害怕，這時又感覺到門口有什麼氣息，提心弔膽地跑出來看，原來是老師……」

「……」

「請您一起進來確認——」

「啊，想起來了，我還有別的事要忙。」

話還沒完全說完，保曾井就頭也不回地揚長而去。

「老師——」

愛徒具形式地作勢挽留，然後笑容滿面地回到長桌前。但是，當她看到躲在桌子底下的天弓馬人時，不由得大吃一驚。

「你、你在做什麼啊？」

「是保曾井老師吧。」

愛一頭霧水地點點頭。

「那個老師一直要我提交論文，煩死人了。」

因為他的回答還是無法讓人理解，愛不禁歪著腦袋。

「這樣啊。可是保曾井老師每次來都是要找刀城老師喔。」

「是嗎？這就怪了。」

這次換成天弓滿臉疑惑。

「因為保曾井老師總是問『言耶在嗎』。」

一聽到愛這麼說，天弓立刻面露苦笑。

「他找的人是我啦。」

「啊？」

「他說的『言耶』，其實指的是我喔。」

「……可、可是，你、你是天弓先生吧。」

愛陷入極度的混亂之中，嘴裡說著理所當然的事實。

「因為沒想到會跟妳往來這麼多次，所以我沒有解開一開始的誤會——」

「什、什麼誤會？」

天弓拿起放在後面桌上的同人誌《新狼》，然後指著出現在目錄中的「天弓馬人」這個名字。

「這是我的筆名。」

「……欸！那你的本名是？」

「弦矢駿作。」

他指著在目錄以外的地方出現的「弦矢駿作」。

「本名和筆名都寫啦。好狡猾！」
愛的反應也沒在點上，天弓不得不邊帶著苦笑邊說明。
「不是只有我而已，這位名叫小松納敏之的人也把本名的讀音『KOMATSUNA TOSHIYUKI』重新排列組合成『夏目雪壽子』這個筆名，這在同人誌是很常見的情況。」
「不，還是很奇怪啊。你的本名和筆名都跟言耶無關吧。」
愛顯然沒有被說服。
「保曾井老師第一次見到妳後，向我介紹妳是『同性戀』，就是把『瞳星愛』的念法改掉了。很像是那個老師會取的綽號呢。」
「實在太幼稚了。」
就在愛再次對保曾井萌生嫌惡感的當下，突然恍然大悟。
「也就是說，他把『弦矢』讀成『GENYA』嗎[33]……」
「嗯。那個人當然是因為刀城言耶老師的關係，才故意這麼喊的。」
因為感受到小心眼般的惡意，這讓愛愈來愈不喜歡保曾井了。
「那天弓馬人這個筆名又是怎麼來的……」
愛突然對命名的由來感到好奇。
「首先是『弦矢』這個姓氏讓我聯想到『天弓』。再把名字『駿作』這兩個字的馬字旁和人字旁組合起來，就成了『馬人』。」

「跟舉弓瞄準天蠍座的射手座半人馬無關嗎？」

「妳是說那個手持弓箭的半人半馬嗎？」

「因為天弓先生是射手座嘛。」

天弓似乎對於愛竟然會知道自己的星座而感到疑惑，但或許還是欣喜的成分要更多一點。

只見他眉開眼笑地說：

「謝謝妳機靈地幫我趕走他，真是救了我一命。」

「可是天弓先生，他會一直跑來找你，不就表示這篇論文一定要交嗎？」

「……是沒錯啦。」

「既然如此，請你一定要準時交出去。」

「嗯，等我忙完——」

「有時間寫小說的話，不如先完成論文——」

「可是妳已經漂亮地幫我趕走那個老師了。」

天弓完全沒把她的話聽進去，愛感到有些生氣。

「先前就想問你了——」

「問我什麼？」

33 弦矢原本的讀音是「つるや」（tsuruya），但是保曾井刻意讀成言耶的「げんや」（genya）。

「恐怕保曾井老師以前也有過類似的經驗——」
「什麼啦？」
「天宮先生明明出去了，怪民研應該一個人都沒有才對，可是卻感覺到有誰在房間裡的氣息，到底是為什麼呢？」
「哪、哪有這種事……」
「別想要否認喔。」
愛不留情面地駁回，但天弓的回答完全出乎她的意料之外。
「如果是真的，請妳來消災解厄就可以了。」
「啊？」
「妳的外婆是很有名的祈禱師對吧。妳身上肯定也流著那方面的血液。所以——」
「外、外婆她才不有名……況且人家也沒有那種力量。」
「別妄自菲薄，有的是隔代遺傳這種事喔。」
「天弓先生之所以這麼說，是因為自己害怕了，想把怪民研的奇怪現象推到人家頭上——」
「妳、妳說誰害怕啊？我可是會一個人待在這個房間裡寫小說喔。別瞧不起人。」
「你以前也說過，那是因為你把創作看得比什麼都重要，而且這個房間比任何場所都更能讓你專心寫作。對吧？」

「妳是指我在勉強自己忍耐嗎？」

「沒錯。如果你有什麼要反駁的，不如我們現在就在這裡來一場怪談聚會。」

「妳、妳說什麼……」

「冬天的怪談聚會特別有氣氛喔。」

——兩個人持續著毫無意義的對話。當然，這時的他們還對彼此的未來一無所知。

後來，瞳星愛體內與外婆一樣的特殊能力覺醒了，而且還更加強大。日後，她成為日本數一數二的祈禱師，成為眾人口中尊敬的「愛染大人」，驅除了許多怪異。

後來，弦矢駿作順利出道，成為作家。不知不覺間，他已經寫出讓許多讀者又怕又愛、號稱「看了就會受到詛咒」的怪奇小說，在部分忠實讀者群之中擁有宛如邪教般的高人氣。

而且，兩人日後還結為夫妻。歲月飛逝，可愛的孫子也誕生了。這個被取名為俊一郎的孩子，打從出生起就擁有能夠看到他人死相的特殊能力，長大以後也成了知名的「死相學偵探」，大為活躍。

他們兩個當然還無從知曉那樣的未來，依舊你一言、我一語地吵個沒完沒了。

参考文献

牧田茂『民俗民芸双書II 海の民俗学』岩崎美術／一九六六
『日本文学全集 別巻I 現代名作集 野菊の墓 蟹工船 桜島 二十四の瞳 他』河出書房／一九六九
週刊朝日（編）『値段の明治大正昭和風俗史』朝日新聞社／一九八一
週刊朝日（編）『続・値段の明治大正昭和風俗史』朝日新聞社／一九八一
早川書房編集部（編）『ハヤカワ・ミステリ総解説目録 1953年-1993年』早川書房／一九九三
千葉幹夫『全国妖怪事典』小学館／一九九五
川村善之『日本民家の造形 ふるさと・すまい・美の継承』淡交社／二〇〇〇
高橋貞子『座敷わらしを見た人びと』岩田書院／二〇〇九

高橋貞子（著）／石井正己（監修）『山神を見た人びと　岩手岩泉物語』岩田書院／二〇〇九
佐々木喜善（著）／石井正己（編）『遠野奇談』河出書房新社／二〇〇九
宮田登『ケガレの民俗誌　差別の文化的要因』ちくま学芸文庫／二〇一〇
野村純一（著）／野村純一著作集編集委員会（編）『世間話と怪異　野村純一著作集　第七巻』清文堂／二〇一二
竹田晃『四字熟語・成句辞典』講談社学術文庫／二〇一三
常光徹『学校の怪談　口承文芸の展開と諸相』ミネルヴァ書房／二〇一三
グスタボ・ファベロン＝パトリアウ（著）／高野雅司（訳）『古書収集家』水声社／二〇一四
高橋繁行『土葬の村』講談社現代新書／二〇二一

各作品初次發表

第一話　「小説 野性時代」二〇二二年一月号
第二話　「小説 野性時代」二〇二二年五月号
第三話　「小説 野性時代」二〇二二年九月号
第四話　「小説 野性時代」二〇二三年一月号
第五話　單行本收錄新作

麥卡托狩獵惡人

麻耶雄嵩

320 頁
定價 400 元
148 x 210 mm

麻耶筆下最接近神的男人，七年後再度回歸！
看推理鬼才玩轉本格，看麥卡托戲弄讀者
不是神卻料事如神
到底是推理引來的殺機，還是有了殺機才有推理？

「我是銘偵探，所以經常成為眾人口中的傳說。可能是神，也可能是無法用常理解釋的東西。」

★繼震驚推理界的《有翼之闇：麥卡托鮎最後的事件》後闊別多年，麥卡托的世界在此展開全新篇章！

★台灣犯罪作家聯會理事、百萬書評部落客——喬齊安專文解說！

總是以食指轉動著那頂浮誇的絲質禮帽，穿著一身令人過目難忘的燕尾服，性格傲慢又毒舌，他就是大阪地區大名鼎鼎的惡德偵探，麥卡托鮎。

雖然脾氣難以捉摸，卻是無數委託者爭相炫耀的話題人物。

不時收到各種邀請函的他，這次又將和作家助手美袋三条，一同前往什麼樣的地方，解決怎麼樣古怪的案件？

為了解開謎團，麥卡托甚至以自創的邏輯推翻不可思議的命案。

然而——「很遺憾，我乃不適合長篇小說的偵探喔。」

由新本格推理鬼才麻耶雄嵩筆下最神秘的角色，為您呈上結局令人瞠目結舌的短篇連作——若要了解麥卡托鮎，必不能錯過！

迷迭香的甜美氣息

島田莊司

656頁
定價800元
148 x 210 mm

事件現場位於紐約曼哈頓摩天大樓50樓的空中芭蕾舞劇場
傳說的芭蕾舞者竟然在死後依舊登台起舞!?

神所派遣的名偵探「御手洗潔」
深入時間與歷史的夾縫、開啟塵封二十年的迷宮入口
挑戰極其美麗的奇蹟之謎

在廣大業界人士與支持者們沉浸在悲慼與惋惜的情緒時，還尚未有人能意識到，這起令人匪夷所思的命案，將於日後帶領眾人深入時光洪流，踏進一段跨越國境、連結歷史脈絡以及許許多多人們複雜情感的波瀾萬丈故事。

一位傳奇芭蕾舞者光鮮亮麗的背後，究竟隱藏了什麼樣的過往？

探索被不可思議的時空迷霧所籠罩的真相、破解20年「前」與「後」的謎團。

洋溢奇想、揉合歷史情懷與幻想元素的「御手洗潔系列」第31作！

◆特別收錄◆
島田莊司老師致繁體中文版讀者專文——〈《迷迭香的甜美氣息》誕生緣由〉

TITLE

行走的亡者：怪民研的紀錄與推理

STAFF

出版 瑞昇文化事業股份有限公司
作者 三津田信三
譯者 緋華璃
封面繪師 Cola Chen

創辦人 / 董事長 駱東墻
CEO / 行銷 陳冠偉
總編輯 郭湘齡
責任編輯 徐承義
文字編輯 張聿雯
美術編輯 謝彥如
國際版權 駱念德 張聿雯

排版 謝彥如
製版 明宏彩色照相製版有限公司
印刷 龍岡數位文化股份有限公司
紘億彩色印刷有限公司

法律顧問 立勤國際法律事務所 黃沛聲律師
戶名 瑞昇文化事業股份有限公司
劃撥帳號 19598343
地址 新北市中和區景平路 464 巷 2 弄 1-4 號
電話 / 傳真 (02)2945-3191 / (02)2945-3190
網址 www.rising-books.com.tw
Mail deepblue@rising-books.com.tw
港澳總經銷 泛華發行代理有限公司

初版日期 2025 年 3 月
定價 NT$480 元 /HK$150

國家圖書館出版品預行編目資料

行走的亡者：怪民研的紀錄與推理 / 三津田信三著；緋華璃譯. -- 初版. -- 新北市：瑞昇文化事業股份有限公司, 2025.02
352 面； 14.8x21 公分
ISBN 978-986-401-808-6(平裝)

861.57 113020462

讀小說
Reading Novel